Toi que j'aimais tant

Mary Higgins Clark

Toi que j'aimais tant

ÉDITIONS FRANCE LOISIRS

Titre original : DADDY'S LITTLE GIRL
Traduit de l'anglais par Anne Damour

Édition du Club France Loisirs,
avec l'autorisation des Éditions Albin Michel

Éditions France Loisirs,
123, boulevard de Grenelle, Paris
www.franceloisirs.com

ISBN version : 2-7441-6096-2

En souvenir affectueux de mon père,
Luke Joseph Higgins

Première partie

1

Ce matin-là, Ellie se réveilla en sursaut, en proie au sentiment qu'un malheur était arrivé.

Instinctivement, elle tendit la main vers Bones, son chien en peluche bien-aimé qui partageait son oreiller d'aussi loin que remontaient ses souvenirs. Elle avait fêté son septième anniversaire le mois précédent et Andrea, son aînée, avait décrété en riant du haut de ses quinze ans qu'il serait peut-être temps de reléguer Bones au grenier.

Ellie se souvint alors de ce qui s'était passé : Andrea n'était pas rentrée à la maison la veille. Après le dîner, elle était allée chez sa meilleure amie Joan pour préparer une interrogation de maths. Elle avait promis de rentrer à neuf heures. A neuf heures moins le quart maman était partie la chercher, mais Joan et ses parents avaient dit qu'elle les avait quittés à huit heures.

Maman était revenue à la maison très inquiète, presque en larmes, juste au moment où papa rentrait du bureau. Papa était lieutenant dans la police de l'Etat de New York. Ils avaient immédiatement téléphoné à tous les amis d'Andrea, mais personne ne l'avait vue. Puis papa avait dit qu'il allait faire un tour d'inspection du côté du bowling et chez le marchand de glaces, au cas où Andrea s'y serait arrêtée.

« Si elle a menti en prétendant qu'elle allait travailler chez Joan jusqu'à neuf heures, je lui interdirai de sortir de la maison pendant six mois », avait-il déclaré d'un air furieux, puis il s'était tourné vers maman : « Je l'ai dit et répété cent fois, je ne veux pas qu'elle sorte seule à la nuit tombée. »

Bien qu'il prît une grosse voix, Ellie se rendait compte que papa était plus inquiet que mécontent.

« Pour l'amour du ciel, Ted, elle est sortie à sept heures. Elle allait chez Joan. Elle avait promis d'être de retour à neuf heures, et je suis moi-même sortie pour aller à sa rencontre.

— Alors, *où* est-elle passée ? »

Il avait envoyé Ellie se coucher et elle avait fini par s'endormir. Andrea était peut-être rentrée à présent, espéra-t-elle. Elle se glissa hors du lit et se précipita dans le couloir jusqu'à la chambre de sa sœur. « Mon Dieu faites qu'elle soit là », implora-t-elle. Elle ouvrit la porte. Le lit d'Andrea n'avait pas été défait.

Pieds nus, elle s'élança sans faire de bruit dans l'escalier. Leur voisine, Mme Hilmer, était assise avec maman dans la cuisine. Maman portait les mêmes vêtements que la veille, et elle avait l'air d'avoir beaucoup pleuré.

Ellie courut vers elle.

« Maman. »

Maman la prit dans ses bras et se mit à sangloter. Ellie sentit sa main se crisper sur son épaule, si fort qu'elle lui faisait presque mal.

« Maman, où est Andrea ?

— On... ne sait... pas. Papa et la police sont à sa recherche.

— Ellie, tu devrais monter t'habiller, je vais préparer ton petit déjeuner », fit Mme Hilmer.

Personne ne lui disait de se dépêcher, car sinon elle allait rater le bus scolaire. Sans poser de questions, Ellie comprit qu'il n'y aurait pas d'école aujourd'hui.

Elle se lava consciencieusement la figure et les mains, se brossa les dents et les cheveux, puis enfila les vêtements qu'elle mettait pour jouer à la maison — un pull à col roulé et son pantalon bleu préféré — avant de redescendre.

Au moment où elle s'asseyait à table, devant le jus d'orange et les céréales que Mme Hilmer lui avait préparés, papa entra par la porte de la cuisine.

« Personne ne l'a vue, dit-il. Nous l'avons cherchée partout. Il y avait hier un type qui faisait du porte-à-porte pour un organisme de charité bidon. Il s'est arrêté au snack le soir et en est parti vers huit heures. En se dirigeant vers l'autoroute, il est probablement passé devant la maison de Joan à peu près au moment où Andrea en sortait. On le recherche. »

Ellie voyait bien que papa avait les larmes aux yeux. Et il ne semblait même pas s'apercevoir de sa présence, mais ce n'était pas grave. Papa avait parfois l'air préoccupé quand il rentrait à la maison parce qu'il était arrivé une histoire triste pendant qu'il était à son travail, et il restait silencieux quelques minutes. Comme maintenant.

Andrea se cachait. Ellie en était sûre. Elle avait sans doute quitté exprès la maison de Joan plus tôt parce qu'elle avait rendez-vous avec Rob Westerfield dans leur cachette, ensuite l'heure avait tourné et elle avait eu peur de rentrer à la maison. Papa avait dit que, si elle mentait encore une fois quand elle allait quelque part, il l'obligerait à quitter la fanfare de son école. Il le lui avait affirmé après avoir découvert qu'elle était partie en voiture avec Rob Westerfield alors qu'elle était censée aller à la bibliothèque.

Andrea adorait jouer dans la fanfare ; l'année passée elle avait été la seule élève de seconde à intégrer les rangs des flûtistes. Mais elle savait que, si papa découvrait qu'elle avait quitté la maison de Joan plus tôt pour retrouver Rob dans leur cachette, elle pouvait dire adieu à la flûte. D'après maman, Andrea menait papa par le bout du nez, pourtant ce n'était pas ce qu'elle avait dit le mois dernier, lorsqu'un des policiers avait raconté à papa qu'il avait arrêté Rob Westerfield pour excès de vitesse et qu'Andrea l'accompagnait.

Papa avait attendu la fin du dîner pour en parler. Il avait alors demandé à Andrea combien de temps elle était restée à la bibliothèque.

Elle ne lui avait pas répondu.

Il avait insisté :

« Tu es assez intelligente pour te douter que le policier qui a flanqué une contravention à Rob Westerfield me préviendrait que tu étais avec lui. Andrea, non seulement ce garçon est un gosse de riche trop gâté, mais c'est un type peu recommandable. S'il se tue en roulant trop vite, ce sera sans toi. Je t'interdis *absolument* de le voir, de quelque façon que ce soit. »

Ils se cachaient dans le garage derrière la grande maison où Mme Westerfield, la grand-mère de Rob, séjournait en été. La porte n'était jamais fermée, et Andrea et ses amies s'y réunissaient parfois en douce pour fumer des cigarettes. Andrea y avait emmené Ellie à une ou deux reprises alors qu'elle était chargée de la garder.

Ses copines n'avaient pas apprécié de la voir débarquer avec sa petite sœur, mais Andrea les avait rassurées : « Ellie est une chic fille ; pas du genre à cafter. » Ellie avait été toute fière de l'entendre parler ainsi, même si Andrea lui avait interdit de tirer une seule bouffée de cigarette.

Elle était certaine que la veille au soir Andrea avait prévu d'aller retrouver Rob Westerfield en sortant de chez Joan. Elle l'avait entendue lui parler au téléphone et elle était à moitié en pleurs lorsqu'elle avait raccroché. « J'ai avoué à Rob que j'allais à une fête avec Paulie, avait-elle dit, et du coup il est furieux contre moi. »

Ellie repensa à cette conversation tout en finissant son bol de céréales. Papa se tenait debout près de la cuisinière. Une tasse de café à la main. Maman pleurait à nouveau, presque sans bruit.

Soudain, pour la première fois, papa sembla remarquer sa présence.

« Ellie, je crois qu'il vaudrait mieux que tu ailles à l'école. Je t'y conduirai à l'heure du déjeuner.

— Je peux aller jouer dehors maintenant ?

— Oui. Mais ne t'éloigne pas. »

Ellie courut chercher sa veste et sortit rapidement. On était le 15 novembre, et les feuilles détrempées s'enfonçaient sous les pieds. Le ciel était lourd de nuages et on voyait qu'il allait bientôt repleuvoir. Ellie aurait voulu repartir vivre à Irvington où ils habitaient avant. C'était désert ici. Il n'y avait aucune autre habitation dans la rue que celle de Mme Hilmer.

Papa aussi se plaisait à Irvington. Ils étaient venus s'installer ici, à Oldham-on-the-Hudson, parce que maman voulait une maison plus grande avec davantage de terrain. Ce n'était possible qu'en partant s'installer dans le nord du Westchester, dans une ville qui n'était pas encore devenue une banlieue de New York.

Lorsque papa disait qu'il regrettait Irvington où lui-même avait grandi et où ils avaient vécu jusqu'à ce qu'ils déménagent voilà deux ans, maman répliquait que c'était merveilleux d'avoir beaucoup d'espace. Il disait alors que l'ancienne maison avait une vue unique sur l'Hudson et le pont Tappan Zee, et qu'il n'était pas nécessaire de parcourir dix kilomètres en voiture pour acheter du pain ou le journal.

Il y avait des bosquets tout autour de la maison. La grande demeure des Westerfield était située directement derrière la leur, mais de l'autre côté des arbres. Ellie jeta un coup d'œil vers la fenêtre de la cuisine pour s'assurer que personne ne l'avait vue, et fila à travers bois.

Cinq minutes plus tard, elle atteignit une clairière et franchit en courant le pré qui bordait la propriété des Westerfield. Se sentant de plus en plus seule, elle longea rapidement l'allée et fit le tour de la grande maison, petite silhouette perdue dans les longues ombres de l'orage menaçant.

Il y avait une porte sur le côté du garage, celle qui était toujours ouverte. Malgré tout, Ellie eut du mal à tourner la poignée. Elle finit par y parvenir et s'avança dans la pénombre. L'endroit était assez grand pour contenir quatre voitures, mais Mme Westerfield n'y laissait en permanence qu'un pick-up. Andrea et ses amies avaient apporté quelques vieilles couvertures sur lesquelles elles s'installaient lors de leurs rendez-vous. Elles s'asseyaient toujours au même endroit, au fond du garage, derrière le pick-up, de façon que personne ne puisse les voir depuis la fenêtre. Ellie savait que c'était là qu'elle trouverait Andrea si elle s'était cachée.

Elle ne comprenait pas pourquoi elle avait si peur tout à coup. Cessant de courir, elle dut se forcer pour avancer vers le fond. C'est alors qu'elle l'aperçut... le bord de la couverture qui dépassait de l'arrière du véhicule. Andrea était là ! Ni elle ni ses amies n'auraient laissé traîner les couvertures ; elles les repliaient soigneusement en partant et les cachaient dans l'armoire où l'on rangeait les produits d'entretien.

« Andrea... »

Ellie s'élança, appelant à voix basse pour ne pas effrayer sa sœur. Elle est probablement endormie, pensa-t-elle.

C'était ça, elle dormait. Bien que le garage fût semé de zones d'ombre, Ellie voyait les longs cheveux d'Andrea qui s'échappaient de sous la couverture.

« Andrea, c'est moi. »

Elle se mit à genoux à côté de sa sœur et souleva la couverture qui recouvrait son visage.

Andrea portait un masque, un masque horrible de monstre qui semblait tout poisseux et caoutchouteux. Ellie avança timidement la main pour le retirer, et ses doigts sentirent un creux au milieu du front. Comme elle se reculait avec un haut-le-corps, elle aperçut la flaque de sang qui s'écoulait à travers le pantalon d'Andrea.

Puis, dans un coin du vaste hangar, elle entendit quelqu'un respirer ; une respiration rauque, bruyante et sifflante qui se transforma en une sorte de ricanement.

Terrifiée, Ellie tenta de se lever, mais ses genoux glissèrent dans le sang et elle tomba en avant sur la poitrine d'Andrea. Ses lèvres effleurèrent quelque chose de doux et de froid, le pendentif en or d'Andrea. Elle parvint à se mettre debout, tourna les talons et se rua dehors.

Elle courut, hurlant à perdre haleine sans même s'en rendre compte, jusqu'à ce qu'elle arrive en vue de la maison et que Ted et Genine Cavanaugh se précipitent à sa rencontre au fond du jardin et voient leur cadette déboucher du bois, les bras ouverts, sa petite silhouette couverte du sang de sa sœur.

2

En dehors des moments où son équipe s'entraînait ou disputait un match pendant la saison de football, Paulie Stroebel, seize ans, travaillait après ses cours et toute la journée du samedi à la station-service de Hillwood. Il lui arrivait aussi de servir les clients, aux mêmes heures, dans la *delicatessen* de ses parents, à un bloc de là dans Main Street, ce qu'il faisait depuis l'âge de sept ans.

Peu doué pour les études, mais habile en mécanique, il aimait réparer les voitures et ses parents avaient compris son désir de travailler pour d'autres qu'eux. Avec ses cheveux blonds rebelles, ses yeux bleus, ses joues rondes et un robuste mètre soixante-dix, Paulie était considéré comme un garçon tranquille et sérieux par le patron de la station-service et comme une sorte d'attardé par ses condisciples du lycée Delano. Son seul point fort était le football.

Le vendredi, lorsque la nouvelle du meurtre d'Andrea Cavanaugh parvint à l'école, les conseillers pédagogiques furent chargés d'aller l'annoncer dans toutes les classes. Paulie était en train de réviser un examen quand Mlle Watkins entra dans sa classe, murmura quelques mots à l'oreille du professeur et frappa sur le bureau pour réclamer le silence.

« J'ai quelque chose de très triste à vous annoncer, commença-t-elle. Nous venons d'apprendre... » En phrases hachées, elle les informa qu'Andrea Cavanaugh, élève de seconde, avait été tuée, victime d'un acte de violence. L'annonce fut suivie d'un chœur d'exclamations et de protestations mêlées de pleurs.

Puis un hurlement – « Non ! » – fit taire l'assistance. Le calme, le placide Paulie Stroebel, le visage tordu par le chagrin, s'était dressé d'un bond. Sous le regard interloqué de ses camarades, il fut pris de tremblements de la tête aux pieds. Des sanglots profonds le secouèrent et il sortit en courant de la salle. Au moment où la porte se refermait derrière lui, il prononça quelque chose d'une voix trop étouffée pour que les autres élèves pussent l'entendre. Cependant, le garçon assis près de la porte jura plus tard qu'il avait dit : « Je ne peux pas croire qu'elle soit morte ! »

Emma Watkins, la conseillère pédagogique, que cette tragédie avait profondément bouleversée, eut l'impression qu'un couteau la transperçait. Elle éprouvait de l'affection pour Paulie et comprenait le sentiment de solitude de cet élève qui travaillait avec opiniâtreté et se donnait tellement de mal pour plaire à son entourage.

Elle était pour sa part convaincue que les mots de détresse qui lui avaient échappé étaient : « Je ne pensais pas qu'elle était morte. »

Cet après-midi-là, pour la première fois depuis six mois qu'il était employé à la station-service, Paulie ne se présenta pas à son travail et ne téléphona pas non plus à son patron pour lui expliquer son absence. En revenant chez eux, ses parents le trouvèrent allongé sur son lit, les yeux fixés sur le plafond, des photos d'Andrea éparpillées autour de lui.

Hans et Anja Wagner Stroebel, tous deux nés en Allemagne, avaient émigré aux Etats-Unis avec leurs parents quand ils étaient enfants. Ils s'étaient rencontrés et mariés tard, la trentaine largement dépassée, et avaient mis en commun leurs économies pour ouvrir la *delicatessen*. D'une nature réservée, ils avaient tendance à surprotéger leur fils unique.

Tous les clients de la boutique parlaient du

meurtre, s'interrogeaient. Qui pouvait avoir commis un crime aussi abominable ? Les Cavanaugh étaient des habitués de la *delicatessen,* et les Stroebel se joignirent à la discussion où il était question d'un rendez-vous secret qui aurait eu lieu dans le garage des Westerfield.

On en était venu à dire qu'elle était jolie, mais n'en faisait qu'à sa tête. Elle était censée faire ses devoirs avec Joan Lashley jusqu'à neuf heures, mais était repartie anormalement tôt. Etait-ce pour rencontrer quelqu'un, ou avait-elle été attaquée alors qu'elle rentrait chez elle ?

Anja Stroebel réagit instinctivement à la vue des photos répandues sur le lit de son fils. Elle les ramassa et les fourra dans son sac. Devant le regard interrogateur de son mari, elle secoua la tête, lui signifiant de ne pas poser de questions. Puis elle s'assit à côté de Paulie et le prit dans ses bras.

« Andrea était si jolie », dit-elle doucement, d'une voix où sous l'effet de l'émotion perçait encore davantage son accent. « Je me rappelle la façon dont elle t'a acclamé quand tu as fait cette passe formidable et sauvé le match au printemps dernier. Comme ses autres amis, tu es affreusement triste. »

Au début, Paulie eut l'impression que la voix de sa mère lui parvenait de très loin. *Comme ses autres amis.* Qu'entendait-elle par là ?

« La police va interroger tous ceux qui étaient proches d'Andrea, Paulie, dit-elle lentement mais avec fermeté.

— Je l'avais invitée à une fête, fit-il d'une voix hésitante. Elle avait dit qu'elle m'accompagnerait. »

Anja était certaine que son fils n'avait jamais invité de fille auparavant. L'année précédente, il avait refusé d'aller au bal du lycée.

« Tu l'aimais donc bien, Paulie ? »

Paulie Stroebel se mit à pleurer.

« Maman, je l'aimais tant.

— Tu l'aimais *bien,* Paulie, insista Anja. Tâche de t'en souvenir. »

Le samedi, Paulie Stroebel se présenta à la station-service l'air assuré, en s'excusant calmement d'avoir été absent le vendredi après-midi.

Tôt dans la matinée, Hans Stroebel livra personnellement un jambon de Virginie et des salades mélangées chez les Cavanaugh et demanda à leur voisine, Mme Hilmer, qui lui ouvrit la porte, de transmettre ses condoléances à la famille.

3

« Quel dommage que Ted et Genine soient des enfants uniques », avait dit Mme Hilmer à deux reprises dans la journée de samedi. « C'est un tel réconfort d'avoir une famille nombreuse autour de soi en de pareils moments. »

Ellie n'avait pas envie de voir d'autres gens. Elle voulait juste qu'Andrea revienne et elle voulait que maman cesse de pleurer et que papa lui parle. Il lui avait à peine adressé la parole depuis qu'elle était revenue en courant à la maison, qu'il l'avait prise dans ses bras et qu'elle était enfin parvenue à lui dire où se trouvait Andrea et qu'on lui avait fait du mal.

Plus tard, après être allé lui-même à la cachette et avoir vu Andrea, quand tous ces policiers étaient arrivés, il avait dit :

« Ellie, tu savais hier soir qu'elle était peut-être allée dans ce garage. Pourquoi ne nous as-tu rien *dit* ?

— Tu ne me l'as pas demandé et tu m'as envoyée me coucher.

— Oui, c'est vrai », reconnut-il.

Ensuite elle avait entendu son père dire à l'un des policiers : « Si seulement j'avais su qu'Andrea se trouvait là-bas, elle était peut-être encore en vie à neuf heures. J'aurais pu la trouver à temps. »

Quelqu'un de la police vint parler à Ellie, la questionna sur la cachette, lui demanda qui y venait. Dans sa tête, Ellie entendit Andrea : « Ellie est une chic fille. Pas du genre à cafter. »

Penser à Andrea, savoir qu'elle ne reviendrait jamais plus à la maison la fit pleurer et le policier cessa de l'interroger.

Dans l'après-midi du samedi un homme qui s'appelait l'inspecteur Marcus Longo vint à la maison. Il emmena Ellie dans la salle à manger et referma la porte. Il avait l'air gentil. Il lui confia qu'il avait un petit garçon de son âge qui lui ressemblait beaucoup. « Il a les mêmes yeux bleus que toi et ses cheveux ont exactement la même couleur que les tiens. Je lui dis souvent qu'ils ont les reflets du sable sous le soleil. »

Puis il lui raconta que quatre des amies d'Andrea avaient avoué qu'elles avaient l'habitude de se réunir dans la cachette avec elle, mais aucune n'y était allée ce soir-là. Il cita le nom des filles, puis demanda :

« Ellie, connais-tu d'autres camarades qui pourraient avoir retrouvé ta sœur là-bas ? »

Ce n'était pas cafter puisqu'elles avaient toutes avoué.

« Non, murmura-t-elle. Seulement ces quatre-là.

— Y a-t-il quelqu'un d'autre qu'Andrea aurait pu rencontrer dans la cachette ? »

Elle hésita. Elle ne pouvait pas lui parler de Rob Westerfield. Ç'aurait été dire du mal d'Andrea.

L'inspecteur Longo poursuivit :

« Ellie, quelqu'un a fait du mal à Andrea et elle en est morte. Tu ne dois pas le protéger. Andrea aurait voulu que tu nous dises tout ce que tu sais. »

Ellie contempla ses mains. Dans cette grande ferme ancienne, la pièce où ils se trouvaient était sa préférée. Au début, les murs étaient recouverts d'un vilain papier peint, mais ils avaient été repeints en jaune clair, et il y avait un nouveau lustre au-dessus de la table dont les ampoules ressemblaient à des bougies. Maman l'avait déniché dans un vide-greniers et elle disait que c'était une véritable trouvaille. S'il lui avait fallu longtemps pour le nettoyer, aujourd'hui il faisait l'admiration de tous les gens qui venaient à la maison.

Ils prenaient toujours leur dîner dans la salle à manger, même si papa estimait ridicule de faire autant d'embarras. Maman avait un livre qui indiquait comment disposer la table pour un dîner de cérémonie. C'était Andrea qui était chargée de dresser la table tous les dimanches, y compris lorsqu'ils étaient simplement en famille. Ellie l'aidait et toutes les deux riaient et s'amusaient en sortant l'argenterie et la belle vaisselle.

« Lord Malcolm de Mes-Deux est l'invité d'honneur aujourd'hui », disait Andrea. Puis, lisant les règles d'étiquette, elle le plaçait à la droite de maman. « Non, Gabrielle, le verre à eau doit être placé légèrement à droite du couteau. »

Le vrai nom d'Ellie était Gabrielle, mais personne ne l'appelait ainsi sauf Andrea en plaisantant. Elle se demanda si c'est à elle que reviendrait désormais la tâche de mettre la table le dimanche. Elle espérait que non. Sans Andrea, cela n'aurait plus rien de drôle.

Comment de telles pensées pouvaient-elles lui traverser la tête ? D'un côté, elle savait qu'Andrea était morte et serait enterrée mardi matin au cimetière de

Gate of Heaven à Tarrytown avec grand-père et grand-mère Cavanaugh. De l'autre, elle s'attendait à voir Andrea entrer dans la maison, l'attirant près d'elle pour lui confier un secret.

Un *secret.* Andrea retrouvait parfois Rob Westerfield dans la cachette. Ellie avait juré de ne rien dire.

« Ellie, la personne qui a fait du mal à Andrea peut s'attaquer à quelqu'un d'autre si on ne l'en empêche pas », disait l'inspecteur Longo de sa voix posée et amicale.

« Vous pensez que c'est ma faute si Andrea est morte ? C'est ce que pense papa.

— Non, il ne le pense pas, Ellie, dit l'inspecteur Longo. Cependant, tout ce que tu peux nous dire sur les secrets que tu partageais avec Andrea nous serait d'une grande aide. »

Rob Westerfield, pensa Ellie. Parler de Rob à l'inspecteur Longo ne signifiait peut-être pas tout à fait manquer à sa promesse. Si c'était Rob qui avait fait du mal à Andrea, tout le monde devait le savoir. Elle baissa les yeux.

« Elle rencontrait parfois Rob Westerfield à la cachette », murmura-t-elle.

L'inspecteur se pencha en avant.

« Sais-tu si elle avait rendez-vous avec lui ce soir-là ? » demanda-t-il.

Ellie vit bien qu'il était impatient d'en savoir plus sur Rob.

« Je crois que oui. Paulie Stroebel lui avait demandé de l'accompagner à la fête de Thanksgiving et elle avait accepté. Elle n'avait pas vraiment *envie* d'y aller avec lui, mais Paulie lui avait dit qu'il était au courant de ses sorties en douce avec Rob et qu'il le dirait si elle ne l'accompagnait pas. Alors Rob s'était mis en colère contre elle et elle voulait lui expliquer pourquoi elle avait accepté de sortir avec Paulie, pour l'empêcher de tout rapporter à papa. C'est peut-être pour ça qu'elle est partie plus tôt de chez Joan.

— Comment Paulie savait-il qu'elle voyait Rob Westerfield ?

— Andrea pensait qu'il lui était arrivé de la suivre jusqu'à la cachette. Paulie voulait qu'elle soit *sa* petite amie. »

4

QUELQU'UN avait utilisé le lave-linge.

« C'était donc si pressé que vous n'avez pas pu attendre mon retour, madame Westerfield ? » demanda Rosita d'un ton vexé, comme si elle se défendait d'avoir laissé une tâche inachevée. Elle s'était absentée le jeudi pour se rendre auprès d'une tante malade. On était samedi et elle venait de rentrer. « Vous ne devriez pas vous donner la peine de faire la lessive alors que vous avez déjà tellement de travail avec la décoration de toutes ces maisons. »

Linda Westerfield ne sut pourquoi une soudaine alarme se déclencha dans sa tête. Pour une raison qu'elle ignorait, elle ne répondit pas directement à la remarque de Rosita.

« Oh, de temps en temps, il m'arrive d'aller jeter un coup d'œil sur les chantiers et de faire moi-même quelques retouches de peinture ; il m'est dans ce cas aussi facile de fourrer mes vêtements de travail dans la machine que de les laisser traîner, dit-elle.

— Eh bien, à en juger par la quantité de lessive que vous avez utilisée, vous devez en avoir sali vraiment beaucoup. Et à propos, madame Westerfield, j'ai entendu hier à la radio parler de ce qui est arrivé à la fille Cavanaugh. Je n'arrête pas de penser à elle. Comment imaginer qu'une chose pareille ait pu arriver dans cette petite ville ? C'est à vous briser le cœur.

— En effet. »

C'était probablement Rob qui s'était servi du lave-linge. Vince, son mari, n'aurait jamais utilisé la machine, il ne savait même pas comment elle marchait.

Les yeux noirs de Rosita étaient brillants de larmes et elle les essuya furtivement du revers de la main.

« Cette pauvre mère. »

Rob ? Qu'avait-il de si urgent à laver ?

C'était un de ses vieux trucs. A l'âge de onze ans, il avait essayé d'éliminer l'odeur de cigarette de ses vêtements de jeu.

« Andrea Cavanaugh était un joli brin de fille. Et son père qui est dans la police de l'Etat ! On pourrait penser qu'un homme comme lui aurait dû être capable de protéger son enfant.

— Oui, c'est ce qu'on aurait pu penser. »

Assise devant le comptoir de la cuisine, Linda passait en revue les croquis qu'elle avait exécutés pour habiller les fenêtres de la maison d'un de ses clients.

« Imaginer qu'un individu a pu fracasser le crâne de cette enfant. Il faut être un véritable monstre. J'espère qu'il sera pendu le jour où on lui mettra la main dessus. »

Rosita se parlait à elle-même à présent, sans attendre de réponse. Linda glissa ses croquis dans sa serviette.

« Mon mari et moi dînerons dehors ce soir, Rosita, nous devons retrouver des amis au restaurant, dit-elle en se laissant glisser de son tabouret.

— Rob sera-t-il à la maison ? »

Bonne question, pensa Linda.

« Il est sorti faire son jogging, il devrait être de retour d'une minute à l'autre. Vous verrez ça avec lui. »

Elle crut déceler un léger tremblement dans sa voix. Rob avait été nerveux et maussade pendant toute la journée d'hier. Lorsque la nouvelle de la mort d'Andrea Cavanaugh s'était répandue comme une traînée de poudre dans la ville, elle s'était attendue à le voir bouleversé. Au lieu de quoi il s'était montré indifférent : « Je la connaissais à peine, maman. »

Etait-ce simplement parce que Rob, comme beaucoup de garçons et de filles de dix-neuf ans, ne pouvait pas affronter la mort d'un être jeune ? Qu'il avait l'impression que sa propre existence était menacée ?

Linda monta à l'étage d'un pas lourd, soudain accablée par le pressentiment d'un malheur imminent. Ils avaient quitté leur maison de Manhattan dans la 70e Rue Est pour venir s'installer dans ce manoir du dix-huitième siècle voilà six ans, à l'époque où Rob avait été envoyé en pension. Ils avaient décidé de venir vivre dans cette petite ville où ils passaient traditionnellement l'été chez la mère de Vince. Celui-ci avait déclaré que l'endroit était une mine sur le plan immobilier et il avait commencé à investir dans la pierre.

La maison, avec son atmosphère intemporelle, était une source constante de plaisir pour Linda, pourtant, aujourd'hui elle ne prêta pas attention à la douceur de la rampe en bois poli qui glissait sous sa main, ni à la vue sur la vallée de l'Hudson que l'on découvrait de la fenêtre en haut de l'escalier.

Elle se dirigea directement vers la chambre de Rob. La porte était fermée. Elle l'ouvrit d'une main fébrile et entra. Le lit était défait, mais curieusement le reste de la pièce était dans un ordre parfait. Rob prenait toujours un soin méticuleux de ses vêtements, allant jusqu'à repasser ses pantalons lorsqu'ils sortaient de chez le teinturier pour mieux marquer le pli, mais il les laissait traîner n'importe où une fois qu'il les avait mis. Elle s'attendait donc à trouver ceux qu'il avait portés le jeudi et la veille éparpillés par terre, jusqu'au retour de Rosita.

Elle traversa rapidement la pièce et regarda dans la corbeille à linge de la salle de bains. Elle était vide.

A un certain moment, entre jeudi matin, où Rosita était partie, et tôt aujourd'hui, Rob avait lavé et fait sécher les vêtements qu'il avait portés avant-hier et hier. *Pourquoi ?*

Linda se retint d'aller jeter un coup d'œil dans sa penderie, craignant que Rob ne la trouve en train de fouiller dans ses affaires. Elle n'était pas préparée à une confrontation. Elle sortit de la chambre en prenant soin de refermer la porte, et parcourut le couloir jusqu'à l'appartement privé que Vince et elle avaient ajouté lorsqu'ils avaient fait agrandir la maison.

Sentant la migraine la gagner, elle déposa la serviette qu'elle tenait à la main sur le divan du boudoir attenant à la chambre, alla à la salle de bains et ouvrit l'armoire de toilette. Tandis qu'elle avalait deux aspirines, elle se regarda dans le miroir et éprouva un choc à la vue de sa mine pâle et inquiète.

Elle était en survêtement, ayant prévu d'aller faire un footing après avoir mis la dernière main à ses croquis. Ses cheveux châtains coupés court étaient retenus par un bandeau et elle ne portait aucun maquillage. Elle s'examina sans indulgence, conclut qu'elle faisait davantage que quarante-quatre ans avec ces petites rides qui étaient apparues autour de ses yeux et de ses lèvres.

La fenêtre de la pièce avait vue sur le devant de la maison et l'allée principale. Au moment où elle regardait dehors, Linda vit s'approcher une voiture inconnue. Un instant plus tard, la sonnette de l'entrée retentit. Au lieu d'utiliser l'Interphone comme à l'accoutumée pour l'informer de l'identité du visiteur, Rosita monta l'escalier quatre à quatre et lui tendit une carte de visite.

« Il souhaite parler à votre fils, madame. Je lui ai dit que Rob était sorti faire son jogging et il a dit qu'il attendrait. »

Linda mesurait presque vingt centimètres de plus que Rosita, dont la taille ne dépassait guère un mètre cinquante, mais elle se cramponna à son épaule pour ne pas tomber après avoir lu le nom inscrit sur la carte : « INSPECTEUR MARCUS LONGO ».

5

PARTOUT où elle allait, Ellie avait l'impression de gêner. Après le départ du gentil inspecteur, elle essaya de trouver maman, mais Mme Hilmer lui dit que le docteur lui avait donné quelque chose pour l'aider à se reposer. Papa était resté enfermé dans son bureau. Il avait demandé qu'on le laisse tranquille.

Grand-mère Reid, qui vivait en Floride, était arrivée la veille en fin de soirée, et elle n'avait fait que pleurer.

Mme Hilmer et des amies de maman de son club de bridge étaient assises dans la cuisine. Ellie entendit l'une d'entre elles, Mme Storey, dire :

« Je me sens si inutile, pourtant j'ai l'impression que notre présence est un réconfort pour Ted et Genine, qu'ils se sentent moins seuls. »

Ellie sortit dans le jardin et alla à la balançoire. Elle poussa de toutes ses forces sur ses jambes pour monter de plus en plus. Elle voulait faire le tour complet. Elle voulait tomber de très haut et se faire mal. Alors peut-être cesserait-elle d'avoir cette douleur audedans.

La pluie s'était arrêtée, mais le soleil ne se montrait pas et il faisait froid. Au bout d'un moment, Ellie comprit que ce n'était pas la peine de continuer ; la balançoire ne ferait pas le tour complet. Elle regagna la maison, passa par la petite entrée qui donnait dans la cuisine. Elle reconnut la voix de la mère de Joan. Elle avait rejoint les autres dames et Ellie comprit qu'elle pleurait.

« J'ai été étonnée qu'Andrea parte si tôt. Il faisait déjà nuit et j'ai hésité à la reconduire en voiture. Si seulement... »

Et Mme Lewis de poursuivre :

« Si seulement Ellie leur avait dit qu'Andrea avait l'habitude d'aller dans ce garage que les enfants appelaient leur cachette, Ted aurait pu arriver à temps. »

Si seulement Ellie...

Ellie se dirigea vers l'escalier, à l'arrière de la maison, prenant soin de marcher sur la pointe des pieds afin qu'on ne l'entendît pas. La valise de grand-mère était sur son lit. C'était bizarre. Grand-mère ne devait-elle pas dormir dans la chambre d'Andrea ? Elle était vide à présent.

A moins qu'on ne lui permette à elle d'aller y dormir. Comme ça, si elle se réveillait au cours de la nuit, elle pourrait imaginer qu'Andrea allait revenir d'une minute à l'autre.

La porte de la chambre d'Andrea était fermée. Elle l'ouvrit tout doucement, comme tous les samedis matin lorsqu'elle jetait un coup d'œil pour vérifier si sa sœur était encore endormie.

Papa était debout devant le bureau d'Andrea. Il tenait une photo dans sa main. Ellie savait que c'était une photo d'Andrea bébé, celle qui se trouvait dans le cadre en argent avec ces mots gravés : « LA PETITE FILLE CHÉRIE DE PAPA ».

Puis elle le vit soulever le couvercle de la boîte à musique. C'était un autre cadeau qu'il avait acheté pour Andrea après sa naissance. Papa racontait qu'elle ne voulait jamais s'endormir quand elle était petite, et qu'il remontait la boîte à musique, et dansait en la tenant dans ses bras tout autour de la chambre en chantonnant les paroles de la chanson jusqu'à ce qu'elle cède au sommeil.

Ellie lui avait demandé s'il faisait la même chose avec elle, mais maman avait dit non, parce qu'elle avait toujours bien dormi. Depuis le jour de sa naissance, elle n'avait jamais posé de problème.

Certaines des paroles lui revinrent à l'esprit tandis que la musique s'égrenait dans la chambre. « Tu es le trésor de papa... tu es l'esprit de Noël, mon étoile scintillante... Tu es la petite fille chérie de papa. »

Ellie vit papa s'asseoir sur le bord du lit d'Andrea et se mettre à sangloter.

Elle sortit à reculons de la chambre, refermant la porte aussi doucement qu'elle l'avait ouverte.

Deuxième partie

Vingt-trois ans plus tard

6

Il y aura bientôt vingt-trois ans que ma sœur Andrea a été assassinée et j'ai toujours l'impression que c'était hier.

Rob Westerfield fut arrêté deux jours après les funérailles et accusé d'homicide volontaire. En grande partie grâce aux informations que j'avais fournies à l'époque, la police avait obtenu l'autorisation de perquisitionner la maison des Westerfield et la voiture de Rob.

Ils trouvèrent les vêtements qu'il avait portés le soir où il avait attenté à la vie d'Andrea et, bien qu'il les eût soigneusement lavés à l'eau de Javel, le laboratoire put identifier des traces de sang. On découvrit le démonte-pneu qui avait été l'arme du crime dans le coffre de sa voiture. Il l'avait également nettoyé, mais un cheveu d'Andrea y était resté collé.

Pour sa défense, Rob déclara qu'il était allé voir un film ce soir-là. Le parking du cinéma étant complet, il avait laissé sa voiture à la station-service voisine. Les pompes étaient fermées, mais il avait vu Paulie Stroebel travailler dans l'atelier. Rob affirma avoir prévenu Paulie qu'il reprendrait sa voiture à la fin de la séance.

Il prétendit que, pendant qu'il regardait le film, Paulie Stroebel avait très bien pu emprunter sa voiture pour aller jusqu'à la cachette, tuer Andrea et ramener le véhicule à l'endroit où il l'avait garé. Il ajouta qu'il avait souvent laissé sa voiture à l'atelier pour de petites réparations et que Paulie avait eu maintes fois l'occasion de faire faire un double de la clé.

S'agissant du sang qu'on avait trouvé sur ses vêtements et incrusté dans les semelles de ses tennis, il expliqua qu'Andrea l'avait supplié de venir la retrouver à la cachette. Il dit qu'elle le harcelait au téléphone et qu'elle l'avait appelé en fin d'après-midi le jour de sa mort. Elle lui avait annoncé qu'elle sortait avec Paulie Stroebel et espérait qu'il ne lui en voudrait pas.

« Elle pouvait sortir avec qui elle voulait, je m'en fichais, confia Rob durant son audition au procès. C'était juste une fille qui avait le béguin pour moi. Elle me suivait partout. Je ne pouvais pas me balader en ville sans la voir apparaître au coin de la rue. J'allais au bowling et la trouvais qui jouait dans l'allée voisine. Je l'avais surprise avec ses copines dans le garage de ma grand-mère en train de fumer des cigarettes et, par gentillesse, je lui avais dit que ça ne dérangeait personne. Elle me suppliait de l'emmener faire un tour en voiture. Elle passait son temps à me téléphoner. »

Il avait aussi donné la raison qui l'avait poussé à aller au garage.

« En sortant du cinéma, je m'apprêtais à rentrer chez moi. Puis je me suis inquiété pour elle. J'avais eu beau lui dire que je ne viendrais pas la retrouver, elle avait répondu qu'elle m'attendrait quand même. J'ai pensé préférable d'aller la convaincre de rentrer chez elle avant que son père ne se mette en rogne. L'ampoule de la lampe du garage était grillée. Je me suis avancé à tâtons dans l'obscurité, contournant le pick-up derrière lequel Andrea et ses copines s'installaient sur des couvertures pour fumer des cigarettes.

« C'est alors que j'ai senti la couverture sous mon pied. J'ai vaguement distingué une forme allongée par terre et je me suis dit qu'Andrea avait dû m'attendre et s'était endormie. Puis je me suis agenouillé et aperçu qu'elle avait le visage couvert de sang. Je suis parti en courant. »

On lui demanda pourquoi il s'était enfui.

« Parce que j'avais peur que quelqu'un m'accuse de l'avoir frappée.

— Que lui était-il arrivé à votre avis ?

— Je n'en sais rien. J'étais terrifié. Quand j'ai découvert que le démonte-pneu dans mon coffre portait des traces de sang, j'ai compris que c'était Paulie qui l'avait probablement tuée. »

Il était très habile, son témoignage parfaitement rodé. Beau garçon de surcroît, il fit une forte impression. Mais mon témoignage lui fut fatal. Je me revois à la barre, répondant aux questions du procureur.

« Ellie, Andrea avait-elle appelé Rob avant de partir chez Joan ?

— Oui.

— Et lui, est-ce qu'il lui téléphonait ?

— Parfois, mais si c'était papa ou maman qui répondait il raccrochait. Il préférait que ce soit Andrea qui l'appelle car il avait une ligne personnelle dans sa chambre.

— Y avait-il une raison particulière pour qu'Andrea lui téléphone le soir de sa mort ?

— Oui.

— As-tu entendu la conversation ?

— Seulement quelques mots. J'étais entrée dans sa chambre. Elle pleurait à moitié. Elle disait à Rob qu'elle était obligée d'aller à la fête avec Paulie, qu'elle ne pouvait pas faire autrement. Elle ne voulait pas que Paulie raconte qu'elle rencontrait Rob dans la cachette.

— Et qu'est-il arrivé ?

— Elle a dit à Rob qu'elle allait faire ses devoirs chez Joan, et il lui a demandé de venir le retrouver à la cachette.

— Tu l'as vraiment entendue dire ça ?

— Non, mais j'ai entendu Andrea promettre : "Je vais essayer, Rob", et quand elle a raccroché elle a expliqué : "Rob veut que je parte plus tôt de chez Joan et que je le retrouve à la cachette. Il est furieux contre moi. Il a dit qu'il n'était pas question que je sorte avec quelqu'un d'autre."

— C'est ce que t'a rapporté Andrea ?

— Oui.

— Et qu'est-il arrivé ensuite ? »

C'est à ce moment-là, à la barre, que j'ai révélé l'ultime secret d'Andrea et manqué à la promesse sacrée que je lui avais faite. La promesse craché-juré de ne jamais parler du pendentif que Rob lui avait offert. Il était en or et en forme de cœur, orné de trois petites pierres bleues. Rob avait fait graver leurs initiales au dos. Je me suis mise à pleurer parce que ma sœur me manquait affreusement et que parler d'elle était très douloureux. De moi-même, sans qu'on me le demande, j'ai ajouté :

« Elle avait mis son pendentif avant de partir, c'est pourquoi j'étais presque certaine qu'elle allait le retrouver.

— Son pendentif ?

— C'est Rob qui le lui avait donné. Andrea le portait sous son chemisier pour qu'on ne le voie pas. Mais je l'ai senti sur elle quand je l'ai découverte dans le garage. »

Je me tenais à la barre des témoins. Je me souviens que j'évitais de regarder Rob Westerfield. Ses yeux étaient fixés sur moi ; je pouvais sentir la haine qui émanait de lui.

Et je lisais dans les pensées de ma mère et de mon

père qui étaient assis derrière le procureur : « Ellie, tu aurais dû nous le dire. Tu aurais dû nous le dire. »

Ma déposition fut violemment récusée par la défense. Les avocats déclarèrent qu'Andrea portait souvent un médaillon offert par mon père, qu'il se trouvait sur sa commode après que son corps eut été découvert, que j'inventais des histoires ou répétais des histoires inventées par Andrea à propos de Rob.

J'avais insisté : « Andrea portait son pendentif quand je l'ai trouvée. Je l'ai senti en tombant sur elle. » Puis je m'étais écriée : « C'est pourquoi je sais que Rob Westerfield était dans la cachette lorsque j'ai découvert Andrea. Il était revenu chercher le pendentif. »

L'avocat de Rob entra dans une fureur noire et cette remarque fut éliminée du procès-verbal. Le juge se tourna vers les jurés et leur dit de ne pas en tenir compte.

Quelqu'un parmi eux m'avait-il crue ? Je l'ignore. Le jury fut appelé à délibérer et il se passa presque une semaine avant que le verdict ne soit rendu. Nous apprîmes par la suite que quelques jurés avaient penché au début pour un verdict d'homicide sans préméditation, mais la majorité retinrent au contraire la préméditation. Leur conclusion fut que Rob avait emporté le démonte-pneu dans le garage avec l'intention de tuer Andrea.

J'ai relu les minutes du procès à l'époque où Rob Westerfield fit ses premières demandes de libération conditionnelle. J'avais écrit des lettres de protestations véhémentes pour m'y opposer.

Aujourd'hui, Rob a purgé une peine de presque vingt-deux ans d'emprisonnement et je sais que cette libération va sans doute lui être accordée. C'est la raison pour laquelle je dois me rendre à Oldham-on-the-Hudson.

J'ai maintenant trente ans, je vis à Atlanta et je suis journaliste d'investigation à l'*Atlanta News*. Le rédacteur en chef, Pete Lawlor, prend pour un affront personnel la moindre demande de congé, même de vacances annuelles.

Je m'attendais donc à le voir sauter au plafond lorsque je lui annonçai que je devais partir pendant quelques jours, voire plus longtemps.

« Vous vous mariez ? »

Je lui répondis que c'était la dernière chose que j'avais en tête.

« Alors que se passe-t-il ? »

Je n'ai jamais rien raconté de ma vie privée au journal, mais Pete Lawlor fait partie de ces gens qui semblent tout savoir sur tout le monde. Trente et un ans, affligé d'un début de calvitie, toujours en lutte contre ses cinq kilos superflus, Pete est probablement l'homme le plus intelligent que j'aie jamais rencontré. Six mois après mon arrivée au journal et mon reportage sur le meurtre d'une adolescente, il m'avait dit de but en blanc : « Ça n'a pas dû être facile pour vous d'écrire cet article. Je suis au courant de ce qui est arrivé à votre sœur. »

Il n'attendait pas de réponse, et je ne lui en donnai pas, mais je sentis une compréhension de sa part qui me réconforta. Ce reportage m'avait bouleversée sur le plan émotionnel.

« L'assassin d'Andrea va présenter une nouvelle demande de libération conditionnelle. Je crains qu'elle ne lui soit accordée cette fois-ci, et je veux savoir si je peux faire quelque chose pour m'y opposer. »

Pete se carra dans son fauteuil. Comme tous les jours, il portait une chemise dont il ne boutonnait jamais le col et un pull. J'en étais arrivée à me demander s'il possédait une veste.

« Combien d'années de prison a-t-il purgées ?

— Presque vingt-deux.
— Combien de demandes a-t-il présentées ?
— Deux.
— Des problèmes pendant sa détention ? »

J'eus l'impression d'être une gamine interrogée par un examinateur.

« Pas que je sache.
— Dans ce cas, il va probablement sortir.
— C'est aussi mon avis.
— Pourquoi vous en mêler alors ?
— Parce que je le dois. »

Pete Lawlor n'est pas homme à perdre son temps en conjectures. Il ne me posa pas d'autres questions, se contenta d'un signe de tête.

« O.K. Quand a lieu l'audience ?
— La semaine prochaine. Lundi, j'ai rendez-vous avec un membre de la Commission des libérations conditionnelles. »

Il se plongea à nouveau dans les papiers éparpillés sur son bureau, mettant ainsi fin à notre entretien. « Allez-y », dit-il. Comme je m'apprêtais à partir, il ajouta :

« Ellie, vous n'êtes pas aussi forte que vous le croyez.
— Détrompez-vous, je suis assez forte. »

Je ne pris pas la peine de le remercier de m'avoir accordé un congé.

Le samedi suivant, j'ai pris l'avion à Atlanta pour l'aéroport du comté de Westchester où j'ai loué une voiture.

J'aurais pu descendre dans un motel à Ossining, près de Sing-Sing, la prison où était incarcéré le meurtrier d'Andrea, mais je préférai parcourir vingt kilomètres de plus jusqu'à Oldham-on-the-Hudson, la petite ville où j'avais vécu. Une fois arrivée là, je finis par retrouver le *Parkinson Inn*, une auberge au charme vieillot où nous allions parfois déjeuner ou dîner.

Le *Parkinson Inn* était visiblement à la mode. Par cette froide journée d'octobre, les tables de la salle à manger étaient toutes occupées par des couples et des familles en tenue décontractée. Un sentiment de nostalgie s'empara soudain de moi. Je me remémorais ma vie ici, lorsque nous venions parfois tous les quatre déjeuner le samedi à l'auberge, et que papa nous déposait au cinéma, Andrea et moi. Elle y retrouvait ses amies, mais acceptait ma présence.

« Ellie est une chic fille, pas du genre à cafter », disait-elle. Si le film se terminait assez tôt, nous nous précipitions toutes à la cachette du garage où Andrea, Joan, Margy et Dottie fumaient rapidement une cigarette avant de rentrer chez elles.

Andrea avait une réponse toute prête au cas où papa dirait que ses vêtements empestaient le tabac. « Je n'y peux rien. Nous sommes allées à la pizzeria après le film et il y avait un tas de gens qui fumaient. » Et elle me faisait un clin d'œil.

L'auberge n'a que huit chambres, malgré tout il en restait une de libre, une pièce dépouillée, meublée d'un lit à chevet métallique, d'un bureau à deux tiroirs, d'une table de nuit et d'un fauteuil. Elle était orientée à l'est, dans la direction de notre ancienne maison. Le soleil de l'après-midi était hésitant, perçait les nuages par intermittence, tantôt aveuglant, tantôt voilé.

Debout à la fenêtre, je regardai au-dehors et j'eus l'impression de me retrouver à l'âge de sept ans en train de contempler mon père qui tenait la boîte à musique entre ses mains.

7

C'EST cette journée qui a décidé de toute ma vie. Saint Ignace de Loyola disait : « Donnez-moi l'enfant jusqu'à l'âge de sept ans, et je vous montrerai l'homme. »

J'étais là, aussi silencieuse qu'une souris, regardant ce père que j'adorais sangloter et serrer contre lui la photographie de ma sœur morte, tandis que les notes grêles de la boîte à musique tintaient dans la pièce autour de lui.

Rétrospectivement, je me demande ce qu'il serait advenu si je m'étais précipitée vers lui, si j'avais passé mes bras autour de son cou et mêlé mon chagrin au sien. Mais j'avais compris que sa peine n'appartenait qu'à lui seul et que je ne pourrais jamais l'atténuer, quoi que je fasse.

Le lieutenant Edward Cavanaugh, brillant officier de la police d'Etat de New York, qui avait risqué sa vie en de nombreuses occasions, n'avait pu empêcher le meurtre de son enfant de quinze ans, de sa jolie tête de mule de fille, et personne, même issu de son propre sang, ne pouvait partager son désespoir.

Le temps m'a appris que, si le chagrin n'est pas partagé, la faute passe de l'un à l'autre et finit par ne plus quitter celui qui est le moins apte à s'en décharger.

Dans ce cas précis, c'était moi.

L'inspecteur Longo ne s'attarda pas à exploiter ma déloyauté envers Andrea. Je lui avais donné deux suspects possibles : Rob Westerfield, qui s'était servi de ses atouts de beau et riche jeune play-boy pour tourner la tête à Andrea, et Paulie Stroebel, le timide adolescent amoureux de la ravissante flûtiste de la fanfare qui célébrait avec enthousiasme ses exploits sur le terrain de football.

Pendant qu'on analysait les résultats de l'autopsie d'Andrea et qu'avaient lieu les préparatifs de son enterrement dans le cimetière de Gate of Heaven, à côté de nos grands-parents paternels dont je n'avais qu'un vague souvenir, l'inspecteur Longo interrogea Rob Westerfield et Paulie Stroebel. Tous deux assurèrent qu'ils n'avaient pas vu Andrea le jeudi soir, ni prévu de la retrouver quelque part.

Paulie travaillait à la station-service, et bien qu'elle fermât à dix-neuf heures, il affirma s'être attardé dans l'atelier pour terminer des petites réparations sur plusieurs voitures. Rob jura qu'il était allé au cinéma, et fournit même un ticket pour le prouver.

Je me revois debout devant la tombe d'Andrea, une rose à longue tige à la main, que je devais déposer sur le cercueil après les prières de circonstance. Je me souviens aussi que je me sentais morte à l'intérieur, aussi morte et immobile qu'Andrea lorsque je m'étais agenouillée près d'elle dans le garage.

J'aurais tellement voulu lui dire que je regrettais d'avoir trahi le secret de ses rendez-vous avec Rob, que je me reprochais tout autant de m'être tue lorsque nous avions su qu'elle était partie de chez Joan plus tôt que prévu et que nous ne l'avions pas vue réapparaître à la maison. Mais je me tus, bien sûr. Je déposai ma fleur qui glissa du cercueil. Sans me laisser le temps de la ramasser, ma grand-mère s'avança pour déposer la sienne, et son pied écrasa ma rose dans la terre boueuse.

Puis nous quittâmes le cimetière les uns derrière les autres et, parmi ce rassemblement de visages graves, je surpris des regards courroucés dirigés vers moi. Les Westerfield s'étaient tenus éloignés, mais les Stroebel étaient présents, encadrant Paulie, épaule contre épaule. Je me souviens du sentiment de reproche qui m'assiégeait, m'accablait, m'étouffait presque. Un sentiment qui ne m'a plus jamais quittée depuis.

J'avais tenté de leur expliquer qu'au moment où je me tenais agenouillée près du corps de ma sœur j'avais entendu quelqu'un respirer, mais ils s'étaient montrés sceptiques, sous prétexte que j'étais moi-même hystérique et terrifiée. Lorsque je m'étais enfuie à travers bois ma respiration était aussi entrecoupée et pénible que durant mes crises de laryngite. Et, dans les années qui suivirent, le même cauchemar m'a souvent réveillée : je suis agenouillée au-dessus du corps d'Andrea, je glisse dans son sang, et j'entends ce souffle rauque, pareil à celui d'un animal, qui se transforme en un ricanement aigu de prédateur.

Je sais d'instinct que Rob Westerfield est habité par une bête sauvage et que, le jour où il sera libéré, il frappera à nouveau.

8

REFOULANT les larmes qui brûlaient mes paupières, je me détournai de la fenêtre, saisis mon sac à dos et le jetai sur le lit. Un sourire me vint aux lèvres en le défaisant. Comment osais-je critiquer la désinvolture de Pete Lawlor en matière d'habillement ? J'étais moi-même vêtue d'un jean et d'un pull à col roulé ; et dans mon sac, outre une chemise de nuit et des sous-vêtements, je n'avais emporté qu'une jupe longue en lainage et deux pulls de rechange. Mes chaussures préférées sont des socques, qui conviennent parfaitement à mon mètre soixante-quinze. Mes cheveux ont gardé leurs reflets blond cendré. Je les porte longs ou tordus en chignon, ou encore retenus sur la nuque par une barrette.

Jolie, féminine, Andrea ressemblait à ma mère. J'ai les traits accusés de mon père, plus seyants chez un homme que chez une femme. Personne ne me qualifierait d'« étoile scintillante ».

Des effluves délicieux montaient de la salle à manger et je m'aperçus que j'avais faim. J'avais pris un vol tôt au départ d'Atlanta et, conformément au règlement, étais arrivée à l'aéroport longtemps avant l'heure de départ. Le petit déjeuner s'était réduit à une tasse de mauvais café.

Il était une heure trente lorsque je descendis au restaurant et l'affluence du déjeuner avait diminué. Je n'eus aucune difficulté à obtenir une table, un petit box près de la cheminée où brûlait une flambée. Je me rendis compte que j'étais transie en sentant la chaleur pénétrer mes mains et mes pieds.

« Puis-je vous apporter une boisson ? » demanda avec un sourire la serveuse, une femme aux cheveux gris qui arborait un badge au nom de Liz.

Pourquoi pas ? Je commandai un verre de vin rouge.

A son retour, je lui dis que j'avais opté pour une soupe à l'oignon, un choix qu'elle parut approuver.

« Etes-vous ici depuis longtemps, Liz ? demandai-je.

— Vingt-cinq ans. C'est à peine croyable. »

Peut-être nous avait-elle servis autrefois.

« Est-ce que vous préparez toujours des sandwichs au beurre de cacahuète et à la gelée ? demandai-je.

— Oui, bien sûr. Vous en commandiez souvent ?

— Oui. »

Je regrettai immédiatement d'avoir soulevé la question. Je voulais à tout prix éviter que les habitants de longue date ne reconnaissent en moi la « sœur de la fille qui avait été assassinée vingt-trois ans plus tôt ».

Mais Liz avait manifestement l'habitude d'entendre des clients de passage raconter qu'ils avaient dîné à l'auberge des années auparavant, et elle s'éloigna sans autre commentaire.

Je bus mon vin à petites gorgées et me rappelai peu à peu les occasions particulières où nous étions venus ici à l'époque où nous formions une famille. Pour des anniversaires, le plus souvent, ou pour dîner après une excursion en voiture. La dernière fois, me semble-t-il, ce fut lors de la visite de ma grand-mère, un an après son installation en Floride. Mon père était allé la chercher à l'aéroport et nous avait rejoints au *Parkinson Inn.* Nous avions commandé un gâteau à son intention. En lettres roses et blanches s'inscrivait : « BIENVENUE À LA MAISON, GRAND-MÈRE ».

Elle s'était mise à pleurer. Des larmes de joie. Les dernières larmes de joie qu'ait versées notre famille. Et cette pensée me ramena douloureusement à celles versées le jour de l'enterrement d'Andrea, et au terrible affrontement qui avait suivi entre mon père et ma mère.

9

APRÈS l'enterrement, nous rentrâmes à la maison. Les voisines avaient préparé un buffet, et nombreux furent ceux qui nous rejoignirent : d'anciennes connaissances d'Irvington, les amies du club de bridge de ma mère, et les bénévoles qui travaillaient avec elle à l'hôpital. Beaucoup des amis de mon père et de ses collègues se trouvaient là également, dont certains en uniforme qui s'étaient échappés de leur service pour venir lui offrir un soutien fraternel.

Les quatre camarades les plus proches d'Andrea, les yeux gonflés, se pressaient dans un coin. Joan, chez laquelle Andrea avait passé une partie de la soirée, était particulièrement bouleversée et les autres la consolaient.

Je restais à l'écart de leur groupe. Ma mère, ravissante dans son tailleur noir, était assise sur le canapé du séjour, entourée d'amies aux gestes réconfortants. « Prenez une tasse de thé pour vous réchauffer, disait l'une, vos mains sont si froides. » Elle paraissait impassible, malgré les larmes qui tremblaient dans ses yeux, et je l'entendis répéter à plusieurs reprises : « Je ne peux pas croire qu'elle n'est plus là. »

Mon père et ma mère s'étaient serrés l'un contre l'autre au bord de la tombe, mais ils se tenaient dans des pièces différentes à présent, elle dans la salle de séjour et lui dans la galerie, à l'arrière de la maison. Ma grand-mère était dans la cuisine avec quelques-unes de ses vieilles connaissances venues d'Irvington, évoquant avec émotion des moments plus heureux de leurs vies.

J'errais parmi eux, et ils avaient beau me parler gentiment, m'affirmer que j'étais une brave petite fille, je me sentais horriblement seule. Andrea me manquait. Je voulais monter dans la chambre de ma sœur, l'y retrouver et me pelotonner sur le lit avec elle pendant qu'elle bavardait interminablement au téléphone avec ses amies ou avec Rob Westerfield.

Avant de l'appeler, elle me chuchotait : « Est-ce que je peux te faire confiance, Ellie ? »

Bien sûr qu'elle le pouvait. Il ne lui téléphonait presque jamais à la maison parce qu'elle n'avait pas le droit de le voir, et qu'elle avait peur, même en répondant sur son poste, que ma mère ou mon père ne décroche l'appareil du rez-de-chaussée et n'entende la voix de Rob.

Ma mère ou mon père ? Peut-être uniquement mon père, au fond. Ma mère aurait-elle été fâchée ? Après tout, Rob était un Westerfield et les deux Mme Westerfield, la plus âgée comme la plus jeune, appartenaient au même Club des femmes que ma mère.

Nous étions rentrés de l'enterrement à midi. A deux heures, les gens commencèrent à dire : « Après toutes ces épreuves, vous devez avoir besoin de repos... »

Ce qui signifiait qu'ayant présenté leurs sincères condoléances à la famille en deuil ils s'apprêtaient à rentrer chez eux. Pourtant ils n'en étaient pas moins désireux de revenir chez nous dès l'instant où l'on découvrirait de nouveaux faits concernant l'assassin d'Andrea.

Tout le monde désormais avait entendu parler de la sortie de Paulie Stroebel en classe et savait qu'Andrea se trouvait dans la voiture de Rob Westerfield quand il avait été arrêté pour excès de vitesse sur l'autoroute, le mois précédent.

Paulie Stroebel. Qui aurait cru qu'un garçon aussi calme et taciturne pouvait tomber amoureux d'une fille comme Andrea et qu'elle avait accepté d'aller à la fête de Thanksgiving avec lui ?

Rob Westerfield. Il avait fait une année à l'université et ce n'était certes pas un imbécile – tout le monde pouvait en témoigner. Mais le bruit courait qu'il avait été renvoyé. Qu'il avait complètement gâché sa première année. Il avait dix-neuf ans quand il avait remarqué ma sœur. Pour quelle raison tournait-il autour d'Andrea qui était encore au lycée ?

« Ne raconte-t-on pas qu'il a pris part à ce qui est arrivé à sa grand-mère alors qu'elle était seule chez elle ? »

C'est au moment précis où je surpris cette dernière remarque que la sonnette retentit et qu'une amie de ma mère, Mme Storey, qui était déjà dans l'entrée, alla ouvrir. Apparut devant elle Mme Dorothy Westerfield, la grand-mère de Rob, propriétaire de la demeure dont faisait partie le garage où Andrea était morte.

C'était une belle femme, imposante, à la poitrine avantageuse. Elle se tenait très droite, ce qui la grandissait encore davantage. Ses cheveux gris acier étaient naturellement ondulés et ramenés en arrière. A soixante-neuf ans, elle avait gardé des sourcils presque noirs qui soulignaient le regard pénétrant de ses yeux noisette. Sa mâchoire énergique l'empêchait de passer pour une jolie femme, mais l'impression de force qui émanait d'elle en était accentuée.

Elle était nu-tête et portait un manteau gris de belle coupe. Elle fit un pas dans l'entrée et parcourut du regard l'intérieur de la maison à la recherche de ma mère, qui s'apprêtait à se lever, libérant ses mains de l'étreinte de ses amies.

Mme Westerfield alla droit vers elle.

« Je me trouvais en Californie et n'ai pu rentrer qu'aujourd'hui, je tenais pourtant à vous dire, Genine, combien je partage votre peine et celle de votre famille. Il y a longtemps, j'ai perdu un jeune fils à la suite d'un accident de ski, je peux comprendre l'épreuve douloureuse que vous traversez. »

Alors que ma mère lui répondait par un signe de tête reconnaissant, la voix de mon père retentit à travers la pièce :

« Mais il ne s'agit pas d'un accident, madame Westerfield. Ma fille a été *assassinée.* Elle a eu le crâne fracassé et le coupable est peut-être votre petit-fils. En vérité, avec sa réputation, vous ne vous étonnerez pas qu'il soit le suspect numéro un. Je vous prierais donc de sortir d'ici. Vous-même avez de la chance d'être encore en vie. Vous ne croyez toujours pas qu'il était impliqué dans ce cambriolage, n'est-ce pas, quand vous avez été blessée d'une balle et laissée pour morte ?

— Ted, comment peux-tu dire une chose pareille ? intervint ma mère d'une voix suppliante. Madame Westerfield, je vous prie de nous excuser. Mon mari... »

Hormis eux trois, on aurait entendu une mouche voler dans la maison. L'assistance était muette, figée sur place.

Mon père ressemblait à un personnage sorti de l'Ancien Testament. Il avait retiré sa cravate et ouvert le premier bouton de son col. Son visage était aussi blanc que sa chemise et ses yeux bleus presque noirs. Ses cheveux bruns naturellement fournis paraissaient soudain encore plus épais, hirsutes, comme si la rage qui l'habitait les avait chargés d'électricité.

« Je t'interdis de t'excuser à ma place, Genine ! hurla-t-il. Il n'y a pas un flic dans cette maison qui ne sache que Rob Westerfield est pourri jusqu'à la moelle. Ma fille, *notre* fille, est *morte.* Maintenant, vous... » Il s'avança vers Mme Westerfield. « Vous allez sortir de ma maison et remporter vos larmes de crocodile avec vous. »

Mme Westerfield était devenue aussi blême que mon père. Elle ne lui répondit pas, pressa la main de ma mère, puis se dirigea calmement vers la porte.

Lorsqu'elle parla, ma mère ne haussa pas le ton, mais sa voix était glaciale.

« Tu *veux* que le meurtrier d'Andrea soit Rob Westerfield, n'est-ce pas, Ted ? Tu sais qu'Andrea était amoureuse de lui et tu ne peux pas le supporter. Veux-tu savoir quelque chose ? Tu étais *jaloux* ! Si tu avais été raisonnable, si tu l'avais laissée sortir avec lui, ou avec n'importe quel autre garçon, elle n'aurait pas eu besoin de se cacher pour donner des rendez-vous. »

Ma mère se mit alors à imiter l'intonation de mon père :

« Andrea, tu peux aller aux fêtes de l'école, mais seulement avec un garçon du lycée. Je ne veux pas que tu montes dans sa voiture. Je te déposerai et viendrai te rechercher. »

Les joues de mon père étaient devenues écarlates, sous le coup de l'embarras ou de la fureur, je ne sais.

« Si elle m'avait obéi, elle serait encore en vie aujourd'hui, dit-il d'une voix froide et amère. Si tu n'avais pas montré une telle adoration devant tout ce qui s'appelle Westerfield...

— Heureusement que tu n'es pas chargé d'enquêter sur cette affaire, l'interrompit ma mère. Et le fils Stroebel ? Et cet homme qui a fait des petits travaux chez tout le monde, Will Nebels ? Et ce type qui faisait du porte-à-porte ? A-t-on fini par *le* retrouver ?

— Et pourquoi pas le Grand Méchant Loup ? »

Le ton de mon père ne reflétait plus que du dédain. Il tourna les talons et regagna son bureau où ses amis étaient réunis. Il claqua la porte derrière lui. A la fin, seul régna le silence.

10

Ma grand-mère avait projeté de séjourner quelque temps chez nous ; mais ce soir-là, comprenant que mon père et ma mère avaient besoin de rester tous les deux, elle fit sa valise et repartit avec une de ses amies d'Irvington. Elle passerait la nuit chez elle et on la conduirait à l'aéroport dès le lendemain matin.

Son espoir de voir mes parents se réconcilier après cet échange amer ne devait pas se réaliser.

Ma mère dormit dans la chambre d'Andrea, pendant les dix mois qui suivirent, c'est-à-dire jusqu'à la fin du procès, quand ni tout l'argent des Westerfield ni une équipe d'avocats de premier plan ne purent éviter à Rob Westerfield d'être reconnu coupable du meurtre d'Andrea.

Ensuite, la maison fut vendue. Mon père retourna à Irvington, et une vie nomade commença pour ma mère et moi, d'abord en Floride près de ma grand-mère. Ma mère, qui avait brièvement travaillé comme secrétaire avant son mariage, trouva un job dans un hôtel d'une grande chaîne nationale. Encore très séduisante, elle était également intelligente et efficace, et fut rapidement promue à un poste de médiatrice qui l'amena à déménager tous les deux ans dans une ville différente pour s'occuper d'un hôtel ou d'un autre.

Malheureusement, elle faisait preuve de la même efficacité pour dissimuler à tout le monde — sauf à moi — le fait qu'elle était devenue alcoolique et se mettait à boire dès l'instant où elle rentrait à la maison. Pendant des années, elle parvint à se contrôler suffisamment pour conserver son poste, prétextant de temps à autre un accès de « grippe » lorsqu'elle devait s'interrompre plusieurs jours pour se désintoxiquer.

La boisson la rendait parfois silencieuse et morose. Mais il lui arrivait aussi de devenir volubile, et je me rendais compte alors qu'elle aimait toujours mon père avec passion.

« Ellie, j'ai été folle de lui dès le premier jour où j'ai croisé son regard. T'ai-je jamais raconté notre première rencontre ? »

Des centaines de fois, ma chère mère.

« J'avais dix-neuf ans et je travaillais depuis six mois comme secrétaire. C'était mon premier job. J'avais acheté une voiture, une caisse orange munie de roues et d'un réservoir d'essence. J'ai voulu voir quelle vitesse elle pouvait atteindre sur l'autoroute. Soudain, j'ai entendu une sirène et vu un gyrophare clignoter dans mon rétroviseur tandis qu'une voix dans un mégaphone m'ordonnait de me ranger sur le bas-côté. Ton père m'a refilé une contravention, accompagnée d'un sermon tel que j'en ai pleuré. Mais le jour où je fus convoquée au tribunal, il était présent dans la salle et a proposé de me donner des leçons de conduite. »

Elle se lamentait aussi :

« Il était formidablement doué. Il est diplômé de l'université ; il est beau et intelligent. Mais il n'était bien qu'avec ses vieux copains ou ses collègues de la police. C'est pourquoi il ne voulait pas déménager à Oldham. Ce n'était pas l'endroit où nous résidions qui était un problème, c'était sa sévérité envers Andrea. Même si nous étions restés à Irvington, elle aurait continué à rencontrer des garçons en douce. »

L'évocation de ces souvenirs se terminait immanquablement par : « Si seulement nous avions su où chercher le soir où elle n'est pas rentrée à la maison. » En clair : si seulement tu nous avais parlé de la cachette.

Le premier de chaque mois, sans faute, mon père envoyait le chèque destiné à payer mes études, mais je ne le vis qu'occasionnellement durant les premières années et ensuite plus du tout. Andrea, sa petite fille chérie, n'était plus là. Il ne subsistait plus rien entre lui et ma mère sinon de l'amertume et un amour figé dans le passé, et ce qu'il éprouvait pour moi ne suffisait pas à lui faire désirer ma présence. Vivre sous le même toit que ma mère aurait rouvert les cicatrices qui s'étaient peu à peu formées sur ses blessures. Si seulement je leur avais parlé de la cachette.

En grandissant, mon adoration pour mon père céda la place à du ressentiment. Pourquoi ne s'était-il pas demandé : « Si seulement j'avais posé la question à Ellie au lieu de l'envoyer se coucher ? » Hein, papa ?

Lorsque vint pour moi le moment d'entrer à l'université, ma mère et moi avions vécu assez longtemps en Californie pour avoir le statut de résidentes, et j'intégrai la faculté de journalisme de l'UCLA. Ma mère mourut d'insuffisance hépatique six mois après que j'eus obtenu mon diplôme de maîtrise et, cherchant à prendre un nouveau départ, j'envoyai ma candidature à un journal d'Atlanta, et j'obtins mon premier poste.

Rob Westerfield avait fait davantage qu'assassiner ma sœur en ce soir de novembre vingt-trois ans plus tôt. Regardant Liz déposer devant moi la soupe à l'oignon fumante, je me demandai ce que seraient nos existences si Andrea était toujours en vie.

Ma mère et mon père vivraient probablement ensemble à l'heure actuelle. Ma mère s'était mis en tête de redécorer toute la maison, et mon père aurait fini par s'y habituer. En parcourant la ville au volant de ma voiture, j'avais constaté que la petite agglomération rurale de mon enfance s'était considérablement étendue. Elle avait l'apparence d'une luxueuse villégiature du Westchester, exactement comme ma mère l'avait prédit. Mon père n'aurait pas eu besoin de faire dix kilomètres pour aller chercher le pain.

Bref, que nous soyons ou non restés, une chose était sûre : si Andrea avait survécu, ma mère serait encore de ce monde. Elle n'aurait pas eu à chercher dans l'alcool le réconfort et l'oubli.

Quant à mon père, il aurait peut-être compris combien je le vénérais et, avec le temps, une fois Andrea partie pour l'université, m'aurait dispensé un peu de l'affection que je désirais si ardemment recevoir de sa part.

Je savourais lentement ma soupe.

Elle était telle qu'en mes souvenirs.

11

Liz était de retour à ma table, une corbeille de pain croustillant à la main. Elle s'attarda quelques instants.

« En vous entendant parler de sandwichs au beurre de cacahuète, j'en ai déduit que vous veniez souvent ici autrefois. »

J'avais piqué sa curiosité.

« Il y a très longtemps, dis-je, m'efforçant d'avoir l'air détaché. Nous avons déménagé lorsque j'étais enfant. J'habite Atlanta maintenant.

— J'y suis allée une fois. Une belle ville. »

Elle repartit.

Atlanta, la Porte du Sud. J'avais pris la bonne décision en m'y installant. Alors que quantité de mes camarades de la fac de journalisme ne s'intéressaient qu'à la télévision, j'avais toujours su que j'étais faite pour la presse écrite. Et je commençais à éprouver un certain sentiment de stabilité.

Les jeunes journalistes ne gagnent pas des fortunes en règle générale, mais ma mère avait souscrit un modeste contrat d'assurance-vie qui me permit d'aménager un petit trois-pièces. Je fis quelques achats, dans des magasins de meubles d'occasion ou lors de ventes de fin de séries. Une fois l'appartement dûment arrangé, je m'aperçus avec consternation que j'avais, sans le vouloir, recréé le décor de notre salle de séjour à Oldham. Le tapis dans des tons bleu et rouge, un divan et un fauteuil recouverts de tissu bleu, et même un repose-pied, bien que la place fût comptée.

L'ensemble réveilla mes souvenirs : mon père assoupi dans le fauteuil club, ses longues jambes étendues sur le repose-pied ; Andrea qui les repoussait sans cérémonie et s'installait à leur place ; il ouvrait les yeux, accueillait d'un sourire sa petite fille chérie au sourire espiègle.

Je marchais sur la pointe des pieds lorsqu'il faisait la sieste, craignant de troubler son sommeil. Après le dîner, tandis qu'il prenait sa seconde tasse de café, j'aimais le voir se détendre, l'entendre raconter à ma mère les événements de la journée. J'étais pleine d'une admiration craintive à son égard. Mon père, me disais-je avec fierté, sauvait la vie des gens.

Cinq ans après le divorce, il se remaria. Je lui avais alors rendu une dernière visite à Irvington. Je refusai d'assister à son mariage, et ne m'intéressai pas à la naissance de mon demi-frère. Son second mariage lui avait donné le fils que j'aurais dû être. Edward James Cavanaugh, Jr. a environ dix-sept ans aujourd'hui.

J'eus un dernier contact avec lui lorsque je lui écrivis que ma mère était décédée et que je souhaitais expédier ses cendres au cimetière de Gate of Heaven afin qu'elles soient déposées dans la tombe d'Andrea. S'il s'y opposait, je les ferais placer auprès de ses propres parents dans leur concession.

Il répondit avec émotion à ma lettre, m'assurant qu'il avait pris les dispositions que je lui avais demandées. Il m'invita par la même occasion à venir lui rendre visite à Irvington.

Je fis expédier les cendres et déclinai l'invitation.

La soupe à l'oignon m'avait réchauffée, mais je me sentais nerveuse après cette plongée dans le passé. Je montai prendre ma veste dans ma chambre et décidai d'aller faire un tour en voiture. Il était quatorze heures trente et je me demandais pourquoi je n'avais pas attendu le lendemain pour venir ici. J'avais rendez-vous lundi à dix heures avec un certain Martin Brand au bureau des libérations conditionnelles. J'allais tout faire pour le convaincre de ne pas relâcher Rob Westerfield mais, comme me l'avait dit Pete Lawlor, mes efforts seraient probablement vains.

Le répondeur du téléphone de ma chambre clignotait. C'était un message de Pete Lawlor, me priant de le rappeler d'urgence. Il répondit à la première sonnerie.

« On dirait que vous avez le don de vous trouver au bon endroit au bon moment, Ellie, dit-il. Une dépêche vient de tomber. Les Westerfield s'apprêtent à tenir une conférence de presse dans un quart d'heure. CNN doit envoyer une de ses équipes sur place. Will Nebels, l'homme à tout faire qui avait été interrogé à la suite du meurtre de votre sœur, vient de faire une déclaration fracassante : il aurait vu Paulie Stroebel dans la voiture de Rob Westerfield le soir où Andrea a été tuée. Il prétend l'avoir vu entrer dans le garage avec un objet à la main, puis ressortir en courant dix minutes plus tard, remonter dans la voiture et partir.

— Pourquoi Nebels raconte-t-il cette histoire tant d'années après les faits ?

— Soi-disant parce qu'il a eu peur d'être accusé de la mort de votre sœur.

— Comment se fait-il qu'il ait vu cette scène ?

— Il se trouvait dans la maison de la grand-mère. Il y avait fait des réparations et connaissait le code de l'alarme. En outre, il savait que la grand-mère laissait traîner de l'argent un peu partout dans la maison. Il était fauché et avait besoin de fric. Il était en train de fouiller dans la chambre à coucher principale, dont une fenêtre donne sur le garage, quand Stroebel a ouvert la portière de la voiture, il a clairement distingué son visage.

— Il ment, dis-je d'un ton catégorique.

— Regardez la retransmission de cette conférence de presse, répliqua Pete. Couvrez le sujet. Vous êtes journaliste d'investigation, après tout. » Il marqua une pause. « A moins que cette histoire ne vous touche de trop près.

— Pas du tout, répondis-je. Je vous rappellerai plus tard. »

12

La conférence de presse se tenait à White Plains dans le bureau de William Hamilton, Esquire, l'avocat d'assises engagé par la famille Westerfield pour démontrer l'innocence de Robson Parke Westerfield.

Hamilton ouvrit les débats en se présentant. Il était flanqué de deux hommes. Je reconnus l'un d'eux d'après ses photos ; c'était le père de Rob Westerfield, Vince Westerfield. Distingué, la soixantaine passée, des traits aristocratiques sous une chevelure argentée. De l'autre côté de Hamilton, un type visiblement nerveux, l'œil larmoyant, sans âge, nouait et dénouait convulsivement ses doigts.

Il s'agissait de Will Nebels. Hamilton fit un bref résumé de son passé :

« Will Nebels a longtemps travaillé à Oldham comme homme à tout faire. Mme Dorothy Westerfield faisait souvent appel à lui pour de menus travaux dans sa maison de campagne. Or, c'est dans le garage de cette maison que fut découvert le corps d'Andrea Cavanaugh. Comme beaucoup d'autres personnes, M. Nebels a été interrogé sur son emploi du temps le soir de l'assassinat. A l'époque, M. Nebels a déclaré qu'il était rentré directement chez lui après avoir dîné dans un bistrot des environs. Plusieurs personnes l'y ayant vu, il n'y avait aucune raison de mettre en doute son récit.

« C'est lorsque Jake Bern, auteur de romans policiers basés sur des faits réels, s'est entretenu avec M. Nebels que des événements nouveaux sont apparus. Précisons que Jake Bern a entrepris d'écrire un livre sur le meurtre d'Andrea Cavanaugh dont Rob Westerfield a toujours affirmé avec véhémence qu'il était innocent. »

Hamilton se tourna vers Will Nebels.

« Will, puis-je vous demander de raconter dans le détail aux médias ce que vous avez dit à M. Bern ? »

Nebels s'agita nerveusement sur son siège. Il semblait mal à l'aise dans le costume-cravate dont ils l'avaient affublé pour la circonstance. C'est un vieux truc de la défense, que j'ai vu utiliser des centaines de fois au tribunal. Habillez l'accusé, coupez-lui les cheveux, assurez-vous qu'il est bien rasé, donnez-lui une chemise et une cravate, même s'il n'a jamais boutonné un col de sa vie. Ça fonctionne aussi pour les témoins de la défense.

« J'ai des remords », commença Nebels d'une voix enrouée.

Il était maigre et pâle, et je me demandai s'il n'était pas malade. Je me le rappelai très vaguement. Il avait effectué quelques petites réparations chez nous et j'avais le souvenir d'un homme plutôt costaud.

« C'est quelque chose que j'ai gardé sur le cœur pendant toutes ces années, et quand cet écrivain s'est mis à me poser des questions sur l'affaire, j'ai compris que je devais m'en débarrasser. »

Il raconta alors l'histoire que les agences de presse avaient rapportée. Il avait vu Paulie Stroebel arriver au garage dans la voiture de Rob Westerfield et entrer dans le bâtiment avec un objet lourd à la main. Insinuant naturellement que l'objet en question était le démonte-pneu utilisé pour fracasser le crâne d'Andrea, celui que l'on avait retrouvé dans le coffre de la voiture de Rob Westerfield.

Vince Westerfield prit alors la parole :

« Pendant vingt-deux ans mon fils est resté enfermé dans une cellule en compagnie de criminels endurcis. Il a toujours clamé qu'il était innocent du crime horrible dont on l'accusait. Il était allé voir un film ce soir-là. Sa voiture était parquée près du cinéma, devant la station-service voisine où nous avions l'habitude de faire entretenir les voitures de la famille, et où n'importe quel employé aurait pu facilement faire faire un double de la clé de contact. Rob lui-même avait fait effectuer chez eux des petits travaux de carrosserie au moins trois fois au cours des mois précédents.

« Paulie Stroebel y travaillait ce soir-là. Les pompes à essence ferment en général à dix-neuf heures, mais il réparait une voiture dans l'atelier. Rob a parlé à Paulie, l'a prévenu qu'il laissait sa voiture dans le parking de la station pendant la durée de la séance de cinéma. Nous savons que Paulie a toujours nié cette version des faits, mais nous avons la preuve à présent qu'il a menti. Pendant que mon fils regardait le film, Stroebel a pris sa voiture, est allé dans ce que vous appelez la cachette, et a tué cette jeune fille. »

Il se redressa et sa voix se fit plus grave, plus forte :

« Mon fils va présenter une demande de libération conditionnelle. Etant donné ce que nous venons d'apprendre, il devrait retrouver la liberté. C'est insuffisant. Nous appuyant sur ces nouvelles informations, nous allons demander la révision du procès et nous sommes persuadés que cette fois Rob sera acquitté. Nous espérons seulement que Paulie Stroebel, le véritable assassin, comparaîtra devant un tribunal et passera le restant de sa vie derrière les barreaux. »

Je suivais la conférence de presse sur un écran de télévision dans le petit salon de l'auberge. Ces propos me mirent dans une telle rage que je dus me retenir pour ne pas lancer sur le poste le premier objet à portée de ma main. Rob Westerfield était gagnant à tous les coups. S'il était à nouveau reconnu coupable, on ne le remettrait pas en prison, car il avait déjà purgé sa peine. S'il était acquitté, l'Etat ne poursuivrait pas Paulie Stroebel en se fondant sur les dépositions d'un témoin aussi douteux que Will Nebels. Néanmoins, pour le public, Stroebel serait considéré comme un meurtrier.

D'autres personnes dans l'hôtel avaient sans doute eu vent de cette conférence de presse, car le petit salon s'était rempli peu à peu. Le réceptionniste fut le premier à faire un commentaire :

« Paulie Stroebel. Allons donc, ce pauvre garçon ne ferait pas de mal à une mouche.

— Contrairement à toi, une quantité de gens pensent qu'il a fait plus que de s'attaquer à une mouche », répliqua une des serveuses que j'avais remarquée dans la salle à manger. « Je n'étais pas ici à l'époque de ces événements, mais j'en ai beaucoup entendu parler. Pour certains, l'innocence de Rob Westerfield ne fait aucun doute. »

Les journalistes bombardaient Will Nebels de questions.

« Vous rendez-vous compte que vous risquez la prison pour tentative de vol et faux témoignage ? demanda l'un d'eux.

— Je peux vous répondre sur ce point, s'interposa Hamilton. Les faits sont désormais couverts par la prescription. M. Nebels ne risque en aucun cas d'être incarcéré. Il n'a pas hésité à raconter les faits à M. Bern, tant mieux si l'on peut rectifier une erreur judiciaire. Il ignorait la présence d'Andrea Cavanaugh dans le garage cette nuit-là, pas plus qu'il ne savait ce qui lui était arrivé. Malheureusement, lorsqu'il s'est rendu compte que son témoignage ferait apparaître qu'il était présent sur la scène d'un meurtre, il a pris peur et préféré se taire.

— Vous a-t-on promis une somme d'argent en échange de votre témoignage, monsieur Nebels ? » demanda un autre reporter.

Exactement la question que j'aurais posée, pensai-je.

Hamilton prit à nouveau la parole :

« Absolument pas. »

Oui ou non, Will Nebels allait-il se décider à prendre part en personne à cette mascarade ?

« M. Nebels a-t-il déjà déposé devant le procureur ?

— Pas encore. Nous avons voulu que le public puisse juger en toute objectivité de sa déclaration avant que la justice n'ait l'occasion de l'interpréter. Parlons clairement : je regrette de le dire, mais s'il avait été constaté à l'autopsie qu'Andrea Cavanaugh avait subi des violences sexuelles, Rob Westerfield serait depuis longtemps sorti de prison grâce aux tests d'ADN. Dans les faits, c'est son excès de scrupules qui l'a piégé. Andrea l'avait supplié de venir la retrouver à la cachette. Au téléphone, elle lui avait avoué avoir accepté d'accompagner Paulie Stroebel en pensant qu'il serait le dernier à pouvoir provoquer la jalousie de qui que ce soit.

« En réalité, Andrea Cavanaugh courait après Rob Westerfield. Elle passait son temps à lui téléphoner. Lui se souciait peu qu'elle sorte avec tel ou tel autre. C'était une aguicheuse, qui aimait les garçons, une fille "facile". »

L'insinuation me révulsa.

« La seule erreur de Rob fut de paniquer en découvrant le corps d'Andrea. Il rentra chez lui sans s'apercevoir qu'il transportait l'arme du crime dans sa voiture et que le sang d'Andrea tachait l'intérieur de la malle. C'est un réflexe de peur et de dégoût qui le poussa à mettre sa chemise, son pantalon et sa veste dans la machine à laver. »

« Mais la peur ne l'a pas empêché de les passer à l'eau de Javel pour ôter les taches de sang », ajoutai-je *in petto.*

Les caméras se braquèrent sur le présentateur de CNN.

« Nous sommes en liaison avec l'inspecteur Marcus Longo, aujourd'hui à la retraite, qui assiste à cette conférence de presse depuis chez lui. Monsieur Longo, que pensez-vous de la déclaration de M. Nebels ?

— C'est de la pure invention. Robson Westerfield

a été déclaré coupable d'homicide volontaire parce qu'il *a commis* un homicide volontaire. Je comprends l'angoisse de sa famille, mais tenter aujourd'hui d'accuser de ce crime un innocent à la personnalité fragile est révoltant. »

Bravo, pensai-je. Je revoyais clairement l'inspecteur Longo, assis près de moi dans la salle à manger, me disant qu'il n'y avait aucun mal à livrer le secret d'Andrea. Agé d'une soixantaine d'années, il avait le même visage allongé que dominaient d'épais sourcils noirs et un nez aquilin. Ses cheveux, à présent clairsemés, formaient une couronne poivre et sel autour de sa tête. Il possédait une dignité naturelle qui renforçait son mépris évident pour la fable que nous venions d'entendre.

Il vivait toujours à Oldham. Je décidai d'aller lui rendre visite prochainement.

La conférence de presse était terminée et l'assistance commença à quitter le petit salon. Le réceptionniste, un jeune homme à l'air appliqué qui semblait fraîchement sorti de l'école, s'approcha de moi. « Etes-vous satisfaite de votre chambre, miss Cavanaugh ? »

La serveuse passa à ce moment-là devant le canapé où j'étais assise. Elle se retourna et me jeta un regard insistant, sans doute désireuse de me demander si j'étais parente de la jeune fille assassinée dans l'affaire Westerfield.

Je compris qu'il me faudrait renoncer à garder l'anonymat si je séjournais plus longtemps à Oldham.

Tant pis. De toute façon, je n'avais pas le choix.

13

Mme Hilmer habitait toujours la même maison en bas de la rue. Quatre autres demeures la séparaient aujourd'hui de celle où nous avions vécu pendant quelques années. Et il était clair que les propriétaires de notre ancienne maison avaient réalisé le rêve longtemps caressé par ma mère. Ils avaient ajouté deux ailes et élargi l'arrière. La belle ferme de mon enfance était devenue une imposante habitation, sans rien perdre de son élégance avec ses bardeaux d'un blanc brillant et ses volets vert foncé.

Je ralentis en passant devant, puis, certaine que personne ne me remarquerait par ce calme matin dominical, j'arrêtai la voiture.

Les arbres avaient poussé, naturellement. L'automne avait été chaud cette année dans le Nord-Est, et bien que la température se fût nettement refroidie, les feuilles jaune d'or et rouge-cramoisi chatoyaient encore en abondance sur les branches.

Le séjour de la maison avait visiblement été agrandi. Et la salle à manger ? me demandai-je. Pendant un court instant je me revis dans cette pièce, tenant entre mes bras le coffret de l'argenterie pendant qu'Andrea disposait avec soin les couverts sur la table. « *Lord Malcolm de Mes-Deux est notre invité...* »

Mme Hilmer m'avait vue arriver. La porte d'entrée s'ouvrit dès l'instant où je descendis de voiture, et je me retrouvai aussitôt enveloppée dans une étreinte vigoureuse. C'était la petite femme rondouillette de mes souvenirs, avec son visage maternel et son regard brun vif. A présent ses cheveux châtains étaient devenus complètement gris et des rides marquaient sa bouche et le coin de ses yeux. Mais elle était restée la même. Pendant des années, elle avait envoyé à ma mère une carte de vœux accompagnée d'une longue lettre, et ma mère lui répondait toujours, bien qu'elle répugnât à écrire, s'efforçant de faire bonne figure, racontant notre dernier déménagement, mes succès en classe.

Je lui avais annoncé la mort de ma mère et avais reçu en retour un mot de réconfort, mais je ne lui avais pas fait part de mon installation à Atlanta. Si elle m'avait écrit par la suite, la poste avait dû lui retourner ses lettres.

« Mon Dieu, comme tu es grande ! s'exclama-t-elle en riant. Tu étais une si petite chose.

— Je me suis mise à pousser pendant mes trois dernières années de lycée. »

Il y avait du café tout frais et des muffins aux myrtilles qui sortaient du four. J'insistai pour que nous restions à la cuisine et nous prîmes place sur la banquette devant la table. Elle me parla de sa famille. J'avais à peine connu son fils et sa fille. Ils étaient déjà mariés lorsque nous nous étions installés à Oldham. « Huit petits-enfants, dit-elle avec fierté. Malheureusement aucun ne vit dans la région, alors je vais souvent leur rendre visite. » Je savais qu'elle était veuve depuis de longues années. « Les enfants me disent que cet endroit est trop grand pour moi, mais c'est ma maison et je l'aime. Lorsque je ne pourrai plus m'en occuper, je la vendrai sans doute. Pas tout de suite, cependant. »

A mon tour, je lui décrivis en peu de mots ce que je faisais dans la vie puis nous abordâmes la raison de ma venue à Oldham.

« Ellie, dit-elle, depuis le jour où Rob est sorti du tribunal les menottes aux poignets, les Westerfield n'ont cessé de protester de son innocence et ils ont mené bataille pour sa libération. Nombre de gens doutent également de sa culpabilité. » Son regard se voila. « Ceci dit, je dois te faire un aveu. Je me demande si Rob Westerfield n'a pas été condamné en partie à cause de sa réputation de provocateur. Tout le monde le considérait comme un mauvais garçon, était prêt à le croire capable du pire. »

Elle avait vu la conférence de presse à la télévision.

« En tout cas, il y a quelque chose de vrai dans la déclaration de Will Nebels, dit-elle sans hésiter : il pénétrait régulièrement dans la maison de la vieille Mme Westerfield pour y voler de l'argent. Y était-il cette nuit-là ? C'est possible. D'une part, je me demande ce qu'ils lui ont offert pour raconter cette histoire, de l'autre, je me souviens de la réaction bouleversée de Paulie en classe quand on a annoncé la mort d'Andrea. J'ai bien observé ce professeur, la conseillère pédagogique, qui rapportait la scène à l'audience. Jamais vu un témoin aussi embarrassé. Il était manifeste qu'elle cherchait à protéger Paulie, mais elle a dû reconnaître qu'il s'était enfui de la classe en disant : “Je ne pensais pas qu'elle était morte.”

— Comment va Paulie Stroebel aujourd'hui ?

— A dire vrai, il a plutôt bien réussi. Pendant dix ou douze ans après le procès, il est resté extrêmement renfermé. Il savait que certains pensaient qu'il avait tué Andrea, et il en a horriblement souffert. Il s'était mis à travailler dans la boutique de ses parents et, d'après ce qu'on m'a raconté, ne se mêlait pas aux autres. A la mort de son père, il a dû prendre de plus en plus de responsabilités, et a commencé à réellement s'épanouir. J'espère que cette histoire de Will Nebels ne va pas tout anéantir à présent.

— Si Rob Westerfield repasse en jugement et qu'il est acquitté, c'est automatiquement Paulie qui sera accusé, dis-je.

— Tu crois qu'il pourrait être arrêté et comparaître en justice ?

— Je ne suis pas juriste, mais j'en doute. La nouvelle déposition de Will Nebels peut suffire pour demander la révision du procès de Rob Westerfield et obtenir un acquittement, mais l'homme n'est pas assez crédible pour faire condamner Paulie Stroebel. Seulement, il y aura bel et bien préjudice, et Paulie sera alors une autre victime de Westerfield.

— Peut-être. On ne sait jamais. C'est tellement compliqué. » Mme Hilmer hésita un instant avant de continuer : « Ellie, ce type qui écrit un livre sur l'affaire est venu me voir. Quelqu'un lui avait raconté que je connaissais bien ta famille. »

Je perçus un avertissement dans ses paroles.

« Comment s'est-il comporté ?

— Il s'est montré très poli. A posé une quantité de questions. J'ai surveillé chacun de mes mots. Mais je peux t'assurer que ce Bern a une idée en tête et qu'il s'arrangera pour que les faits cadrent avec elle. Il m'a demandé si la sévérité de ton père envers Andrea était due au fait qu'elle filait en douce le soir pour retrouver des garçons.

— C'est faux.

— Il va faire en sorte que ça paraisse vrai.

— Certes, elle avait le béguin pour Rob Westerfield, mais à la fin elle avait peur de lui. » Les mots m'avaient échappé, et à l'instant même où je les prononçais, je me rendis compte qu'ils trahissaient la vérité. « Moi aussi, j'avais peur, murmurai-je. Il était furieux contre elle à cause de Paulie.

— Ellie, j'étais chez toi. J'étais dans la salle d'audience lorsque tu as témoigné. A aucun moment tu n'as dit qu'Andrea et toi aviez peur de Rob Westerfield. »

Insinuait-elle que je pouvais falsifier un souvenir pour justifier la déposition que j'avais faite lorsque j'étais enfant ? Mais elle ajouta :

« Ellie, prends garde. Cet homme qui m'a interrogée a laissé entendre que tu étais une enfant émotionnellement instable. C'est un sous-entendu qu'il introduira certainement dans son livre. »

Voilà donc la tactique qu'il va adopter, pensai-je. Andrea était une traînée, j'étais une gosse émotionnellement instable, et Paulie Stroebel est un assassin. Si je n'en avais pas été déjà convaincue, je savais désormais ce qu'il me restait à faire.

« Rob Westerfield sortira peut-être de prison, mais lorsque j'aurai terminé mon enquête, lorsque j'aurai dévoilé tous les détails sordides de sa sordide existence, personne ne voudra être vu en sa compagnie, de jour comme de nuit, et s'il y a un second procès aucun jury ne l'acquittera. »

14

Le lundi matin à dix heures je me rendis à Albany où j'avais rendez-vous avec Martin Brand, l'un des membres de la Commission des libérations conditionnelles. La soixantaine fatiguée, des poches sous les yeux, d'épais cheveux gris qui auraient mérité l'attention d'un coiffeur. Il avait ouvert le col de sa chemise et desserré sa cravate. Son teint rubicond révélait des problèmes de tension artérielle.

Il ne faisait aucun doute qu'il avait eu connaissance de mes protestations tout au long des années.

« Mademoiselle Cavanaugh, Westerfield s'est vu refuser à deux reprises sa mise en liberté conditionnelle. Cette fois-ci j'ai l'impression qu'il sera autorisé à sortir de prison.

— C'est un récidiviste en puissance.

— Vous n'en avez aucune certitude.

— Vous n'avez aucune certitude du contraire.

— Il y a deux ans, on lui a proposé d'être libéré sur parole s'il avouait le meurtre de votre sœur. Il a refusé l'offre.

— Allons, monsieur Brand. C'est cousu de fil blanc. Il avait trop à perdre en disant la vérité. Il savait que vous ne pourriez pas le retenir beaucoup plus longtemps. »

Il haussa les épaules.

« J'avais oublié que vous étiez journaliste d'investigation.

— Je suis aussi la sœur d'une jeune fille de quinze ans qui n'a pas eu la chance de fêter son seizième anniversaire. »

L'expression blasée de son regard se dissipa momentanément.

« Mademoiselle Cavanaugh, je ne doute guère que Rob Westerfield soit coupable, mais je pense qu'il vous faut accepter l'idée qu'il a purgé sa peine, et qu'à l'exception de deux incidents au cours des premières années il s'est bien comporté. »

J'aurais aimé savoir en quoi avaient consisté ces incidents, mais j'étais certaine que Martin Brand ne m'en dirait rien.

« En outre, continua-t-il, même s'il est coupable, il s'agissait d'un crime dicté par la passion, celle qu'il éprouvait pour votre sœur, et les risques qu'il récidive sont pratiquement nuls. Nous disposons de statistiques. Les exemples de récidive déclinent après l'âge de trente ans, et disparaissent presque totalement après la quarantaine.

— Et il y a des gens qui naissent sans conscience

et une fois libérés deviennent des bombes à retardement. »

Je repoussai ma chaise et me levai. Brand m'imita.

« Mademoiselle Cavanaugh, je vais vous donner un avis qui risque de vous déplaire. J'ai le sentiment que vous avez vécu toute votre existence avec le souvenir de la mort brutale de votre sœur. Mais vous ne pouvez pas la ramener à la vie, et vous ne pouvez pas non plus garder Rob Westerfield plus longtemps en prison. Si un nouveau procès a lieu et qu'il est acquitté, vous n'y pourrez rien. Vous êtes jeune. Retournez à Atlanta et essayez d'oublier cette tragédie.

— C'est en effet un conseil judicieux, monsieur Brand, et je le suivrai probablement un jour, dis-je. Mais pas tout de suite. »

15

TROIS ans plus tôt, j'avais écrit une série d'articles sur Jason Lambert, un tueur en série d'Atlanta, et été contactée par Maggie Reynolds, qui travaillait dans une maison d'édition à New York. Je l'avais rencontrée lors d'un débat sur la criminalité et elle m'avait proposé de publier mes articles sous forme de livre.

Lambert était un meurtrier du même type que Ted Bundy, célèbre tueur en série de la côte Ouest des années soixante-dix, soupçonné d'avoir assassiné plus de trente-cinq jeunes femmes. Il traînait dans les campus, se faisant passer pour un élève, puis attirait des étudiantes dans sa voiture. Comme les victimes de Bundy, ces pauvres filles disparaissaient sans laisser de trace. Heureusement Lambert n'avait pas eu le temps de faire disparaître sa dernière victime lorsqu'on l'arrêta. Il est actuellement en prison en Géorgie, où il lui reste encore à purger cent quarante-neuf années de détention, sans aucune chance de libération conditionnelle.

Le livre avait connu un succès étonnant, figurant même pendant quelques semaines sur la liste des best-sellers du *New York Times*. Je téléphonai à Maggie après avoir quitté Brand. Je lui résumai l'affaire et le tour que je voulais donner à mon enquête, et elle me proposa sur-le-champ un contrat pour un livre sur le meurtre d'Andrea, un livre dont je lui promis qu'il ferait définitivement la preuve de la culpabilité de Rob Westerfield.

« On fait beaucoup de tapage autour du futur bouquin de Jake Bern, me dit Maggie. J'aimerais lui damer le pion avec votre enquête. Bern a rompu son contrat avec nous alors que nous avions dépensé une fortune pour lancer son livre précédent. »

Ce projet me demanderait trois mois de travail intensif, de recherches et d'écriture. Et davantage encore, si Rob Westerfield obtenait la révision de son procès. Un long séjour à l'hôtel serait trop coûteux et trop contraignant. Je me proposais plutôt de louer un appartement dans le coin et demandai conseil à Mme Hilmer. Elle repoussa ma suggestion, insistant pour que j'habite l'appartement au-dessus de son garage.

« Je l'ai fait aménager voici quelques années au cas où j'aurais besoin de quelqu'un à domicile, expliqua-t-elle. Il est confortable, tranquille, et je serai une bonne voisine, pas du genre à venir te déranger à tout bout de champ.

— Vous avez toujours été une bonne voisine. »

C'était une solution idéale, avec peut-être un seul inconvénient, celui de passer régulièrement devant notre ancienne maison. Mais je savais qu'à la longue s'atténuerait ce serrement de cœur qui m'oppressait chaque fois que je longeais le terrain de la propriété. « Notre petit hectare béni des dieux », l'appelait ma mère en riant. Elle se réjouissait de posséder un si grand terrain, et projetait d'y aménager un jardin qui deviendrait l'une des gloires de l'Association des jardiniers d'Oldham.

Je quittai donc le *Parkinson Inn* et m'installai dans l'appartement de Mme Hilmer avant de reprendre l'avion pour Atlanta.

J'arrivai au bureau mercredi en fin de journée. Je savais que j'y trouverais Pete. Il était marié avec son boulot.

Il leva les yeux, me vit, eut un bref sourire et dit :

« Allons bavarder devant un plat de spaghettis.

— Et les cinq kilos que vous tentez désespérément de perdre ?

— J'ai décidé de ne plus y penser pendant deux heures. »

Pete possédait une énergie qui galvanisait tous ceux qui l'approchaient. Il était entré au *News* dès sa sortie de l'université et en était devenu le rédacteur en chef au bout de deux ans. Dès l'âge de vingt-huit ans, il coiffait deux casquettes : celle de rédacteur en chef et celle de directeur de la publication, et le « quotidien moribond », comme on l'appelait autrefois, s'était refait une santé.

C'est lui qui avait eu l'idée de recruter un journaliste d'investigation voilà six ans dans le but d'intéresser un plus large public. J'avais eu le poste à la suite d'un coup de chance. Le reporter choisi par Pete s'étant désisté à la dernière minute, on m'avait demandé de le remplacer temporairement. Puis un jour, sans commentaire, Pete cessa de chercher un remplaçant. J'étais définitivement engagée.

Le *Napoli* est le type même du petit restaurant familial que vous trouvez partout en Italie. Pete commanda une bouteille de chianti, et rompit un morceau du pain chaud que le serveur venait de déposer sur notre table. Mes pensées me ramenèrent au semestre que j'avais passé à Rome pendant mes études universitaires. Une des rares périodes heureuses de ma vie d'adulte.

Ma mère tentait d'arrêter de boire et y parvenait plus ou moins. Elle était venue me rendre visite pendant les vacances de printemps et nous avions passé ensemble des jours merveilleux, à explorer Rome puis Florence et les villages de Toscane alentour, terminant par un séjour à Venise. Ma mère était une très jolie femme et, pendant ce voyage, je la retrouvai telle qu'elle avait été, souriante et enjouée. D'un accord tacite, nous n'avions prononcé ni le nom d'Andrea ni celui de mon père.

Je suis heureuse d'avoir ce souvenir d'elle.

On nous apporta le vin, que Pete trouva à son goût. J'en bus une gorgée et, abrégeant les préliminaires, lui rapportai ce que j'avais à lui dire.

« J'ai fait beaucoup de recherches. L'action menée dans le but de blanchir Westerfield a toutes les chances d'aboutir. Jake Bern connaît son affaire. Il a déjà écrit un article sur le sujet qui doit paraître le mois prochain dans *Vanity Fair.* »

Pete prit un autre morceau de pain.

« Que comptez-vous faire ?

— J'écris de mon côté un livre qui sortira au printemps, la même semaine que celui de Bern. »

Je lui racontai ma conversation avec Maggie Reynolds. Pete l'avait rencontrée à la signature qu'elle avait organisée pour moi à Atlanta.

« Maggie veut l'éditer et en accélérer la publication. Mais, en attendant, je dois réagir aux articles de Bern et aux communiqués de presse des Westerfield. »

Pete attendit. C'était un autre de ses traits : il ne s'empressait jamais de vous rassurer. Et il ne remplissait pas les silences dans une conversation.

« Pete, je sais parfaitement qu'une série d'articles concernant un crime commis il y a vingt-trois ans dans le comté de Westchester n'est peut-être pas d'un intérêt palpitant pour nos lecteurs de Géorgie, et d'ailleurs je ne pense pas que ce soit l'endroit idoine pour leur publication. La famille Westerfield est essentiellement new-yorkaise.

— D'accord. Alors, que proposez-vous ?

— Je voudrais prendre un congé sabbatique si vous me l'accordez, ou sinon démissionner, me consacrer à la rédaction de ce livre et courir ma chance une fois qu'il sera terminé. »

Le serveur s'avança vers notre table. Notre choix fut rapide : cannellonis et salade verte pour tous les deux. Après une seconde d'hésitation, Pete demanda un assaisonnement au gorgonzola.

« Ellie, je vous garderai votre place aussi longtemps que j'en aurai le pouvoir.

— Ce qui signifie ?

— Ce qui signifie que je ne vais peut-être pas m'éterniser ici. On m'a fait récemment plusieurs propositions intéressantes que je suis en train d'étudier. »

Je restai interdite.

« Mais le *News* est votre enfant.

— Nous devenons trop importants pour la concurrence. Des acheteurs seraient prêts à verser une très grosse somme. La famille est tentée. La génération actuelle se fiche du journal comme d'une guigne ; seul l'argent les intéresse.

— Où iriez-vous dans ce cas ?

— Le *Los Angeles Times* s'apprête soi-disant à me faire une offre. L'autre possibilité est Houston.

— Quelle serait votre préférence ?

— Jusqu'à ce que j'aie une proposition ferme, je ne vais pas perdre mon temps à faire des choix qui n'existent peut-être pas. »

Sans attendre de commentaire de ma part, il continua :

« Ellie, j'ai fait quelques recherches de mon côté sur votre affaire. Les Westerfield ont mis en place une stratégie de défense très efficace. Ils ont une équipe impressionnante d'avocats qui sont impatients de s'en mettre plein les poches. Ils ont déniché ce type, Nebels ; bien que ce soit un personnage peu recommandable, il y aura toujours des gens pour croire son histoire. Faites ce que vous avez à faire, mais pour l'amour du ciel, si Westerfield passe à nouveau en jugement et qu'il est acquitté, jurez-moi de ne plus vous en mêler. »

Il me regarda en face.

« Ellie, je sais que vous pensez : "N'y comptez pas !" J'aimerais pouvoir vous faire comprendre que quoi que vous écriviez, vous ou Bern, une partie du public restera convaincue que Westerfield a été victime d'une erreur judiciaire, et l'autre qu'il était vraiment coupable. »

Pete m'avait prodigué ses conseils avec bienveillance, mais ce soir-là, en rassemblant les effets dont j'aurais besoin pour mon séjour à Oldham, je compris que lui aussi avait le sentiment que, coupable ou innocent, Westerfield avait purgé sa peine, que les gens pouvaient penser ce qu'ils voulaient sur le fond de l'affaire, et que je ferais mieux de ne plus m'en mêler.

En bref, que la colère, même justifiée, est mauvaise conseillère.

Je regagnai Oldham, et la semaine suivante eut lieu

l'audience où serait débattue la libération de Rob Westerfield. Comme prévu, elle lui fut accordée, et la date fixée au 31 octobre.

Halloween. On ne pouvait rêver de meilleure date. La nuit de tous les démons.

16

PAULIE Stroebel se tenait derrière le comptoir lorsque je pénétrai dans la *delicatessen* en faisant tinter la clochette de la porte.

L'image que j'avais gardée de lui remontait à l'époque déjà lointaine où il travaillait à la station-service. Il faisait le plein de notre voiture et s'appliquait à nettoyer le pare-brise. « Ce Paulie est véritablement un brave garçon », disait ma mère avec bienveillance. Sentiment qu'elle ne manifesta plus jamais après qu'il fut soupçonné de la mort d'Andrea.

Je crois que mon souvenir de son apparence physique était en partie, sinon entièrement, basé sur les photos que j'avais vues dans les journaux que ma mère avait conservés, et qui rapportaient en détail la mort d'Andrea et le procès. Un procès qui avait passionné l'opinion publique parce que l'accusé était le séduisant rejeton d'une famille riche et célèbre.

Naturellement les articles étaient illustrés de photos : le corps d'Andrea transporté hors de la cachette du garage ; son cercueil à la sortie de l'église ; ma mère, les mains jointes, le visage tordu de douleur ;

mon père ravagé par le désespoir ; moi-même, toute petite et esseulée ; Paulie Stroebel, hagard et inquiet ; Rob Westerfield, arrogant, élégant, l'air méprisant ; Will Nebels, arborant un sourire hypocrite.

Acharnés à capter l'émotion sur le vif, les photographes s'en étaient donné à cœur joie.

Ma mère ne m'avait jamais dit qu'elle avait conservé ces journaux ainsi que les comptes rendus de l'audience. Après sa mort, j'avais subitement découvert que la lourde valise qui nous accompagnait dans tous nos déplacements était en réalité une véritable boîte de Pandore qui renfermait tous nos maux. Lorsque l'alcool plongeait ma mère dans la morosité, j'imagine qu'elle ouvrait cette valise et revivait son calvaire.

Paulie et Mme Stroebel avaient certainement appris mon arrivée en ville. Lorsqu'il leva les yeux et m'aperçut, la surprise sur son visage fit rapidement place à la méfiance. Nous nous dévisageâmes un instant tandis que montaient à mes narines les odeurs délicieuses de jambon, de *pastrami* et d'épices, ces effleuves typiques des *delicatessen* allemandes.

Le corps massif de Paulie surprenait moins chez l'adulte qu'il était devenu que chez l'adolescent qui figurait sur les photos de presse. Ses joues rondes avaient fondu, et son regard n'avait plus cette expression effarée que je lui avais connue vingt-trois ans auparavant. Il était presque dix-huit heures, l'heure de la fermeture, et, comme je l'avais espéré, il n'y avait aucun client de dernière minute dans la boutique.

« Paulie, je suis Ellie Cavanaugh. »

Je m'approchai de lui, tendis la main par-dessus le comptoir. Il la serra d'un geste ferme et assuré.

« J'ai appris que vous étiez de retour. Will Nebels ment. Je n'étais pas dans le garage cette nuit-là. »

Sa voix était pleine d'une protestation douloureuse.

« Je sais.

— C'est honteux de prétendre ça. »

La porte qui séparait la boutique de la cuisine à l'arrière s'ouvrit et Mme Stroebel apparut. J'eus l'impression qu'elle était constamment sur le qui-vive, comme si elle craignait de voir un seul instant son fils en difficulté.

Elle avait vieilli, bien sûr, elle n'était plus la femme aux joues rondes comme des pommes de mon souvenir. Elle était plus mince aussi. Ses cheveux grisonnaient, avec un léger reflet de sa blondeur d'autrefois, et elle traînait légèrement la jambe. A ma vue, elle s'écria : « Ellie ? » et son expression inquiète s'éclaira d'un sourire chaleureux tandis qu'elle contournait rapidement le comptoir pour m'embrasser.

Après ma déposition, Mme Stroebel était venue me trouver, avait pris mes mains dans les siennes et, les larmes aux yeux, m'avait remerciée. L'avocat de la défense avait voulu me faire dire qu'Andrea avait peur de Paulie, mais je ne m'étais pas démontée. J'avais précisé : « Je *n'ai pas* dit qu'Andrea avait peur de Paulie, car ce *n'est pas* de lui qu'elle avait peur. Elle avait peur que Paulie raconte à papa qu'elle rencontrait parfois Rob dans la cachette. »

« Je suis si contente de vous revoir, Ellie. Vous êtes une jeune femme à présent et moi une pauvre vieille », me dit Mme Stroebel tandis que ses lèvres effleuraient ma joue.

Les intonations de son pays natal chantaient encore dans ses mots.

« Ne dites pas ça », protestai-je.

Son accueil chaleureux, comme celui de Mme Hilmer, éclairait tel un rayon de lumière cette tristesse irrépressible que j'éprouvais à chacun de mes réveils. J'avais l'impression d'être de retour chez moi, parmi des gens qui m'aimaient. Ici, après tant d'années, je ne me sentais pas étrangère, je ne me sentais pas seule.

« Paulie, accroche l'écriteau "FERMÉ" sur la porte, ordonna Mme Stroebel d'une voix vive. Ellie, vous allez dîner avec nous, n'est-ce pas ?

— Volontiers. »

Je les suivis dans ma voiture. Ils habitaient à moins de deux kilomètres de distance, dans l'un des quartiers les plus anciens de la ville. Les maisons, datant toutes de la fin du dix-neuvième siècle, étaient plutôt petites. Mais elles paraissaient confortables et bien entretenues, et j'imaginais des générations de familles en train de prendre le frais en été dans les galeries aménagées en façade.

Le chien des Stroebel, un labrador au poil beige, nous fit fête, et Paulie alla chercher sa laisse et l'emmena immédiatement faire un tour dans la rue.

L'intérieur de la maison était tel que je l'avais imaginé, accueillant, impeccable et confortable. Mme Stroebel me proposa de m'installer dans l'un des gros fauteuils de la salle de séjour pour regarder les nouvelles pendant qu'elle préparait le dîner. Mais je préférai la suivre à la cuisine, m'asseoir sur un tabouret devant le comptoir et la voir s'activer, offrant mon aide tout en sachant qu'elle la déclinerait.

« Un dîner tout simple, dit-elle. J'ai préparé un sauté de bœuf hier. Je le sers toujours le lendemain, c'est bien meilleur. »

Ses mains travaillaient vite, épluchant les légumes qu'elle ajouterait à la dernière minute, abaissant la pâte des biscuits, effeuillant la salade. Je restai sagement assise, la soupçonnant de vouloir mettre le dîner en route avant de s'entretenir avec moi.

Je ne me trompais pas.

Quinze minutes plus tard, avec un hochement de tête satisfait, elle dit :

« Bon. Maintenant, avant le retour de Paulie, je veux savoir ce qu'il en est. Les Westerfield peuvent-ils faire une chose pareille ? Vingt-trois ans après, peuvent-ils encore tenter de faire passer mon fils pour un assassin ?

— Ils peuvent essayer, mais ils n'y parviendront pas. »

Les épaules de Mme Stroebel s'affaissèrent.

« Ellie, Paulie a parcouru un long chemin. Vous vous souvenez de lui quand il était jeune, tout lui était si difficile. Il n'a jamais été fait pour les études. Il y a toutes sortes de connaissances qui ne sont pas à sa portée. Son père et moi nous nous sommes fait un sang d'encre. Paulie est un bon garçon. A l'école, il était toujours seul dans son coin, sauf quand il jouait au football. C'était l'unique moment où il avait le sentiment d'être accepté. »

Il était visible qu'elle avait du mal à continuer.

« Paulie faisait partie de l'équipe de réserve, il jouait rarement dans les matchs. Mais un jour où il avait été sélectionné, l'équipe adverse menait, et puis... je ne comprends pas grand-chose à ces compétitions mais à la dernière minute il s'empara du ballon et marqua un essai qui les fit gagner.

« Votre sœur était dans la fanfare, une vraie beauté, si je me souviens bien. Elle a saisi le porte-voix et s'est élancée sur le terrain. Paulie me parlait tout le temps du ban qu'elle avait conduit pour lui. »

Mme Stroebel se tut, inclina la tête sur le côté comme si elle écoutait, et d'une voix joyeuse se mit à chanter :

« *Un ban pour Paulie Stroebel, le meilleur de tous. Il est chic, il est sympa, nous l'aimons tous. Un ban pour Paulie Stroebel, c'est le meilleur de tous.* »

Les yeux brillants, elle poursuivit, d'une voix émue :

« Paulie a vécu alors le plus beau jour de sa vie. Vous ne saurez jamais ce que furent pour lui la mort d'Andrea et les accusations des Westerfield. Il aurait donné sa vie pour la sauver. Notre médecin a même craint qu'il n'attente à ses jours. Lorsque vous êtes un peu différent des autres, un peu en retard, vous tombez vite dans la dépression.

« Mais depuis quelques années il se débrouille bien. C'est lui désormais qui prend les décisions au magasin. L'an dernier, par exemple, il a décidé d'installer quelques tables et d'engager une serveuse. Petit déjeuner le matin et sandwichs l'après-midi. Un succès.

— J'ai remarqué qu'il y avait des tables, en effet.

— Paulie aura toujours des difficultés. Il devra travailler plus dur qu'un autre. Il y arrivera, sauf... »

Je l'interrompis :

« Sauf si certains recommencent à attirer l'attention sur lui et insinuent que c'est lui qui aurait dû passer vingt-deux ans en prison. »

Elle hocha la tête.

« Exactement. »

Nous entendîmes la porte d'entrée s'ouvrir. Les pas de Paulie et les aboiements du labrador annoncèrent leur arrivée.

Paulie pénétra dans la cuisine. « Cet homme n'a pas le droit de dire que j'ai fait du mal à Andrea », dit-il. Puis, sans attendre de réponse, il monta à l'étage.

« Ça recommence à le ronger », fit Mme Stroebel.

17

Le lendemain de ma visite aux Stroebel, je tentai de joindre Marcus Longo, l'inspecteur de police qui avait enquêté sur le meurtre d'Andrea. Je laissai un message sur son répondeur, me présentant et indiquant mon numéro de téléphone portable. Je n'eus aucune nouvelle de lui pendant quelques jours.

J'étais très déçue. Après l'avoir vu à la télévision exprimer sa conviction que Westerfield était coupable, j'avais cru qu'il rappellerait aussitôt. J'avais presque renoncé à tout espoir lorsque, le 30 octobre, la sonnerie de mon portable vibra. Une voix calme demanda :

« Ellie, vos cheveux ont-ils toujours les reflets du sable sous le soleil ?

— Bonjour, inspecteur Longo.

— Je rentre à l'instant du Colorado, c'est pourquoi je n'ai pas répondu à votre message, s'excusa-t-il. Notre premier petit-fils est né mardi. Ma femme est restée là-bas. Pouvez-vous dîner avec moi ce soir ?

— Avec plaisir. »

Je lui expliquai que je logeais dans l'annexe de Mme Hilmer.

« Je sais où habite Mme Hilmer. »

Suivit un court silence. Bien sûr qu'il savait où elle habitait.

« Je viendrai vous chercher à dix-neuf heures. »

Je surveillais depuis la fenêtre l'arrivée de sa voiture, et descendis à la hâte en la voyant quitter la route et s'engager dans la longue allée qui mène à la maison. Elle bifurque à droite vers le garage et l'annexe réservée aux invités, une ancienne grange située à une certaine distance de l'habitation principale. Je ne voulais pas qu'il rate l'embranchement.

Il y a certaines personnes avec lesquelles vous vous sentez tout de suite à l'aise. Il en fut ainsi avec Marcus Longo dès l'instant où je montai dans sa voiture.

« J'ai souvent pensé à vous durant toutes ces années, dit-il en faisant demi-tour. Etes-vous allée à Cold Spring depuis votre retour ?

— Je l'ai traversé l'autre jour, mais je ne suis pas sortie de ma voiture. Ma mère nous y emmenait de temps en temps. Elle aimait flâner chez les antiquaires.

— Ils sont toujours aussi nombreux, mais on y trouve aussi quelques bons restaurants. »

Oldham est la ville la plus au nord du comté de Westchester sur les bords de l'Hudson. Cold Spring est situé de l'autre côté de la frontière dans le comté de Putnam, en face de West Point. C'est une petite ville exquise dont la rue principale a conservé l'apparence et l'atmosphère du dix-neuvième siècle.

J'avais gardé le souvenir de ces excursions avec ma mère. Au fil du temps, je l'ai souvent entendue évoquer Cold Spring.

« *Tu te souviens ? Nous parcourions Main Street en voiture le samedi après-midi, nous arrêtant dans toutes les petites boutiques d'antiquités. Je voulais vous donner le goût des belles choses à toutes les deux. En quoi était-ce mal ?* »

Ces rappels du passé se manifestaient en général après son deuxième ou troisième scotch. A l'âge de dix ans, je me mis à rajouter de l'eau dans sa bouteille de whisky avec l'espoir de ralentir sa consommation d'alcool. Manifestement en vain.

Longo avait réservé chez Cathryn, un restaurant intime de style toscan dans une cour non loin de la rue principale. Installés à une table d'angle, nous restâmes un instant à nous observer. Curieusement, il paraissait plus âgé qu'à la télévision. De profondes rides marquaient le contour de ses yeux et de sa bouche, et, malgré sa carrure imposante, il ne paraissait pas en très bonne forme physique. Je me demandai s'il n'avait pas été malade.

« J'ignore pourquoi j'imaginais que vous mesuriez un mètre soixante, dit-il. Vous étiez petite pour votre âge lorsque vous étiez enfant.

— J'ai poussé comme un champignon au lycée.

— Vous ressemblez beaucoup à votre père, savez-vous. L'avez-vous revu ? »

La question me prit au dépourvu.

« Pas depuis longtemps. Et je n'en ai pas l'intention. » Malgré moi, la curiosité me poussa à lui demander : « Et vous, le revoyez-vous, monsieur Longo ?

— Je vous en prie, appelez-moi Marcus. Je ne l'ai pas vu depuis des années, mais son fils, votre demi-frère, est un athlète exceptionnel. On parle beaucoup de lui dans la presse locale. Votre père a pris sa retraite de la police il y a huit ans, à l'âge de cinquante-neuf ans. Il y a eu quelques articles très élogieux à son sujet dans les journaux. Il a fait une magnifique carrière.

— Je présume qu'on a mentionné alors la mort d'Andrea.

— Oui. Et ils ont publié aussi quelques photos, certaines récentes, d'autres plus anciennes, des photos d'archives. C'est d'après elles que j'ai pu remarquer votre ressemblance avec lui. »

Je ne répondis pas et Longo haussa les sourcils.

« A mes yeux, c'est un compliment. Comme le disait ma mère, vous avez grandi joliment. » Il changea brusquement de sujet. « Ellie, j'ai lu votre livre qui m'a beaucoup plu. Vous y dépeignez la douleur déchirante des familles des victimes mieux que quiconque. Je comprends d'où vient cette compréhension.

— Humm.

— Pourquoi êtes-vous ici ?

— Je suis venue protester contre la libération conditionnelle de Rob Westerfield.

— Même en sachant que vous gâcheriez le prix du billet d'avion, dit-il tranquillement.

— Je savais que c'était pratiquement sans espoir.

— Croyez-vous utile d'être une voix qui prêche dans le désert ?

— Mon message n'est pas d'ouvrir les voies du Seigneur. C'est de dire : “Prenez garde. C'est un assassin que vous libérez.”

— Cela reste une voix dans le désert. Les portes vont s'ouvrir demain devant Rob Westerfield et il sortira de prison. Ecoutez-moi attentivement. Il ne fait aucun doute qu'il obtiendra d'être jugé à nouveau. Le témoignage de Nebels sera probablement suffisant pour jeter le doute dans l'esprit de certains jurés, et Westerfield sera acquitté. Son casier redeviendra vierge et les Westerfield vivront heureux jusqu'à la fin des temps.

— C'est impossible !

— Ellie, vous devez comprendre une chose : pour les Westerfield, c'est nécessaire, vital. Robson Parke Westerfield est le dernier d'une lignée de gens réputés et respectés. Ne vous laissez pas duper par l'image publique du père. Derrière sa façade de philanthrope, Vince Westerfield est un brigand de haut vol, mais il souhaite que l'honneur de son fils soit rétabli. Et la *vieille* Mme Westerfield l'exige.

— Pour quelle raison ?

— Parce que malgré ses quatre-vingt-douze ans elle est encore en pleine forme et possède le contrôle de la fortune familiale. Si le nom de Rob n'est pas blanchi, elle la léguera à des associations caritatives.

— Vince Westerfield dispose assurément de son côté de beaucoup d'argent.

— En effet. Mais rien en comparaison de la fortune de sa mère. Mme Dorothy Westerfield est une grande dame et elle n'a plus une foi aveugle dans l'innocence de son petit-fils. Votre père ne l'a-t-il pas mise à la porte de chez vous le jour de l'enterrement ?

— Si, et ma mère ne s'est jamais remise de la honte qu'elle en a éprouvée.

— Mme Westerfield non plus, apparemment. Votre père lui a asséné en public que l'individu qui avait tiré sur elle lors du cambriolage de sa maison prétendait être de mèche avec Rob.

— Je me rappelle en effet qu'il lui a lancé cette histoire à la tête.

— Et il semblerait que Mme Westerfield ne l'ait pas oubliée. Bien sûr, elle préfère croire que Rob a été condamné à tort, mais à mon avis, elle a toujours conservé un doute, un doute qui n'a fait que croître. Sachant que le temps lui est compté désormais, elle a mis le marché entre les mains du père de Rob. Si ce dernier est innocent, il faut qu'il soit disculpé et que cette tache disparaisse du nom de la famille. Sinon sa fortune, la fortune des Westerfield, ira à des organismes d'intérêt public.

— Je m'étonne qu'elle détienne un tel pouvoir.

— Son mari, le père de Vince, n'avait peut-être pas une confiance aveugle en son fils non plus, ce qui l'aurait poussé à prendre ce genre de dispositions. Heureusement pour lui, il n'a pas vécu assez longtemps pour voir son petit-fils accusé de meurtre.

— Bref, le père est dans l'obligation de prouver l'innocence de Rob, et surgit par miracle un témoin oculaire qui a vu Paulie Stroebel entrer dans la cachette. Est-ce que la vieille Mme Westerfield avale cette farce ?

— Ellie, tout ce qu'elle veut, c'est qu'on soumette l'affaire à un nouveau jury et qu'il rende le verdict qu'elle souhaite.

— Et Vince Westerfield va faire en sorte que ce verdict corresponde à ce qu'elle attend.

— Laissez-moi vous faire le portrait du bonhomme. Pendant des années, il n'a eu de cesse de détruire l'environnement de la vallée de l'Hudson en transformant des zones résidentielles en zones industrielles. Il construirait un centre commercial au milieu du fleuve s'il le pouvait. Pensez-vous qu'il se préoccupe un instant du sort de Paulie Stroebel ? »

On nous apporta la carte. Je choisis le carré d'agneau, une des spécialités de la maison. Marcus commanda du saumon.

Tout en grignotant les hors-d'œuvre, je lui dévoilai mes plans :

« Après avoir vu l'interview de Will Nebels à la télévision, j'ai d'abord décidé de faire publier quelques articles d'investigation. Résultat, je viens de signer un contrat pour un livre qui prendra le contre-pied de celui de Jake Bern.

— Non seulement ils ont commandé ce bouquin à Bern, mais ils ont des moyens de propagande formidables, prêts à submerger les médias. Ce que vous avez vu à la télévision n'était qu'un début. Je ne serais pas surpris de voir apparaître une photo de Rob en uniforme de scout.

— Mon père disait qu'il était pourri jusqu'à la moelle. Quelle était cette histoire de cambriolage dans la maison de sa grand-mère ? »

Marcus avait une mémoire infaillible de flic.

« La grand-mère était venue faire un séjour dans sa maison d'Oldham. Elle a entendu un bruit au milieu de la nuit et s'est levée. Il y avait une femme de chambre à demeure, mais elle dormait dans une autre aile. Lorsque Mme Westerfield a ouvert la porte de sa chambre, elle a été blessée : un coup de feu tiré à bout portant. Elle n'a pas eu le temps de voir son agresseur, mais on l'a arrêté quelques jours plus tard. Il a prétendu que Rob avait tout manigancé. Qu'il lui avait promis dix mille dollars s'il liquidait la vieille.

« Inutile de dire qu'il n'y avait aucune preuve. C'était la parole d'un délinquant de vingt et un ans, un marginal qui avait quitté l'école et traînait un casier judiciaire long comme le bras, contre celle d'un Westerfield.

— Quel aurait été le mobile de Rob ?
— Le fric. Sa grand-mère lui léguait personnellement cent mille dollars. Elle estimait qu'à seize ans on pouvait commencer à investir de façon intelligente. Elle ignorait que Rob se droguait.
— Elle n'a pas cru qu'il était dans le coup, n'est-ce pas ?
— Non. Néanmoins, elle a modifié son testament. Ce legs a cessé d'y figurer.
— Donc il se peut qu'elle ait eu des doutes à son sujet dès cette époque ? »
Longo hocha la tête.
« Et ces doutes, ajoutés à celui qu'elle nourrissait concernant le meurtre de votre sœur, ont fait déborder le vase. Elle a carrément ordonné à son fils et à son petit-fils de s'arranger avec la justice.
— Et la mère de Rob dans tout ça ?
— C'est une femme charmante. Elle vit la plupart du temps en Floride. Elle est décoratrice d'intérieur à Palm Beach. Sous son nom de jeune fille, pour être précis. Elle a un succès fou. Vous pouvez visiter son site Internet.
— A propos, j'ai ouvert mon propre site », dis-je.
Longo haussa les sourcils.
« C'est le moyen le plus rapide de diffuser de l'information. A partir de demain, chaque jour, je vais publier sur mon site une série de commentaires concernant le meurtre d'Andrea et la culpabilité de Rob Westerfield. Je traquerai toutes les rumeurs défavorables qui courent à son sujet et m'efforcerai de les vérifier. Je vais interviewer ses professeurs et anciens camarades des deux écoles privées qu'il a fréquentées ainsi que ceux qu'il a côtoyés pendant son année à l'université de Willow. Vous n'êtes pas renvoyé sans raison de plusieurs établissements scolaires. Et à tout hasard, je vais tenter de retrouver la trace du pendentif que portait Andrea.

— Vous vous en souvenez ?

— C'est un peu flou dans mon esprit, bien sûr. Mais je l'ai décrit avec précision au tribunal. J'ai la copie des minutes du procès, je sais donc exactement ce que j'ai dit : qu'il était en or, en forme de cœur, avec trois pierres bleues au centre, et les initiales enlacées R et A gravées au dos.

— J'étais dans la salle d'audience lorsque vous l'avez mentionné. Je me rappelle avoir pensé qu'il s'agissait d'un bijou de prix, alors que ce n'était probablement qu'une de ces babioles à vingt-cinq dollars que l'on trouve dans une gondole de centre commercial. Ils y gravent vos initiales pour deux dollars.

— Mais vous n'avez pas cru que je l'avais réellement touché lorsque j'ai découvert le corps d'Andrea dans la cachette, ni que j'avais entendu la respiration de quelqu'un près de moi, ni que le pendentif s'était volatilisé avant l'arrivée de la police ?

— Ellie, vous étiez en état de choc. Vous avez dit dans votre déposition que vous aviez glissé et étiez tombée sur le corps d'Andrea. Dans le noir, avec tout ce qui a dû vous traverser l'esprit, je ne crois pas que vous ayez pu sentir le contact de ce pendentif. Vous avez dit vous-même qu'elle le portait toujours sous sa blouse ou sous son pull.

— Elle le portait ce soir-là. J'en suis convaincue.

— Pourquoi ne l'avait-elle plus quand la police est arrivée sur place ?

— Peut-être l'a-t-il pris après l'avoir tuée. C'est une explication possible. Il a basé sa défense sur le fait qu'elle n'était qu'une gamine qui avait le béguin pour lui et qu'il n'éprouvait aucun intérêt pour elle.

— N'en parlons plus pour le moment, dis-je. Il y a des choses plus importantes. La naissance de votre petit-fils, par exemple. C'est le plus beau bébé du monde, je suppose.

— Evidemment. »

Marcus Longo parut aussi soulagé que moi de changer de sujet. On nous apporta nos commandes et il me parla de sa famille.

« Mark a votre âge. Il est avocat. Il a épousé une fille du Colorado, trouvé une situation dans la région. Il s'y plaît. J'ai pris ma retraite il y a deux ans et j'ai subi une intervention cardiaque l'hiver dernier. Nous avons passé la plus grande partie de l'hiver en Floride ; nous envisageons d'acheter une petite maison aux environs de Denver et de vendre celle que nous possédons ici. Nous pourrons ainsi voir les enfants sans leur imposer notre présence.

— Ma mère et moi avons séjourné un peu plus d'un an à Denver.

— Vous habitez Atlanta depuis un certain temps, Ellie. Est-ce que vous vous y sentez enfin chez vous ?

— C'est une ville formidable. J'y ai beaucoup d'amis. Mon travail m'a apporté de grandes satisfactions, mais si le journal est vendu, comme le dit la rumeur, je ne sais pas si j'y resterai. Un jour, peut-être, j'éprouverai ce sentiment d'être enracinée, ancrée quelque part. Ce n'est pas encore le cas. J'ai toujours une impression d'inachevé. Enfant, êtes-vous déjà allé au cinéma alors que vous aviez des devoirs à terminer pour le lendemain ?

— Bien sûr.

— Et vous ne pouviez pas véritablement profiter du film, n'est-ce pas ?

— Ce sont des souvenirs lointains, mais oui, c'était sans doute le cas.

— Eh bien, j'ai des devoirs à terminer avant de pouvoir profiter du film. »

J'avais éteint toutes les lumières avant de partir, et quand nous retournâmes chez Mme Hilmer, l'annexe me sembla sombre et désolée. Sans tenir compte de mes protestations, Marcus Longo insista pour monter avec moi jusqu'à l'étage au-dessus du garage. Il attendit pendant je cherchais ma clé.

« Fermez la porte au verrou, dit-il au moment où je pénétrais dans l'appartement.

— Y a-t-il une raison particulière à ça ?

— Ellie, c'est vous-même qui avez dit : "Prenez garde, c'est un assassin que vous libérez."

— C'est juste.

— Alors écoutez vos propres conseils. Je ne vous dis pas de renoncer à poursuivre Westerfield, je vous dis d'être prudente. »

J'étais rentrée à temps pour écouter le bulletin d'informations de vingt-deux heures. La nouvelle principale était la libération de Rob Westerfield qui sortirait de prison le lendemain matin et donnerait une interview à la presse dans la maison familiale d'Oldham à midi.

Pas question que je rate ça.

18

CETTE nuit-là, je trouvai difficilement le sommeil. Je m'assoupissais, puis me réveillais brusquement, songeant que chaque minute égrenée par la pendule rapprochait Rob Westerfield du moment de sa libération.

Je ne pouvais m'empêcher de penser à lui, à la raison qui l'avait expédié derrière les barreaux pendant vingt-deux ans. En fait, plus approchait l'heure où il retrouverait la liberté, plus Andrea et ma mère étaient présentes et vivantes en moi. Si seulement... si seulement...

« Laisse tomber, criait une voix intérieure. Oublie. C'est du passé. Tu es en train de ruiner ta vie, tu ne peux pas continuer comme ça. » Vers deux heures, je me levai et préparai une tasse de chocolat que j'allai boire assise près de la fenêtre. Le bois qui séparait notre ancienne maison de la propriété de Mme Westerfield s'étend le long du terrain de Mme Hilmer, préservant sa tranquillité. J'aurais pu m'y enfoncer, comme l'avait fait Andrea, et continuer mon chemin ensuite vers la cachette du garage.

Aujourd'hui, une haute clôture entoure la maison des Westerfield. Et je parie qu'il y a désormais un système d'alarme pour signaler l'arrivée d'un intrus ou d'une gamine de quinze ans. A quatre-vingt-douze ans on a le sommeil léger. Mme Westerfield était-elle éveillée en ce moment même, heureuse qu'on libère son petit-fils, la chair de sa chair, mais redoutant le tapage médiatique qui allait suivre ? Son souhait de voir le nom de sa famille lavé de toute tache était aussi puissant que mon désir de protéger Paulie Stroebel et d'empêcher qu'on traîne le nom d'Andrea dans la boue.

Elle n'était qu'une gamine innocente qui s'était laissé tourner la tête ; ensuite son béguin pour Rob s'était transformé en peur, ce qui expliquait sa venue dans la cachette ce soir-là. Ne pas être au rendez-vous qu'il lui avait fixé l'emplissait de crainte.

Tandis que je restais immobile à la fenêtre, dans la lumière indécise de l'aube, la certitude instinctive qu'elle avait peur de lui, et que j'avais peur pour elle, s'imprima dans mon esprit. Je revoyais clairement Andrea en train d'attacher le pendentif à son cou, refoulant ses larmes. Elle n'avait pas envie d'aller le retrouver, mais elle était prise entre le marteau et l'enclume. Et j'ajoutai alors un autre « si seulement » à ma liste. Si seulement elle était allée trouver mes parents et avait avoué qu'elle sortait avec Rob...

J'inversai les rôles, brusquement. J'étais devenue la grande sœur.

J'allai me recoucher et dormis d'un sommeil agité jusqu'à sept heures. J'étais devant la télévision lorsque fut retransmise la sortie de prison de Rob Westerfield quittant Sing-Sing dans une limousine venue l'attendre devant les grilles. Le correspondant sur place de Channel One souligna que Rob Westerfield n'avait jamais cessé de clamer son innocence.

A midi, j'allumai à nouveau le poste et assistai à une véritable consécration de Rob Westerfield.

L'interview avait lieu dans la bibliothèque de la maison familiale d'Oldham. Le canapé sur lequel il s'était assis était placé devant un mur de livres reliés, sans doute pour souligner son côté intellectuel.

Rob portait une veste décontractée marron, une chemise de sport au col ouvert, un pantalon de couleur foncée et des mocassins. Il était toujours aussi beau garçon, avec quelque chose de plus dû à la maturité. Il avait hérité des traits aristocratiques de son père et appris à dissimuler l'expression dédaigneuse que trahissaient ses photos anciennes. On distinguait vaguement quelques fils d'argent dans ses cheveux sombres. Il joignait les mains, se tenait un peu penché en avant, l'air attentif mais détendu. A sa seule vue, je sentis un goût de bile monter dans ma gorge.

« Le décor est parfait, dis-je à voix haute. Ne manque que le chien à ses pieds. »

La journaliste qui l'interviewait était Corinne Sommers, présentatrice de *The Real Story*, l'émission populaire du vendredi soir. Elle prononça une brève introduction :

« ... qui vient d'être libéré après vingt-deux ans d'emprisonnement... a toujours protesté de son innocence... aujourd'hui décidé à se battre pour blanchir son nom... »

C'est ce qu'on verra, dis-je en moi-même.

« Rob Westerfield, ma question va vous paraître banale, mais quelle impression cela fait-il d'être un homme libre ? »

Il était tout sourire. Ses yeux sombres sous des sourcils bien dessinés eurent un regard presque amusé.

« Une impression incroyable, inouïe. J'en pleurerais presque. J'ai parcouru toutes les pièces de la maison, savourant le plaisir des gestes les plus simples, aller dans la cuisine, boire une tasse de café.

— Comptez-vous séjourner ici un certain temps ?

— Absolument. Mon père a aménagé pour moi une annexe de la maison, et je veux travailler avec nos avocats à la révision de mon procès. » Il fixa la caméra. « Corinne, j'aurais pu être libéré sur parole il y a deux ans si j'avais accepté de dire que j'avais tué Andrea Cavanaugh et que je regrettais cet acte monstrueux.

— Avez-vous été tenté de le faire ?

— Pas une seconde, dit-il sans hésiter. J'ai toujours affirmé que j'étais innocent. Aujourd'hui, grâce aux révélations de Will Nebels, j'ai peut-être une chance de le prouver. »

Tu ne pouvais pas avouer, tu avais trop à perdre, marmonnai-je en mon for intérieur. Ta grand-mère t'aurait immédiatement déshérité.

« Vous êtes allé au cinéma le soir où Andrea Cavanaugh a été assassinée.

— C'est exact. Et j'y suis demeuré jusqu'à la fin de la séance à vingt et une heures trente. Ma voiture était restée garée dans la station-service pendant plus de deux heures. Il faut à peine douze minutes pour aller chez ma grand-mère depuis le centre-ville. Paulie Stroebel avait accès à la voiture et il traînait autour d'Andrea. Même sa sœur l'a reconnu à la barre des témoins.

— L'ouvreuse du cinéma se rappelle vous avoir vu acheter un ticket.

— Oui. Et j'avais même gardé le talon qui en est la preuve.

— Mais personne ne vous a vu sortir de la salle à la fin du film.

— Personne ne se *souvient* de m'avoir vu, corrigea-t-il. C'est différent. »

Je vis un éclair d'irritation percer fugitivement sous l'expression affable et me redressai sur mon siège.

Le reste de l'interview ressembla à celle d'un otage fraîchement libéré.

« Outre la réhabilitation de votre nom, qu'avez-vous envie de faire ?

— J'ai envie d'aller à New York. Dîner dans des restaurants qui n'existaient probablement pas il y a vingt-deux ans. Peut-être voyager. Trouver du travail. » Avec un large sourire, il ajouta : « Rencontrer l'âme sœur. Me marier. Avoir des enfants. »

Me marier. Avoir des enfants. Tout ce qu'Andrea ne ferait jamais.

« Et ce soir ? Avec qui dînerez-vous ?

— Nous serons juste tous les quatre, mon père, ma mère, ma grand-mère et moi. Un dîner dans l'intimité. Avec un menu classique, cocktail de crevettes, côte de bœuf, pommes de terre au four, brocolis, salade... »

Pourquoi pas de la tarte aux pommes !

« Et une tarte aux pommes, dit-il, pour finir.

— Et du champagne, j'imagine.

— Naturellement.

— Il semble que l'avenir se présente bien, Rob Westerfield. Nous vous souhaitons bonne chance en espérant qu'un second procès vous permettra de prouver enfin votre innocence. »

Et c'est ce qu'on appelle une journaliste ? Furieuse, j'éteignis brusquement la télévision et me dirigeai vers la table du coin salle à manger où j'avais installé mon ordinateur portable. Je me branchai sur mon site Internet et commençai à écrire.

« Robson Westerfield, inculpé pour le meurtre de la jeune Andrea Cavanaugh, sort à l'instant de prison et attend avec impatience de déguster une côte de bœuf et de la tarte aux pommes. La sanctification de cet assassin vient juste de commencer aux dépens de sa jeune victime et de Paulie Stroebel, un homme modeste et travailleur qui a au cours de sa vie surmonté de nombreuses difficultés.

« Cette dernière épreuve devrait lui être épargnée. »

Pas mal pour un début.

19

CHAQUE jour Sing-Sing relâche des prisonniers qui ont purgé leur peine ou bénéficient d'une liberté conditionnelle. Au moment où ils quittent la prison, on leur remet un jean, une paire de grosses chaussures, une veste et quarante dollars. Puis, à moins qu'un membre de leur famille ou un ami ne les attende, on les conduit à l'arrêt du bus ou bien on leur remet un billet de train.

La gare est à quatre blocs de la prison. Le prisonnier libéré s'y rend à pied et prend un train en direction soit du nord soit du sud.

Le train en direction du sud arrive à Manhattan. Celui du nord traverse l'Etat jusqu'à Buffalo.

Il y avait de fortes chances pour que tout détenu libéré ces jours-ci de Sing-Sing ait connu Rob Westerfield.

C'est pourquoi, tôt le lendemain matin, je m'habillai chaudement, laissai ma voiture au parking de la gare et me dirigeai à pied vers la prison. Il règne une activité constante à la hauteur des grilles. D'après les informations que j'avais recueillies, les bâtiments abritaient quelque deux mille trois cents détenus. La panoplie du prisonnier au moment de sa libération, jean, veste et godillots, n'est pas particulièrement caractéristique. Comment le distinguerais-je d'un employé lambda quittant son travail ? Réponse : impossible.

J'avais prévu le problème et préparé une pancarte que je tiendrais devant moi en me postant près de la grille. Y était inscrit : « JOURNALISTE D'INVESTIGATION RECHERCHE INFORMATIONS CONCERNANT UN DÉTENU RÉCEMMENT LIBÉRÉ, ROBSON WESTERFIELD. RÉMUNÉRATION IMPORTANTE. »

Au cas où quelqu'un préférerait me joindre au téléphone, j'ajoutai mon numéro de portable : 917-555-1261.

C'était un matin froid et venteux. Le 1er novembre. La Toussaint. Depuis la mort de ma mère, je n'avais assisté à la messe qu'à l'occasion de fêtes religieuses telles que Noël et Pâques, lorsque les cloches de l'église attirent les catholiques les plus désenchantés comme moi.

Je me comporte comme un robot dans ces circonstances. Je m'agenouille respectueusement, je me lève en même temps que les autres, sans jamais me mêler aux prières. J'aime chanter et mes cordes vocales se mettent à vibrer quand les fidèles se joignent au chœur. A Noël, la musique est joyeuse. A Pâques, l'hymne est triomphante. Mais mes lèvres restent closes. Aux autres de laisser éclater leur joie.

La colère m'habitait souvent en ces moments-là. Aujourd'hui, je suis seulement lasse. « *D'une manière ou d'une autre, Vous les avez tous pris, ô Seigneur. Etes-Vous enfin satisfait* ? » Lorsque je vois à la télévision des images de familles entières décimées sous les bombardements, mourant de faim dans des camps de réfugiés, je sais que je devrais me considérer comme privilégiée, ô combien. Je le conçois intellectuellement, mais cela ne m'aide en rien. « *Concluons un accord, Seigneur. Gardons nos distances l'un à l'égard de l'autre.* »

Je restai sur place pendant deux heures, brandissant ma pancarte. La plupart des individus qui franchissaient les grilles la regardèrent, un éclair de curiosité dans les yeux. Rares furent ceux qui s'approchèrent de moi. Un homme d'une quarantaine d'années, l'air buté, les oreillettes de sa casquette rabattues contre le froid, lança : « Vous avez donc rien de mieux à faire que de vous intéresser à ce minable ? » Il me dit seulement qu'il travaillait à la prison, refusa de me donner son nom.

Je remarquai toutefois que certains examinaient la pancarte comme s'ils mémorisaient mon numéro de téléphone.

A dix heures, transie jusqu'aux os, j'abandonnai la partie et regagnai le parking de la gare. Je m'apprêtais à ouvrir la portière quand un homme s'avança vers moi. Il était plutôt jeune, peut-être une trentaine d'années, maigre, le regard dur, les lèvres minces.

« Pourquoi cherchez-vous des noises à Westerfield ? demanda-t-il. Qu'est-ce qu'il vous a fait ? »

Il portait un jean, une veste et de grosses chaussures. Venait-il d'être libéré ? M'avait-il suivie ?

« Etes-vous un de ses amis ? demandai-je.

— En quoi ça vous regarde ? »

Nous avons tous une réaction de recul si quelqu'un s'approche trop près de nous, jusqu'à nous toucher. J'étais acculée, le dos contre la voiture, et ce type se rapprochait dangereusement. Du coin de l'œil, je vis avec soulagement une camionnette s'arrêter à proximité dans le parking. Si jamais j'avais besoin d'aide, il y aurait au moins quelqu'un dans les parages.

« Vous m'empêchez de monter dans ma voiture, dis-je.

— Rob Westerfield était un prisonnier modèle, exemplaire. Nous le respections tous. Alors, combien me refilez-vous pour cette information ?

— Adressez-vous à lui. »

Je pivotai sur moi-même, repoussant l'homme d'un coup d'épaule, appuyai sur la commande pour déverrouiller la serrure, ouvris la portière.

Il ne tenta pas de me retenir, mais au moment où je refermais la portière il marmonna : « Laissez-moi vous donner un conseil gratuit : jetez au feu votre foutue pancarte. »

20

De retour dans l'appartement de Mme Hilmer, j'entrepris d'examiner les vieux journaux qu'avait conservés ma mère. Ils constituaient une mine de renseignements sur Rob Westerfield. Dans plusieurs d'entre eux étaient mentionnées les deux écoles privées qu'il avait fréquentées. La première, le collège d'Arbinger, dans le Massachusetts, est l'une des plus chics du pays. Je notai qu'il n'y était resté qu'un an et demi avant de changer pour l'Institution Carrington dans l'Etat du Maine.

Je ne savais rien à propos de Carrington et consultai l'Internet. Le site décrivait un grand domaine à la campagne, un établissement où études, sport et amitié se mêlaient étroitement pour créer un véritable paradis. Mais derrière cet exposé flatteur transparaissait la réalité des choses. Carrington était une école « pour des élèves qui n'ont pas pu développer tout leur potentiel intellectuel ou social ». Pour « des jeunes qui éprouvent des difficultés à s'adapter à des méthodes rigides d'enseignement ».

En d'autres termes, un endroit pour enfants à problèmes.

Avant de lancer une enquête sur mon propre site auprès d'anciens camarades de classe de Rob Westerfield ou d'employés ayant travaillé à Carrington à cette époque-là, je décidai d'aller faire un tour dans ces deux écoles. Je téléphonai, expliquai que j'étais journaliste et écrivais un livre sur Robson Westerfield dont j'avais appris qu'il avait été un de leurs élèves. Dans les deux cas, je fus mise en rapport avec le secrétariat du directeur. A Arbinger, on m'orienta immédiatement vers M. Craig Parshall, chargé des relations publiques.

Il m'informa que l'école avait pour principe de ne jamais s'entretenir avec la presse des élèves, passés ou actuels.

Je tentai néanmoins ma chance :

« N'avez-vous pas accordé une interview à un certain Jake Bern à propos dc Robson Westerfield ? »

Suivit un silence et je compris que j'avais touché juste.

« Nous lui avons accordé un entretien, en effet », admit M. Parshall d'un ton sec et condescendant. Puis il ajouta : « Si la famille d'un élève nous y autorise, nous accédons à ce genre de demande dans les limites du raisonnable. Comprenez, mademoiselle Cavanaugh, que nous avons ici des enfants de familles connues, y compris des fils de présidents voire de rois. Nous sommes donc tenus de contrôler avec la plus grande attention l'information que nous fournissons aux médias.

— Une information de nature publicitaire, évidemment, qui conforte le nom et la réputation de l'établissement, dis-je. Et si un site Internet divulguait quotidiennement qu'un homme condamné pour le meurtre d'une jeune fille de quinze ans a côtoyé ces étudiants distingués, ces derniers et leurs familles pourraient s'en offusquer. Et d'autres hésiter avant d'inscrire chez vous leurs chers héritiers. N'est-ce pas, monsieur Parshall ? »

Je ne lui laissai pas le temps de répondre.

« En réalité, il serait sans doute plus avantageux pour l'école de se montrer coopérative. Ne pensez-vous pas ? »

Quand après un long moment Parshall répondit, il était visiblement dans ses petits souliers :

« Mademoiselle Cavanaugh, je répondrai favorablement à votre requête. Je tiens toutefois à vous avertir que les seules informations qui vous seront fournies concerneront les dates auxquelles Robson Westerfield a fréquenté notre établissement et le fait qu'il a sollicité un transfert dans une autre école, transfert qui lui a été accordé. »

Je le rassurai :

« Oh, je ne vous demande pas de reconnaître que vous l'avez fichu à la porte. Mais je parie que vous en avez dit un peu plus à M. Bern. »

Nous convînmes de nous retrouver dans son bureau le lendemain matin à dix heures.

Arbinger se trouve à une soixantaine de kilomètres

au nord de Boston. Je consultai le plan de la ville, repérai le meilleur chemin à prendre et calculai le temps nécessaire pour y parvenir.

Puis j'appelai l'Institution Carrington, et cette fois je fus mise en rapport avec Jane Bostrom, responsable des admissions. Elle reconnut que Jake Bern avait obtenu une interview à la demande de la famille Westerfield, et ajouta que sans leur autorisation elle ne pourrait pas m'en accorder une.

« Madame Bostrom, Carrington est une sorte d'école du dernier recours, à laquelle on s'adresse quand on ne sait plus vers quel établissement se tourner, soulignai-je. Je ne veux pas faire injure à sa réputation, mais sa raison d'être est d'accueillir et d'essayer de remettre sur le droit chemin des enfants à problèmes. N'est-ce pas ? »

Je lui fus reconnaissante de ne pas esquiver la question.

« Les enfants peuvent avoir des problèmes pour de multiples raisons, mademoiselle Cavanaugh. Dans la majorité des cas, ces difficultés sont liées à la famille. Il y a les enfants du divorce, les enfants que leurs parents délaissent au profit de leur travail, les enfants solitaires, ou en proie aux moqueries de leurs semblables. Cela ne signifie en rien qu'ils sont incapables d'un comportement normal sur le plan intellectuel ou social. Cela signifie seulement qu'ils ont des difficultés et ont besoin d'aide.

— Une aide que, malgré vos efforts, vous ne parvenez pas toujours à leur donner ?

— Je peux vous fournir une liste de nos anciens élèves qui ont brillamment réussi dans la vie.

— Je peux citer le nom de l'un d'eux qui a brillamment réussi son premier meurtre, ou du moins le premier meurtre dont on est sûr qu'il l'a commis. » Puis j'ajoutai : « J'aimerais seulement savoir comment se comportait le jeune Rob Westerfield avant qu'il n'assassine ma sœur. Si vous avez fourni des informations à Jake Bern, et qu'il glose sur les qualités de Rob en laissant le reste de côté, je souhaite obtenir le même type de renseignements. »

Puisque j'avais rendez-vous à Arbinger le vendredi, je convins de rencontrer Mme Bostrom à Carrington le lundi matin en huit. J'envisageai de faire auparavant un tour dans le voisinage des deux écoles. Elles étaient situées dans de petites agglomérations. Ce qui laissait supposer l'existence de cafétérias ou de fast-foods en bordure des campus, des lieux où se réunissent en général les élèves. Je me rappelais avoir recueilli des informations utiles dans ce genre d'endroits lors d'une enquête journalistique concernant un jeune homme qui avait tenté de tuer ses parents.

Mme Hilmer, que je n'avais pas revue depuis deux jours, m'appela en fin d'après-midi.

« Ellie, ne te crois pas obligée d'accepter mon invitation, mais j'ai eu envie de faire la cuisine aujourd'hui. Résultat, j'ai un poulet en train de rôtir dans le four. Si tu n'as pas d'autre projet, veux-tu venir le partager avec moi ? »

Mon Frigidaire était vide et je savais qu'un sandwich au fromage me tiendrait lieu de repas si je restais chez moi. Je me souvenais aussi que Mme Hilmer était une fine cuisinière.

« A quelle heure ? demandai-je.

— Oh, vers sept heures.

— J'accepte avec plaisir. »

En raccrochant, je me dis que Mme Hilmer me prenait sans doute pour une sorte d'ermite. Elle n'avait pas entièrement tort. Mais si la solitude a souvent accompagné ma vie, et peut-être pour cette raison même, j'aime aussi la compagnie des gens. A Atlanta, en sortant du journal après une journée chargée, j'allais souvent me détendre avec quelques amis. Lorsqu'il m'arrivait de travailler tard, je les retrouvais autour d'un plat de pâtes ou d'un hamburger. Il y en avait toujours deux ou trois parmi nous qui ne se pressaient pas de rentrer à la maison.

Je faisais partie des habitués de ce groupe, ainsi que Pete.

Je pensai soudain à lui tandis que je m'apprêtais un peu, brossant mes cheveux avant de les tordre en chignon sur ma tête. Quand m'informerait-il de sa décision ? Même si le journal n'était pas vendu immédiatement, j'étais convaincue qu'il le quitterait bientôt. Que la famille fût désireuse de vendre suffisait à motiver son départ. Où irait-il en fin de compte ? A Houston ? A Los Angeles ? Dans l'un ou l'autre cas, les chances étaient minces pour que nos chemins se croisent à nouveau.

Cette pensée me déprima.

L'appartement prêté par Mme Hilmer comportait un large séjour avec un coin cuisine et une chambre de belles dimensions, ainsi qu'une salle de bains donnant dans le petit couloir qui les séparait. J'avais installé mon ordinateur et mon imprimante sur la table près de la cuisine. Connaissant mon désordre naturel lorsque je travaille, je parcourus la pièce d'un regard critique avant de m'en aller.

Les journaux que j'avais compulsés étaient étalés par terre en demi-cercle autour de la chaise. J'avais placé sur le buffet la coupe de fruits décoratifs et les bougeoirs de cuivre qui ornaient précédemment le centre de la table de style colonial. Mon agenda était ouvert près de l'ordinateur, mon stylo posé par-dessus. L'épais dossier des minutes du procès, soulignées de traits de feutre jaune vif, reposait près de l'imprimante.

Si, pour une raison quelconque, Mme Hilmer me raccompagnait après le dîner et voyait ce désordre, comment réagirait-elle ? Je connaissais d'avance la réponse, tout était impeccablement rangé chez elle.

J'entrepris donc de ramasser les journaux, les mettant plus ou moins en pile. Puis, après réflexion, je sortis le grand fourre-tout dans lequel je les transportais habituellement et les glissai tous à l'intérieur.

J'y ajoutai les minutes du procès. Je laissai en place l'agenda, le stylo, l'ordinateur et l'imprimante, qui n'avaient rien de choquant d'un point de vue esthétique. Je remis les bougeoirs et la coupe de fruits à leur place sur la table. J'étais sur le point de ranger le sac dans la penderie quand une pensée m'arrêta. Si un incendie se déclarait dans l'appartement, je risquais de perdre toute ma documentation. C'était improbable, mais je préférai néanmoins emporter le sac avec moi. Qui sait pourquoi ? Une sorte d'intuition, peut-être.

Il faisait toujours froid dehors, bien que le vent fût tombé. Le trajet jusqu'à la maison de Mme Hilmer me parut long. Mme Hilmer m'avait dit qu'après la mort de son mari elle avait fait construire un garage attenant, car elle ne voulait pas avoir à marcher jusqu'à l'ancien. Aujourd'hui, l'ancien garage sous l'appartement était vide, à l'exception des outils et des meubles de jardin.

Tandis que je me dirigeais dans l'obscurité, je compris pourquoi Mme Hilmer ne voulait pas faire le trajet seule dans la nuit.

« Ne craignez rien, je ne viens pas m'installer chez vous, lui dis-je en voyant son air étonné à la vue de mon fourre-tout. Je suis simplement incapable de m'en séparer. »

Tandis que je savourais un verre de xérès et lui expliquais le contenu du sac, une pensée me vint à l'esprit. Mme Hilmer vivait à Oldham depuis presque cinquante ans. Elle avait eu des responsabilités à la paroisse et à la municipalité. Elle connaissait tout le monde. Il y avait des gens du pays cités dans ces articles dont les noms n'évoquaient rien pour moi, mais qui lui seraient sans doute familiers.

« Accepteriez-vous de parcourir ces journaux avec moi ? lui demandai-je. On y nomme des personnes avec lesquelles j'aimerais m'entretenir aujourd'hui, si elles habitent encore la région. Des camarades de classe d'Andrea, des voisins de Will Nebels, certains des garçons que fréquentait Rob Westerfield. Je suis sûre que la plupart des anciennes amies d'Andrea sont mariées et il est probable que nombre d'entre elles ont déménagé. Peut-être pourriez-vous m'aider à dresser une liste des gens que les journalistes ont rencontrés jadis et qui vivent encore ici. Peut-être savent-ils quelque chose qui n'a pas été révélé à l'époque.

— Je peux t'en nommer une tout de suite, dit Mme Hilmer. Joan Lashley. Ses parents ont pris leur retraite et elle a épousé Leo St. Martin. Elle vit à Garrison. »

C'était chez elle qu'Andrea était allée faire ses devoirs le dernier soir ! Garrison n'était pas loin de Cold Spring, à un quart d'heure de voiture d'ici. Il était clair que Mme Hilmer allait être une mine d'informations pour moi.

Au moment du café, j'ouvris le fourre-tout et posai une partie des journaux sur la table. Mme Hilmer souleva le premier de la pile et je vis une expression de détresse apparaître sur son visage. On lisait en gros titre : « UNE JEUNE FILLE DE QUINZE ANS FRAPPÉE À MORT ». La photo d'Andrea s'étalait en première page. Elle portait son uniforme de la fanfare : une veste rouge à boutons dorés et une jupe courte assortie. Ses cheveux retombaient en cascade sur ses épaules, et elle souriait. Elle semblait heureuse, jeune et pleine de vie.

Cette photo avait été prise durant le premier match de la saison à la fin du mois de septembre. Quelque temps plus tard, elle avait rencontré Rob Westerfield au centre sportif où elle jouait au bowling avec des amies. C'était la semaine suivante qu'elle avait fait cette virée en voiture avec lui, et qu'ils s'étaient fait pincer pour excès de vitesse.

« Madame Hilmer, dis-je. Compulser ces journaux risque de raviver des souvenirs douloureux. Si vous... »

Elle m'interrompit :

« Non, Ellie, je veux le faire.

— Bien. » Je sortis le reste des journaux. Le dossier des minutes du procès était coincé au fond du sac. Je le retirai aussi. « C'est une lecture particulièrement pénible, mais...

— Laisse-moi le tout », dit-elle fermement.

Mme Hilmer voulut me prêter une petite lampe torche pour regagner l'annexe, et je dois dire que je lui en fus reconnaissante. La nuit était plus claire, un rayon de lune argenté brillait dans le ciel. Laissant libre cours à mon imagination, j'évoquai les illustrations de Halloween où un chat noir, assis sur un croissant de lune, arbore un large sourire comme s'il se délectait de quelque secret.

Par égard pour mon hôtesse, je n'avais laissé qu'une petite lampe allumée sur le palier avant de partir. En gravissant les premières marches, je regrettai de m'être montrée aussi sage. Il faisait sombre dans la cage d'escalier, les marches grinçaient sous mes pas. Je pris soudain conscience qu'Andrea avait été assassinée dans un garage semblable à celui ci. Les deux bâtiments avaient été d'anciennes granges. Ici, le grenier à foin avait été transformé en appartement, mais la structure n'avait pas changé.

Je n'attendis pas d'avoir atteint le haut de l'escalier pour sortir ma clé ; je l'introduisis dans la serrure, entrai, refermai aussitôt la porte au verrou. Puis, faisant fi des économies d'électricité, j'allumai toutes les lumières : celle de l'entrée, les lampes de lecture de chaque côté du canapé, le lustre au-dessus de la table, les lampes de la chambre. A la fin, je poussai un soupir de soulagement, sentant se dissiper cette angoisse qui m'avait oppressée.

Mon ordinateur, mon imprimante et mon agenda étaient à la place où je les avais laissés, à un bout de la table ; au milieu trônaient la coupe de fruits et les bougeoirs. Le tout parfaitement en ordre. Mais quelque chose avait changé. J'avais posé mon stylo sur mon agenda, près de l'ordinateur. Il se trouvait maintenant à sa gauche. Un frisson glacé me parcourut. Quelqu'un était entré ici et l'avait déplacé. Pourquoi ? Je ne voyais qu'une seule raison : pour parcourir mon agenda et se tenir au courant de mes activités. S'en était-il tenu là ?

Je mis en marche l'ordinateur. Mon premier geste fut de vérifier le dossier qui contenait mes notes concernant Rob Westerfield. Cet après-midi même, j'y avais introduit une description rapide de l'homme qui m'avait interpellée dans le parking de la gare. Horrifiée, je constatai qu'une phrase avait été rajoutée. J'avais écrit que l'homme était de taille moyenne, maigre, le regard mauvais, la bouche dure. La nouvelle phrase disait : « Considéré comme dangereux. Approcher avec une extrême prudence. »

Je sentis mes genoux fléchir. Qu'un individu se soit introduit dans l'appartement pendant que j'étais chez Mme Hilmer était déjà inquiétant, qu'il ait signalé ainsi sa présence me glaça jusqu'à la moelle. J'étais certaine d'avoir fermé la porte à clé en partant, mais la serrure était un modèle simple et bon marché que n'importe quel cambrioleur professionnel pouvait ouvrir sans difficulté. Je courus dans la chambre et constatai que la porte de la penderie était entrebâillée. On n'avait touché ni à mes vêtements ni à mes chaussures. Je conservais un écrin à bijoux en cuir dans le tiroir supérieur de la commode. Outre une paire de boucles d'oreilles, une chaîne en or et un simple collier de perles qui m'appartenaient, il contenait aussi la modeste bague de fiançailles de ma mère et son alliance, ainsi que les pendants de diamant que mon père lui avait offerts pour le quinzième anniversaire de leur mariage, un an avant la mort d'Andrea.

Les bijoux étaient tous à leur place, j'en conclus que l'intrus n'était pas un simple voleur. Il était venu chercher autre chose, sans doute des informations. Je me félicitai d'avoir emporté avec moi les minutes du procès et tous les journaux anciens. Je ne doutais pas qu'ils auraient été détruits. J'aurais pu, avec du temps, me procurer à nouveau la transcription du procès, mais les journaux étaient irremplaçables. Les articles ne relataient pas seulement les comptes rendus des audiences ; il y avait aussi l'ensemble des interviews, le contexte de l'époque, des indications précieuses qui auraient été perdues.

Je préférai ne pas prévenir tout de suite Mme Hilmer. Elle ne fermerait pas l'œil de la nuit si elle apprenait que quelqu'un s'était introduit dans l'appartement. Dans la matinée j'irais reprendre chez elle les journaux et le dossier du procès et j'en ferais faire des photocopies. Je ne pouvais pas courir le risque de les voir se volatiliser.

Je vérifiai une énième fois le verrou de la porte, poussai la prudence jusqu'à coincer une lourde chaise derrière, puis fermai toutes les fenêtres sauf celle de ma chambre. J'aime dormir la fenêtre ouverte et je n'avais pas l'intention de changer mes habitudes à cause d'un visiteur inconnu. L'appartement est par ailleurs situé au premier étage et il eût fallu une échelle pour y pénétrer. Si quelqu'un me voulait du mal, j'étais sûre qu'il trouverait un moyen plus pratique que de traîner bruyamment une échelle derrière lui. Malgré tout, je mis du temps à m'endormir, me réveillant souvent en sursaut, à l'affût du moindre bruit. Mais seul le froissement des dernières feuilles mortes que le vent détachait des arbres derrière le garage troublait la nuit.

C'est en émergeant du sommeil à l'aube que je compris ce qui aurait dû me paraître évident dès le premier instant. La personne qui avait épluché mon agenda savait maintenant que j'avais un rendez-vous le matin même au collège d'Arbinger, et un autre lundi en huit à l'Institution Carrington.

J'avais prévu de partir pour Arbinger à sept heures. Je savais que Mme Hilmer avait coutume de se lever tôt. Je lui téléphonai à sept heures moins dix, lui proposai de passer chez elle avant de prendre la route. En buvant une tasse de son excellent café, je lui racontai ce qui s'était passé la veille et mon intention de faire photocopier les documents que je lui avais confiés.

« Je vais m'en charger, dit-elle. Je n'ai rien d'autre à faire. Je travaille bénévolement à la bibliothèque, je me servirai de la photocopieuse du bureau. Personne n'en saura rien. Hormis Rudy Schell, naturellement. Il est employé chez nous depuis la nuit des temps et je lui fais confiance pour n'en souffler mot à personne. »

Elle ajouta après un moment d'hésitation :

« Ellie, je préfère que tu viennes habiter avec moi. Je ne veux pas te savoir seule dans l'appartement. L'individu qui s'y est introduit hier soir peut très bien revenir. En tout cas, je crois que tu devrais appeler la police.

— Il n'est pas question que je vienne habiter chez vous, lui répondis-je. Au pire, j'irai m'installer ailleurs. »

La voyant secouer la tête, j'ajoutai :

« Mais je ne compte pas m'en aller. Je me sens trop

bien ici. Quant à la police, j'ai effectivement songé à la prévenir, mais cela m'a paru une mauvaise idée. Il n'y a aucune trace d'effraction, mes bijoux sont tous à leur place. Si je raconte à un policier que j'ai trouvé mon stylo déplacé et quelques mots rajoutés sur un fichier informatique, quelle sera sa réaction ? » Je n'attendis pas sa réponse. « Les Westerfield font déjà courir le bruit que j'étais une enfant exagérément imaginative et perturbée, et que mon témoignage lors du procès n'était pas fiable. Imaginez ce qu'ils feraient d'une histoire comme celle-ci ! Ils me mettraient dans le même sac que ces gens qui s'envoient des lettres de menace à eux-mêmes pour se rendre intéressants. »

J'avalai une dernière gorgée de café.

« Vous pouvez faire quelque chose pour moi, cependant, si vous voulez bien. Appeler Joan Lashley et lui demander si je peux la rencontrer demain. »

La sollicitude de Mme Hilmer et le baiser qu'elle déposa sur ma joue me réconfortèrent.

Sur la route de Boston, je fus prise dans les habituels encombrements de la banlieue, et il était presque onze heures lorsque je franchis les grilles soigneusement gardées d'Arbinger. Le collège était encore plus impressionnant qu'il ne le paraissait sur les photos que publiait le site Internet. Les magnifiques bâtiments de briques roses respiraient le calme et l'harmonie sous le ciel de novembre. La longue allée du campus était bordée de grands arbres qui devaient former une haute voûte de verdure à la belle saison. Comment un étudiant sortant diplômé d'une telle institution n'éprouverait-il pas l'impression de jouir de prérogatives particulières, d'être au-dessus du commun des mortels ?

En me dirigeant vers le parking réservé aux visiteurs, je repassai en esprit la liste des lycées que j'avais moi-même fréquentés. J'avais fait ma troisième à Louisville, et le deuxième semestre de ma seconde à Los Angeles. Non, j'y étais restée jusqu'en première. Où étais-je allée ensuite ? A Portland, dans l'Oregon. Et finalement retour à Los Angeles, pour la terminale suivie de quatre années à l'université, une sorte de stabilité. Ma mère avait continué de travailler dans différents hôtels pendant mes années de fac. Puis, l'état de son foie s'étant brusquement aggravé, elle était venue partager mon petit appartement jusqu'à sa mort.

« J'ai essayé de vous enseigner les belles manières, Ellie. De faire en sorte que vous sachiez vous tenir en société, que vous soyez à la hauteur si vous rencontriez un garçon de bonne famille. »

Oh, maman, pensai-je tandis que j'étais introduite dans le bâtiment principal et qu'on me conduisait jusqu'au bureau de Craig Parshall. Les murs du long corridor étaient tapissés de portraits de personnages au visage grave, dont la plupart étaient d'anciens directeurs de l'école, d'après ce que je pus voir rapidement.

Craig Parshall était moins impressionnant que ne le laissait supposer le ton docte de sa voix au téléphone. C'était un homme d'un certain âge, qui portait encore sa chevalière d'étudiant. Il était impeccablement coiffé de façon à dissimuler un début de calvitie et son attitude trahissait une certaine nervosité.

Il occupait une pièce vaste et élégamment meublée ; murs lambrissés, rideaux de style classique, tapis persan dont le degré d'usure garantissait l'authenticité, confortables fauteuils de cuir, et un bureau d'acajou derrière lequel il battit promptement en retraite après m'avoir accueillie.

« Comme je vous l'ai dit au téléphone, mademoiselle Cavanaugh... », commença-t-il.

Je l'interrompis :

« Monsieur Parshall, ne perdons pas notre temps en préliminaires. Je comprends parfaitement les obligations qui sont les vôtres et les respecte. Le mieux est donc que vous répondiez simplement aux quelques questions que je souhaite vous poser, puis je vous débarrasserai de ma présence.

— Je peux vous indiquer à quelle date précisément Robson Westerfield a fait partie de...

— Je connais toutes ces dates. Elles ont été citées lors de son procès pour le meurtre de ma sœur. »

Parshall se rembrunit.

« Monsieur Parshall, la famille Westerfield s'est fixé un but dans l'existence, celui de laver de toute tache la réputation de Robson, d'obtenir un nouveau procès et de le faire acquitter. Y parvenir aurait *de facto* un autre résultat, celui de rejeter la culpabilité du meurtre de ma sœur sur quelqu'un d'autre, un homme qui, ajouterai-je, n'aurait eu ni l'argent ni les capacités intellectuelles permettant de franchir les portes de votre établissement. Mon objectif est de tout faire pour m'y opposer.

— Il faut que vous compreniez...

— Je comprends que vous ne pouvez pas être cité nommément. Mais vous pouvez m'ouvrir certaines pistes. Je veux dire par là que j'aimerais avoir une liste des étudiants qui étaient en classe avec Rob Westerfield. Savoir si certains d'entre eux étaient particulièrement liés avec lui et, mieux encore, si d'autres lui étaient carrément hostiles. Qui était son compagnon de chambre ? Et *à titre confidentiel*, je dis bien *confidentiel*, la raison pour laquelle il a été renvoyé. »

Nous nous regardâmes pendant une longue minute en silence, sans ciller.

« Je pourrais aisément mentionner sur mon site Internet que Robson Westerfield fréquentait une école réservée à une élite, sans la nommer, dis-je. Ou au contraire présenter les choses ainsi : "Le collège d'Arbinger, l'institution que fréquentèrent Son Altesse Royale le prince Grégoire de Belgique, Son Altesse Sérénissime le...” »

Il me coupa :

« *A titre confidentiel* ?

— Absolument.

— Sans mentionner le nom du collège ni le mien ?

— Absolument. »

Il soupira et je me sentis presque désolée pour lui.

« Avez-vous jamais entendu cette citation : “Ne vous fiez pas aux princes”, mademoiselle Cavanaugh ?

— Elle m'est familière. Non seulement dans sa référence biblique, mais dans sa paraphrase à mon intention : “Ne vous fiez pas aux journalistes d'investigation.”

— Est-ce une mise en garde ?

— Si le journaliste d'investigation est respectueux de l'éthique, la réponse est non.

— Dans ces conditions, je vous fais confiance, sachant que je peux compter sur votre discrétion.

— Vous le pouvez.

— Si Rob Westerfield a été accepté dans cet établissement, c'est uniquement parce que son père nous a offert de faire reconstruire le local scientifique. Et cela sans rechercher la moindre publicité. Rob nous a été présenté comme un élève difficile qui avait du mal à s'intégrer dans un environnement scolaire.

— Il est resté huit ans à l'école Baldwin à Manhattan, dis-je. A-t-il connu des problèmes de ce type à cette époque ?

— On ne nous a rien signalé hormis, peut-être, des appréciations évasives de la part de certains professeurs et du conseiller d'orientation.

— Et ce laboratoire avait-il besoin d'être reconstruit ? »

Parshall eut l'air peiné.

« Westerfield venait d'une excellente famille. Et il est extrêmement intelligent.

— Bien, dis-je. Venons-en maintenant aux aspects concrets du problème. Comment avez-vous vécu la présence de ce garçon dans votre noble institution ?

— Je venais d'arriver comme enseignant, je puis donc en témoigner directement. On n'aurait pu imaginer pire, dit Parshall tout de go. Je suppose que vous connaissez la définition de "sociopathe" ? » Il fit un geste impatient de la main. « Excusez-moi. Comme le dit mon épouse, les introductions de mes cours sont parfois d'un ennui mortel. Un sociopathe, donc, est un individu totalement dépourvu de sens moral, qui n'a aucun respect pour les règles de la vie en société et se trouve en conflit constant avec elles. Robson Westerfield en était l'exemple type.

— Si je vous comprends bien, vous avez eu des problèmes avec lui dès le début ?

— Comme beaucoup de ses semblables, il conjugue intelligence et séduction. Il est aussi le dernier rejeton d'une famille célèbre. Son grand-père comme son père ont fait leurs études chez nous. Nous avons cru que nous saurions l'aider à développer ce qu'il y avait de bon en lui.

— Certains n'ont pas de son père une très haute opinion. Quelle impression a-t-il laissée chez vous ?

— J'ai compulsé son dossier. Sur le plan scolaire, il était d'un niveau moyen. Aucun rapport avec le grand-père, d'après ce que je sais. Pearson Westerfield était sénateur des Etats-Unis.

— Pourquoi Rob Westerfield est-il parti en plein milieu de sa seconde année de collège ?

— Des incidents ont eu lieu parce qu'il n'avait pas été sélectionné pour être en première ligne dans l'équipe de football. Il s'en est pris à un autre joueur. On a persuadé la famille de ne pas porter plainte, les Westerfield ont payé tous les frais. Peut-être davantage, je ne peux en jurer. »

Craig Parshall se montrait d'une franchise inattendue. Je m'en étonnai.

« Je n'aime pas faire l'objet de menaces, mademoiselle Cavanaugh.

— De menaces ?

— Ce matin, peu avant votre arrivée, j'ai reçu un coup de fil d'un avocat qui représente la famille Westerfield, un certain Hamilton. Il m'a enjoint de ne pas vous fournir d'informations qui puissent nuire à Robson Westerfield. »

Ils ne perdent pas de temps, pensai-je.

« Puis-je vous demander sur quoi portaient les informations que vous avez fournies à Jake Bern concernant Westerfield ?

— Sur les sports qu'il pratiquait. Robson était un athlète complet. A treize ans il mesurait presque un mètre quatre-vingts. Il faisait partie des équipes de squash, de tennis et de football. Il était aussi membre du club de théâtre. J'ai dit à Bern qu'il avait un talent naturel d'acteur. C'est le genre de renseignements que cherchait Bern. Il m'a arraché quelques commentaires qui feront bon effet dans un livre. »

J'imaginais parfaitement le ton que prendrait Bern pour décrire les années de Rob au collège d'Arbinger. Il en ferait l'exemple même de l'élève bon chic, bon genre issu d'une famille fréquentant des écoles bon chic, bon genre depuis trois générations.

« Comment a-t-on expliqué son départ d'Arbinger ?

— On a dit qu'il avait passé le second semestre à l'étranger, puis qu'il avait décidé de changer d'école.

— Je sais que les faits remontent à presque trente ans, mais pourriez-vous me fournir une liste de ses anciens camarades de classe ?

— Vous ne la tiendrez pas de moi, naturellement.

— Naturellement. »

Lorsque je quittai Arbinger une heure plus tard, j'avais en ma possession une liste des condisciples de Rob Westerfield. En compulsant le répertoire des anciens élèves, Parshall en identifia dix qui résidaient dans le Massachusetts. L'un d'eux était Christopher Cassidy, le joueur de football que Westerfield avait violemment agressé. Il dirigeait aujourd'hui son propre cabinet de conseil en investissement et habitait Boston.

« Chris bénéficiait d'une bourse, expliqua Parshall, et nous a toujours prouvé sa gratitude, il fait partie de nos plus généreux donateurs. Dans son cas, je ne vois aucun inconvénient à lui téléphoner. Chris n'a jamais caché ses sentiments envers Westerfield. Mais, encore une fois, si je vous mets en rapport avec lui, cela devra rester confidentiel.

— Ne craignez rien. »

Parshall me raccompagna à la porte. C'était la pause entre les cours, et au son cristallin de la cloche un flot d'élèves sortit par petits groupes des différentes salles de classe. L'actuelle génération des élèves d'Arbinger, me dis-je en étudiant leurs jeunes visages. Beaucoup d'entre eux étaient destinés à des rôles de dirigeants, mais une pensée me traversa subitement l'esprit : Et si un autre sociopathe du type de Robson Westerfield était en train de se développer en secret à l'intérieur de ces murs parmi les privilégiés ?

Je montai dans ma voiture, sortis de l'enceinte du collège et parcourus la rue principale de la ville, qui débute à la sortie du campus. D'après le plan, elle reliait en ligne droite Arbinger, situé au sud de la ville, au collège pour filles de Jenna Calish à l'extrémité nord. New Cotswold est une de ces charmantes bourgades de Nouvelle-Angleterre qui se sont bâties autour de quelques écoles. On y trouve une importante librairie, un cinéma, une bibliothèque, des magasins de vêtements et plusieurs petits restaurants.

J'avais renoncé à l'idée de traîner au hasard dans l'espoir de recueillir quelques renseignements de la part des étudiants. Craig Parshall m'avait donné le genre d'informations que je désirais et il me serait plus profitable de rencontrer d'anciens camarades de classe de Rob Westerfield que de m'attarder dans les parages d'Arbinger.

Il était presque midi et un léger mal de tête me guettait, sans doute dû au fait que j'avais l'estomac vide et que j'avais peu dormi la nuit précédente.

A trois rues du collège, je passai devant un restaurant appelé *The Library*. L'enseigne vieillotte attira mon regard et je supposai que c'était un genre d'endroit où la soupe était faite maison. Sans plus hésiter, je m'arrêtai sur l'aire de stationnement la plus proche.

La salle était encore vide, j'étais visiblement la première cliente, et l'hôtesse des lieux, une femme à l'air joyeux et empressé, me proposa de choisir entre plusieurs petites tables. Elle entreprit par la même occasion de me raconter l'histoire de l'établissement.

« Le restaurant est dans la famille depuis cinquante ans. C'est ma mère, Antoinette Duval, qui l'a ouvert. Elle était excellente cuisinière et mon père, pour lui faire plaisir, finança le projet. Elle connut un tel succès qu'il finit par quitter son travail pour s'occuper de la gestion du restaurant. Ils sont à la retraite aujourd'hui, et mes sœurs et moi avons repris le flambeau. Mais ma mère vient encore deux jours par semaine nous concocter quelques-unes de ses recettes. Elle est en cuisine en ce moment. Si vous aimez la soupe au potiron gratinée, elle vient justement d'en préparer. »

La soupe était aussi délicieuse que promis. L'hôtesse vint s'enquérir de mon opinion et je la félicitai. Puis, la salle étant encore à peu près déserte, elle s'attarda à ma table et me demanda si je séjournais dans le village ou si j'étais simplement de passage. Je décidai de ne rien lui cacher.

« Je suis journaliste et j'écris un article sur Rob Westerfield qui vient d'être libéré de la prison de Sing-Sing. Avez-vous entendu parler de lui ? »

Son expression, jusqu'alors amicale, se ferma aussitôt. Elle tourna les talons et s'éloigna. Seigneur, me dis-je, heureusement que j'ai fini ma soupe ; un peu plus, et elle me fichait dehors.

Un instant plus tard, elle était de retour, cette fois accompagnée d'une dame rondelette aux cheveux blancs. Cette dernière portait un tablier blanc auquel elle s'essuyait les mains tout en se dirigeant vers ma table.

« Maman, dit l'hôtesse, cette personne écrit un article sur Rob Westerfield. Peut-être aimerais-tu lui raconter quelque chose.

— Rob Westerfield ! » Mme Duval cracha pratiquement ces mots. « C'est un vaurien de la pire espèce. Comment ont-ils pu le relâcher ? »

Je n'eus aucun besoin de l'encourager à poursuivre :

« Il est venu ici avec sa mère et son père durant un week-end. Quel âge avait-il alors ? Quinze ans peut-être. Il se querellait avec son père. Je ne sais plus pourquoi, mais à un moment il s'est levé brusquement dans l'intention de partir. La serveuse se trouvait derrière lui avec son plateau et il l'a bousculée. Tout le contenu du plateau s'est répandu sur lui. Il a saisi le bras de cette pauvre fille et l'a tordu jusqu'à ce qu'elle se mette à hurler. Croyez-moi, madame, je n'ai jamais rien vu de pareil. Ce type est une *brute.*

— Avez-vous appelé la police ?

— J'allais le faire, mais la mère m'a retenue. Puis le père a ouvert son portefeuille et tendu cinq cents dollars à la serveuse. Ce n'était qu'une gosse, alors. Elle les a acceptés. Et promis de ne pas porter plainte.

Ensuite, le père m'a dit d'ajouter sur sa note le prix de la nourriture qui avait été perdue.

— Qu'a fait Rob Westerfield ?

— Il est sorti sans demander son reste, laissant ses parents réparer les dégâts. La mère était horriblement gênée. Après avoir dédommagé la serveuse, le père m'a dit que c'était elle la responsable, que son fils avait eu cette réaction parce qu'elle l'avait brûlé... Il m'a dit aussi que je devrais former mes employées avant de leur confier le service en salle.

— Qu'avez-vous fait alors ?

— Je lui ai rétorqué qu'il n'était pas question que nous continuions à le servir et qu'il devait quitter mon restaurant illico. J'ai ramassé les assiettes qu'on venait de déposer devant eux et je les ai remportées à la cuisine.

— Vous ne pouvez pas vous figurer ma mère lorsqu'elle est en colère, fit remarquer sa fille.

— Mais j'étais navrée pour Mme Westerfield, ajouta Mme Duval. Elle paraissait vraiment bouleversée. En fait, elle m'a écrit une gentille lettre d'excuses. Je l'ai toujours conservée. »

Je quittai *The Library* une demi-heure plus tard avec l'autorisation de raconter cette histoire sur mon site, et la promesse de Mme Duval de m'envoyer une copie de la lettre que Mme Westerfield lui avait écrite. Qui plus est, j'avais un rendez-vous avec Margaret Fisher, la jeune serveuse à laquelle Rob s'en était pris. Elle était aujourd'hui psychologue et habitait une petite ville pas loin d'ici. Elle avait accepté de me parler sans se faire prier. Elle se souvenait parfaitement de Rob Westerfield.

« Je faisais des économies pour payer mes études à l'université, me raconta-t-elle. Ces cinq cents dollars m'ont paru une fortune à l'époque. Rétrospectivement, je regrette de ne pas avoir déposé plainte contre Rob. C'est un type violent et, croyez-en ma petite expérience de la nature humaine, vingt-deux ans de prison ne l'ont certainement pas changé. »

C'était une femme séduisante d'une quarantaine d'années, avec un visage jeune encadré de cheveux prématurément gris. Elle m'expliqua qu'elle n'avait pas de rendez-vous le vendredi après-midi et s'apprêtait à quitter son cabinet au moment où j'avais téléphoné.

« J'ai vu l'interview qu'il a accordée à la télévision l'autre soir, dit-elle. Cet homme est froid comme le marbre. J'en étais malade et je comprends ce que vous ressentez. »

Je lui racontai ce que j'avais entrepris sur mon site Internet et la façon dont j'étais allée me poster avec ma pancarte à la sortie de la prison de Sing-Sing.

« Je suis prête à parier que vous entendrez parler d'autres incidents, dit-elle. Mais qu'est-il advenu pendant les années qui se sont écoulées entre sa période scolaire ici et son arrestation à la mort de votre sœur ? Quel âge avait-il quand il a été mis en prison ?

— Vingt ans.

— Avec ses antécédents, je doute qu'il n'y ait pas eu d'autres histoires dont personne n'a parlé ou qui furent étouffées. Ellie, avez-vous jamais songé que vous représentez une menace permanente pour lui ? Vous dites sa grand-mère très vigilante. Supposez qu'elle découvre l'existence de votre site et le consulte ou le fasse consulter par une personne à son service. Si elle apprend des vérités qui ne lui plaisent pas à son sujet, qui l'empêchera de modifier son testament avant même l'ouverture d'un deuxième procès ?

— Ce serait formidable, non ? dis-je. Je serais ravie que grâce à moi l'argent de la famille aille à des œuvres de charité.

— A votre place je serais *extrêmement* prudente », répliqua Margaret Fisher.

En regagnant Oldham, je réfléchis à sa recommandation. Il y avait eu cette intrusion dans mon appartement et cette menace à peine dissimulée rajoutée sur mon ordinateur. Aurais-je dû prévenir la police ? Comme je l'avais affirmé précédemment à Mme Hilmer, je continuais à juger préférable de ne rien leur dire ; je n'avais pas envie qu'on me prenne pour une cinglée. Par ailleurs, je n'avais pas le droit de compromettre la sécurité de Mme Hilmer. J'en conclus qu'il ne me restait plus qu'à trouver un autre endroit où loger.

Margaret Fisher m'avait autorisée à citer son nom lorsque je ferais le récit de l'incident survenu au restaurant. J'allais tenter une autre démarche : j'inviterais les gens à exposer sur mon site les problèmes qu'ils avaient pu rencontrer avec Rob Westerfield.

Le soir tombait quand j'empruntai l'allée qui menait à l'annexe. Je m'étais arrêtée au supermarché d'Oldham pour quelques achats indispensables. De quoi préparer un dîner simple : steak, pommes de terre au four, salade. J'avais ensuite l'intention de regarder les dernières nouvelles à la télévision et de me coucher tôt. Je devais commencer la rédaction de mon livre, je comptais bien sûr utiliser les matériaux rassemblés sur mon site, mais présentés différemment.

La maison de Mme Hilmer était plongée dans l'obscurité. Je l'appelai néanmoins au téléphone. Elle répondit immédiatement et je perçus une inquiétude dans sa voix.

« Ellie, tu ne vas pas me croire, mais j'ai l'impression d'avoir été suivie aujourd'hui en allant à la bibliothèque.

— Qu'est-ce qui vous fait penser ça ?

— Tu sais combien la rue est peu passante. Pourtant, j'étais à peine sortie de l'allée que j'ai repéré une voiture dans mon rétroviseur. Elle s'est maintenue à une certaine distance derrière moi et ne m'a pas quittée jusqu'au moment où je suis entrée dans le parking de la bibliothèque. En sortant, la même voiture m'a suivie pendant tout le trajet du retour.

— A-t-elle continué sa route quand vous avez tourné dans l'allée ?

— Oui.

— Pouvez-vous la décrire ?

— Moyennement grande, de couleur foncée, noire ou bleu marine. Elle roulait à une distance trop grande pour que je puisse distinguer le conducteur, mais j'ai l'impression qu'il s'agissait d'un homme. Ellie, penses-tu que la personne qui s'est introduite chez toi hier soir pourrait continuer à traîner dans les parages ?

— Je l'ignore.

— Je vais avertir la police, cela signifie que je devrai leur raconter ce qui s'est passé la nuit dernière.

— Naturellement. »

Je me reprochai d'être responsable de l'anxiété qui perçait dans sa voix. Jusqu'à présent elle s'était toujours sentie en sécurité dans sa maison. En attirant la foudre sur moi, j'espérais ne pas avoir anéanti ce sentiment de confiance.

Dix minutes plus tard, une voiture de patrouille s'arrêta devant la maison et, faisant fi de mes hésitations, je décidai d'aller m'entretenir avec l'officier de police. Ce dernier, visiblement un vétéran des forces de l'ordre, semblait n'attacher que peu de crédit aux soupçons de Mme Hilmer.

« Le conducteur de cette voiture n'a pas tenté de

vous arrêter ou d'entrer en contact avec vous ? lui demandait-il lorsque j'entrai dans la pièce.

— Non. » Elle nous présenta : « Ellie, je connais l'agent White depuis de nombreuses années. »

C'était un homme au visage anguleux qui paraissait avoir passé sa vie au grand air.

« Il semblerait qu'un individu se soit introduit chez vous, mademoiselle Cavanaugh ? »

Il ne cacha pas son scepticisme lorsque je lui racontai mon histoire.

« Vous dites qu'on n'a pas touché à vos bijoux, vous soupçonnez qu'on est entré dans l'appartement uniquement parce que votre stylo a été déplacé et parce que ont été ajoutés dans votre fichier quelques mots que vous n'avez pas le souvenir d'avoir écrits.

— Que je *n'ai pas* écrits », corrigeai-je.

Il fut assez poli pour ne pas me contredire directement, mais après une pause il ajouta :

« Madame Hilmer, nous allons surveiller votre maison pendant quelques jours, mais à mon avis vous étiez perturbée par l'histoire que vous a racontée Mlle Cavanaugh et vous avez cru qu'une voiture vous suivait. Il est probable qu'il n'en était rien. »

Mon « histoire », pensai-je. Merci quand même. Il proposa néanmoins de jeter un coup d'œil à la serrure de l'appartement. Promettant à Mme Hilmer de la rappeler, je partis avec lui. Il jeta en effet un coup d'œil à la serrure et en tira la même conclusion que moi. Elle n'avait pas été forcée.

Il s'attarda un moment, cherchant visiblement à me dire quelque chose, puis se décida :

« Nous avons entendu parler de votre présence aux grilles de Sing-Sing, mademoiselle Cavanaugh. »

J'attendis. Nous étions debout sur le palier. Il n'avait pas demandé à voir le fichier de l'ordinateur, manifestant ainsi la foi qu'il accordait à mon « histoire ». Je n'avais pas l'intention d'insister.

« Mademoiselle Cavanaugh, j'étais là à l'époque où votre sœur a été assassinée et je comprends l'immense douleur éprouvée alors par votre famille. Mais si Rob a effectivement commis ce crime, il a aujourd'hui payé sa dette et je peux vous dire que nombreux sont ceux dans cette ville qui se seraient volontiers passés de sa présence autrefois, mais estiment qu'il n'a pas bénéficié d'un jugement équitable.

— Et c'est votre opinion, monsieur l'agent ?

— Franchement, oui. J'ai toujours pensé que Paul Stroebel était coupable. Beaucoup de choses ont été tues au procès.

— Par exemple ?

— Il s'était vanté auprès de plusieurs garçons d'avoir été choisi par votre sœur pour l'accompagner à la fête de Thanksgiving. Si elle a laissé courir le bruit qu'elle avait accepté uniquement parce que Rob Westerfield ne risquait pas d'être jaloux d'un pauvre type comme Paulie, il a pu devenir fou de rage. La voiture de Rob Westerfield était parquée devant la station-service. Vous-même avez déclaré à la barre que Paulie disait avoir suivi Andrea jusqu'à la cachette. Et il y a eu cette conseillère pédagogique qui a entendu Paulie s'écrier : "Je ne pensais pas qu'elle était morte."

— Et cet étudiant qui l'a entendu dire : "Je ne peux pas croire qu'elle soit morte." Une différence d'importance.

— Il est clair que nous ne voyons pas les choses sous le même angle, pourtant permettez-moi de vous mettre en garde. » Il dut sentir que je me raidissais, car il ajouta : « Ecoutez-moi. C'est insensé de votre part d'aller vous poster à la porte de Sing-Sing. Les types qui sortent de là ne sont pas des enfants de chœur. Et vous, une jeune et jolie femme, vous venez vous balader dans le coin en brandissant votre numéro de téléphone sur une pancarte et en les incitant à vous appeler. La moitié de ces épaves vont retourner au trou d'ici un ou deux ans. Imaginez ce qui leur traverse la tête en voyant une femme telle que vous qui cherche les ennuis. »

Je le regardai attentivement. Son inquiétude n'était pas feinte. Et il n'avait probablement pas tort.

« Monsieur White, ce sont des gens comme vous que j'essaye de convaincre, dis-je. Je sais que ma sœur avait peur de Rob Westerfield et, après ce que j'ai appris aujourd'hui, je comprends pourquoi. S'il existe un risque, je suis prête à le courir en rencontrant ceux qui ont vu la pancarte — à moins bien entendu qu'ils ne soient d'une manière ou d'une autre liés à Rob Westerfield et à sa famille. »

L'idée me vint alors de lui décrire l'homme qui m'avait abordée dans le parking de la gare et de lui demander si un prisonnier répondant à son signalement avait été relâché la veille.

« Je peux me renseigner, dit-il. Je vous le ferai savoir. »

Mme Hilmer guettait sans doute le départ de l'agent White car mon téléphone portable sonna au moment où les feux de la voiture de patrouille disparaissaient au bout de l'allée.

« Ellie, dit-elle, j'ai fait les photocopies des journaux et de la transcription du procès. As-tu besoin des originaux tout de suite ? Je vais au cinéma avec des amis et je dînerai avec eux. Je ne serai pas rentrée avant vingt-deux heures. »

Malgré moi, je devais avouer que j'avais peur de laisser originaux et copies sous le même toit.

« Je viens les chercher, dis-je.

— Non, je t'appellerai au moment de partir. Je passerai devant l'annexe et tu pourras descendre les prendre. »

Elle arriva quelques minutes plus tard. Bien qu'il fît

sombre, je distinguai néanmoins la tension qui marquait son visage lorsqu'elle abaissa la vitre pour me parler.

« Est-il arrivé autre chose ?

— Je viens de recevoir un coup de téléphone. J'ignore qui était à l'autre bout du fil. L'identification de l'appelant était désactivée.

— Racontez-moi.

— Je sais que c'est insensé, mais quelqu'un m'a dit que je devrais faire attention, que je loge une psychopathe chez moi. Il a dit qu'on t'avait internée pour avoir mis le feu à une salle de classe.

— Comment peut-on proférer pareille ineptie ? Mon Dieu, je n'ai jamais passé un seul jour dans un hôpital depuis ma naissance, encore moins dans un asile. »

A voir son expression soulagée, je sus que Mme Hilmer me croyait. Pourtant il était clair que les propos de son interlocuteur l'avaient ébranlée au début. Après tout, n'avait-elle pas insinué lors de notre première rencontre que Rob Westerfield était peut-être innocent et que j'étais obsédée par la mort d'Andrea ?

« Mais, Ellie, qui a intérêt à répandre cette horrible calomnie à ton sujet ? protesta-t-elle. Et que peux-tu faire pour l'arrêter ?

— Quelqu'un cherche à me discréditer, c'est évident. Et la réponse est simple : je n'y peux rien. »

J'ouvris la portière à l'arrière de la voiture et récupérai le fourre-tout sur le siège. Je choisis soigneusement mes mots :

« Madame Hilmer, je crois préférable de retourner m'installer à l'hôtel dès demain matin. D'après l'agent White, j'ai pris le risque d'attirer des gens peu recommandables en allant me poster avec ma pancarte aux grilles de Sing-Sing, et il ne faut pas qu'ils me retrouvent ici. Je serai plus en sécurité à l'hôtel et vous vivrez à nouveau en paix. »

Elle fut assez sincère pour ne pas me contredire. C'est d'une voix plus détendue qu'elle acquiesça :

« Tu y seras en effet plus en sécurité, Ellie. » Elle marqua une pause puis ajouta avec son franc-parler : « En toute honnêteté, moi aussi. »

Et sur ce, elle démarra.

Je remontai à l'appartement, chargée du fourre-tout, me sentant plus seule et désemparée que jamais. Aux temps anciens, on obligeait les lépreux à porter une crécelle autour du cou et à crier : « Impur, impur ! » dès que quelqu'un s'approchait d'eux. À ce moment, je jure que j'eus l'impression d'être une lépreuse.

Je déposai le sac et allai me changer dans la chambre, j'enfilai un ample chandail, troquai mes chaussures contre une paire de vieilles pantoufles doublées de mouton. Je regagnai ensuite le séjour, me servis un verre de vin, m'installai dans le grand fauteuil club, les jambes allongées sur le repose-pied.

Je n'étais jamais aussi bien qu'en chandail et pantoufles. Le souvenir de mon vieux doudou me traversa brièvement l'esprit. Bones, le chien en peluche qui avait partagé mon oreiller lorsque j'étais enfant. Il était rangé dans une boîte en haut d'une armoire chez moi, à Atlanta. Il y côtoyait d'autres souvenirs de ma mère, son album de mariage, des photos de nous quatre, des vêtements de bébé et, le plus déchirant de tous, l'uniforme de fanfare d'Andrea. Pendant un court instant j'éprouvai le regret enfantin de ne pas avoir Bones avec moi en cet instant.

Puis, portant mon verre de vin à mes lèvres, je me revis avec Pete, lorsque nous allions au restaurant en sortant du journal, nous attardant à savourer un cocktail avant de commander notre menu.

Deux souvenirs : ma mère buvant pour trouver la

paix, Pete et moi bavardant joyeusement après une journée de travail effréné ou au contraire frustrant.

Je n'avais eu aucune nouvelle de lui depuis plus de dix jours, depuis le soir où nous avions dîné ensemble à Atlanta. Loin des yeux, loin du cœur. Occupé à chercher un autre job. Poursuivant d'autres objectifs, comme on dit dans le jargon des affaires quand un cadre est prié de céder la place.

Ou quand il décide de couper les ponts. Tous les ponts.

21

Une heure plus tard, le temps changea imperceptiblement. Une vitre au-dessus de l'évier se mit à vibrer, signe que le vent avait forci. Je remontai le thermostat et retournai à mon ordinateur. Redoutant de m'apitoyer sur moi-même, je m'étais attaquée à ce qui deviendrait l'introduction de mon livre.

Après quelques tâtonnements, j'avais décidé de commencer par mon dernier souvenir d'Andrea. Au fil des mots, ma mémoire semblait s'aiguiser. Je me rappelais sa chambre avec le dessus-de-lit d'organdi blanc et les rideaux à volants. La vieille commode que maman avait patinée avec tant d'application. Les photos d'Andrea et de ses amies glissées dans l'encadrement du miroir au-dessus de la commode.

Je me souvenais d'Andrea en larmes pendant qu'elle téléphonait à Rob Westerfield, et je la revoyais ensuite en train de passer le pendentif autour de son cou. Il y avait quelque chose qui continuait à m'échapper concernant ce bijou. Je savais que je serais incapable de l'identifier avec certitude si je le voyais aujourd'hui, néanmoins j'en avais fait une description précise à la police, une description que personne n'avait prise au sérieux, la considérant comme le fruit de mon imagination d'enfant.

Mais j'étais certaine qu'elle le portait au moment où je l'avais découverte, et j'étais tout aussi certaine d'avoir entendu Rob Westerfield dans le garage. Par la suite, ma mère m'avait raconté qu'elle et mon père avaient mis plus de dix minutes pour me calmer avant que je puisse expliquer de façon cohérente où j'avais trouvé le corps d'Andrea. Un temps suffisant pour que Rob puisse s'enfuir. En emportant le pendentif avec lui.

A la barre il avait prétendu qu'il faisait son jogging quotidien à ce moment-là, et ne s'était jamais trouvé à proximité du garage. Pourtant, il avait lavé et passé à l'eau de Javel le survêtement qu'il portait ce même matin, ainsi que les vêtements tachés de sang de la nuit précédente.

A nouveau, je m'étonnai qu'il ait pris le risque de retourner au garage. Pourquoi avoir voulu prendre le pendentif ? Craignait-il que ce bijou suffise à prouver qu'Andrea était davantage pour lui qu'une gamine un peu trop collante ? J'eus soudain l'impression d'entendre la respiration rauque et le ricanement nerveux qu'il avait émis alors qu'il était caché derrière le pick-up et mes mains devinrent moites sur le clavier.

Et si je n'étais pas partie toute seule à travers bois, si j'avais emmené mon père avec moi ? Rob aurait été surpris dans le garage. Etait-ce la panique qui l'avait incité à revenir sur les lieux ? Avait-il eu besoin de se persuader que l'acte qu'il avait accompli n'était pas un simple cauchemar ? Ou, pire encore, avait-il voulu s'assurer qu'Andrea n'était plus en vie ?

A dix-neuf heures, je mis le four à chauffer, y glissai la seule grosse pomme de terre que j'avais dans mes provisions et me remis au travail. Une minute plus tard le téléphone sonnait. C'était Pete Lawlor.

« Salut, Ellie. »

Son intonation me fit dresser l'oreille. Je me préparai au pire.

« Que vous arrive-t-il, Pete ?

— Vous ne perdez pas de temps en préliminaires, hein ?

— Comme d'habitude. C'était un contrat entre nous.

— Touché. Ellie, le journal va être vendu. C'est décidé. L'annonce sera faite lundi. Le personnel va être réduit au minimum.

— Et vous ?

— Ils m'ont offert un job. J'ai refusé.

— C'était votre intention.

— Oui. J'ai demandé ce qu'il en était pour vous. Ils m'ont dit officieusement qu'ils n'entendaient pas conserver le poste de journaliste d'investigation. »

Je m'y attendais, et pourtant je me sentis brusquement privée de mes racines.

« Et vous, Pete, quelles sont vos intentions ?

— Je ne sais pas encore, mais je dois rencontrer des gens à New York avant de me décider. Ensuite, peut-être louerai-je une voiture pour venir vous rendre visite, à moins que ce soit vous qui veniez me voir en ville.

— Pourquoi pas ? Je m'attendais à recevoir un jour une carte postale de Houston ou de Los Angeles.

— Je n'envoie jamais de cartes postales. Ellie, j'ai consulté votre site.

— Il ne contient pas grand-chose pour le moment. C'est plutôt une sorte d'introduction, le genre d'annonce que l'on colle sur la vitrine d'une nouvelle boutique. Comme : "Ne manquez pas notre grande inauguration." Je commence à réunir des informations sur Westerfield, des trucs plutôt déplaisants. Si Jake Bern essaye d'en faire le type même du jeune Américain modèle, son livre devra porter la mention "fiction".

— Ellie, ce n'est pas mon genre de... »

Je le coupai :

« Ah non, Pete, vous n'allez pas me conseiller d'être prudente, j'espère ? J'ai déjà été mise en garde par ma voisine, par une psychologue et par un flic. Tout ça aujourd'hui même.

— Alors laissez-moi me joindre au chœur.

— Parlons d'autre chose. Avez-vous perdu vos cinq kilos ?

— J'ai fait bien mieux. J'ai décidé que j'étais très bien comme j'étais. Bon, je vous préviendrai de mon arrivée dès que j'en saurai davantage. Et vous pouvez toujours me téléphoner, vous savez ? Les tarifs longue distance sont très avantageux la nuit. »

Il interrompit la communication sans me laisser le temps de lui dire au revoir.

Je fermai mon portable et le reposai près de l'ordinateur. En préparant une salade, je réfléchis aux conséquences qu'aurait sur ma vie la perte de mon job. L'avance versée pour mon livre à la signature du contrat me suffirait pendant un certain temps, mais que ferais-je par la suite, après avoir donné le meilleur de moi-même pour torpiller la réhabilitation de Rob Westerfield ?

Retourner à Atlanta ? Mes amis de l'*Atlanta News* seraient alors tous dispersés. Et puis, pas facile de trouver un job dans le journalisme par les temps qui courent. Trop de titres avaient été rachetés ou mis en faillite. Quand le livre serait terminé, que toute cette histoire appartiendrait définitivement au passé, où aurais-je envie de vivre ? Voilà les réflexions auxquelles je me livrai pendant mon repas solitaire, tout en tentant de me concentrer sur les nouveaux magazines que j'avais achetés au supermarché.

Je débarrassais la table lorsque le téléphone sonna à nouveau.

« Z'êtes la dame qui se tenait hier devant la prison avec une pancarte ? demanda une voix masculine étouffée.

— En effet, c'est moi. »

Mentalement, je croisai les doigts. L'identification de l'appelant était désactivée.

« J'ai peut-être un truc à vous dire sur Westerfield. Combien vous payez ?

— Je suppose que cela dépend de l'information.

— Vous payez d'abord, vous écoutez ensuite.

— Combien ?

— Cinq mille dollars.

— Je ne dispose pas d'une somme pareille.

— Alors oubliez. Mais ce que je peux vous dire renverrait Westerfield à Sing-Sing pour le reste de sa vie. »

Bluffait-il ? Je n'en étais pas sûre, mais je ne pouvais risquer de perdre la trace de cet homme. Je me rappelai mon à-valoir.

« Je compte sur une rentrée d'argent dans une ou deux semaines. Donnez-moi une indication de ce que vous savez.

— Peut-être que celle-là vous suffira ? Un jour qu'il était shooté à la cocaïne l'an dernier, Westerfield m'a dit qu'il avait buté un mec quand il avait dix-huit ans. Est-ce que le nom du type en question vaut cinq mille dollars ? Réfléchissez. Je vous rappellerai la semaine prochaine. »

Suivit un déclic.

Se fondant sur son expérience personnelle, Margaret Fisher m'avait dit voilà seulement quelques heures que Westerfield pouvait avoir commis d'autres crimes avant d'assassiner Andrea. Je songeai aux incidents qui m'avaient été rapportés un peu plus tôt, tels ceux qui s'étaient déroulés à l'école et au restaurant. Mais s'il avait réellement tué quelqu'un...

Les choses prenaient soudain une tournure différente. Si l'individu qui venait de m'appeler était fiable et capable de m'indiquer le nom d'une victime que je serais à même de vérifier, je n'aurais ensuite aucun mal à découvrir les faits. Pourtant il s'agissait peut-être d'un canular, du moyen pour un escroc de gagner cinq mille dollars. C'était un risque. A moi de le courir ou non.

J'étais devant mon écran, lisant le portrait que j'avais fait d'Andrea, la description des derniers moments que j'avais passés avec elle, et je pris ma décision. Tout ce qui pouvait m'aider à renvoyer Rob Westerfield en prison à jamais valait jusqu'au dernier cent que je gagnerais dans ma vie.

Il y avait un verre d'eau à côté de l'ordinateur. Je le levai dans une sorte de salut : un toast à Andrea et à la perspective de faire échouer la libération de Westerfield.

Je rangeai la cuisine et pris les informations locales à la télévision. Le chroniqueur sportif commentait des extraits d'un match de basket-ball. Le point gagnant venait d'être marqué par Teddy Cavanaugh, le demi-frère que je n'avais jamais rencontré.

Force me fut de reconnaître qu'il me ressemblait. Nous avions les mêmes yeux, le même nez, la même bouche, les mêmes pommettes saillantes. Il regardait droit dans la caméra et j'eus l'impression que nos regards se croisaient. Puis, avant que je ne change de chaîne, comme un clin d'œil ironique, les jeunes supporters féminines de son équipe entonnèrent son nom.

22

MME Hilmer m'avait dit que Joan Lashley St. Martin habitait sur la route non loin de Graymoor, le monastère et la maison de retraite des frères franciscains de la Réparation. En longeant ce magnifique domaine, je me souvins vaguement d'en avoir parcouru l'allée sinueuse lorsque nous allions en famille à la messe dans la chapelle.

Il arrivait à ma mère d'évoquer la dernière fois où nous nous y étions rendus. C'était peu avant la mort de ma sœur. D'humeur malicieuse, Andrea avait passé son temps à me chuchoter des plaisanteries à l'oreille pendant le sermon, et j'avais pouffé de rire. Ma mère nous avait fermement séparées et, après la messe, avait convaincu mon père de rentrer directement à la maison, nous privant du brunch traditionnel au *Bear Mountain Inn.*

« Même Andrea n'était pas parvenue à fléchir ton père, se souvenait ma mère. Bien sûr, quand ce malheur est arrivé quelques semaines plus tard, j'ai regretté amèrement de nous avoir privés de ces derniers moments heureux ensemble. »

Peu avant... ces derniers moments heureux... Ce genre de remarques me sera-t-il un jour épargné ? Sûrement pas aujourd'hui, en tout cas, me dis-je en ralentissant pour vérifier l'adresse de Joan.

Elle habitait une maison en bois de deux étages au milieu d'un grand jardin planté d'arbres. Les bardeaux blancs brillaient au soleil, contrastant avec le vert foncé des volets qui encadraient les fenêtres. Je me garai au bout de l'allée en demi-cercle, montai les marches du perron et sonnai à la porte.

Joan ouvrit. Elle m'avait toujours paru très grande

pour son âge. Ses longs cheveux bruns étaient aujourd'hui coupés au carré au ras du cou et sa fine silhouette s'était un peu épaissie. J'avais le souvenir d'une adolescente pleine de charme plutôt que vraiment jolie. On eût pu la décrire dans les mêmes termes aujourd'hui jusqu'au moment où elle vous souriait. Un sourire si chaleureux, éclatant, que son visage en était transfiguré. Ses yeux verts s'embuèrent à ma vue, puis elle prit mes deux mains entre les siennes.

« La petite Ellie, dit-elle. Mon Dieu, je pensais que tu serais moins grande que moi. Tu étais si menue. »

Je ris.

« Je sais. C'est la réaction unanime de tous ceux qui m'ont connue autrefois. »

Elle passa son bras sous le mien.

« Entre, j'ai du café prêt et des muffins qui cuisent au four. Je ne garantis pas qu'ils soient bons. Tantôt ils sont réussis, tantôt ce sont de véritables étouffe-chrétien. »

Nous traversâmes le séjour, qui s'étendait d'une façade à l'autre de la maison. C'était le genre de pièce que j'aimais. Canapés profonds, fauteuils clubs, un mur entier de livres, une cheminée, de grandes fenêtres ouvertes sur les collines alentour.

Nous avons les mêmes goûts, pensai-je. Et cette similarité s'étendait à nos vêtements. Nous étions toutes les deux en jean et pull-over. Je m'étais attendue à rencontrer une grande femme élégante aux cheveux longs. De son côté, elle s'attendait sans doute à voir une petite bonne femme apprêtée. Ma mère nous habillait volontiers, ma sœur et moi, de manière très féminine.

« Leo est sorti avec les garçons, expliqua-t-elle. Pour eux trois, la vie se résume au basket-ball. »

La table dans le coin réservé au petit déjeuner était déjà dressée pour nous deux. Le percolateur était branché sur le buffet. La baie vitrée offrait une vue splendide sur les Palisades et l'Hudson.

« Je crois que je ne me lasserais jamais de regarder par cette fenêtre si j'habitais ici, dis-je en m'asseyant.

— Je ne m'en fatigue pas non plus. Tant de nos anciens amis sont partis vivre en ville, mais beaucoup reviennent, tu sais. Le trajet jusqu'à Manhattan prend à peine une heure, et ils estiment que ça en vaut la peine. »

Joan versait le café en parlant. Soudain elle reposa la cafetière.

« Oh, mon Dieu, j'allais oublier les muffins ! » s'écria-t-elle.

Elle ne ressemble peut-être pas à l'image que je m'étais faite d'elle, pensai-je, mais une chose n'a pas changé : elle a gardé son entrain. Etant l'amie de cœur d'Andrea, elle venait souvent à la maison. J'avais mes propres copines naturellement, mais lorsque je me trouvais seule, Andrea et Joan me permettaient de les rejoindre et d'écouter des disques avec elles dans la chambre de ma sœur. Parfois même, quand elles faisaient leurs devoirs ensemble, elles me laissaient travailler à côté d'elles, tant que je ne les ennuyais pas.

Joan revint, triomphante, avec une assiette de corn muffins.

« Tu peux me féliciter. Je les ai sortis du four juste avant la catastrophe. »

J'en choisis un. Joan s'assit, coupa un muffin en deux, le beurra légèrement, le goûta et déclara :

« Ma foi, c'est mangeable ! »

Nous rîmes, puis commençâmes à bavarder. Joan voulut que je lui parle de moi, de ce que j'étais devenue, et je lui résumai brièvement ma vie depuis que j'avais quitté Oldham à l'âge de sept ans jusqu'à aujourd'hui. Elle avait appris la mort de ma mère.

« Ton père avait fait passer un avis dans la presse locale, dit-elle. Très émouvant. Tu ne l'as pas lu ?

— Il ne me l'a pas envoyé.

— Je l'ai conservé quelque part. Si tu veux, je peux le retrouver, en cherchant. Mes dons pour le classement sont à peu près du même niveau que mes talents culinaires. »

J'étais curieuse de lire ce que mon père avait écrit.

« Ça me ferait plaisir, dis-je, m'efforçant de prendre l'air détaché. Mais ne te donne pas trop de mal. »

Je devinai que Joan mourait d'envie de me demander si j'avais revu mon père, mais elle dut sentir que je ne désirais pas parler de lui.

Elle s'écarta du sujet.

« Ta mère était adorable. Et ton père était un très bel homme. Il m'intimidait horriblement, mais je pense aussi que j'avais le béguin pour lui. C'est avec tristesse que j'ai appris qu'ils s'étaient séparés après le procès. Vous aviez l'air si heureux tous les quatre, vous faisiez une quantité de choses ensemble. Je vous enviais d'aller en famille le dimanche matin prendre un brunch au *Bear Mountain Inn.*

— Il y a une heure à peine, je songeais justement à ce dernier brunch que nous n'avons pas pris ensemble », lui avouai-je en lui racontant le fou rire que j'avais piqué à l'église pendant le sermon.

Joan sourit.

« Elle me faisait le même coup en classe. Andrea savait garder un sérieux imperturbable et c'est moi qui me faisais gronder pour avoir ri pendant le discours du proviseur. »

Elle but son café d'un air pensif.

« Mes parents sont de braves gens mais, pour être tout à fait franche, ils ne sont pas très drôles. Nous n'allions jamais au restaurant, mon père disait que la nourriture était moins chère et meilleure à la maison.

Heureusement, il a fait quelques progrès depuis qu'ils ont pris leur retraite en Floride. »

Elle rit.

« Pourtant, quand ils sortent, ils arrivent au restaurant à six heures, afin d'avoir droit au menu à prix réduit, et s'ils ont envie d'un cocktail, ils le préparent à la maison et le boivent dans la voiture sur le parking du restaurant avant le dîner. N'est-ce pas génial ? »

Elle poursuivit :

« Ce serait compréhensible s'ils n'avaient pas les moyens. Mais ce n'est pas le cas. Simplement, mon père est pingre. Ma mère dit qu'il possède encore l'argent qu'il a reçu pour sa première communion. »

Elle nous versa une seconde tasse de café.

« Ellie, comme tout le monde ici, j'ai vu l'interview que Rob Westerfield a accordée à la télévision. Mon cousin est juge. Il dit que la pression en faveur de l'ouverture d'un second procès est si forte qu'il s'étonne même que la sélection du jury n'ait pas déjà commencé. Le père est un manipulateur-né et la grand-mère, Dorothy Westerfield, a fait d'*énormes* dons aux hôpitaux, bibliothèques et écoles de la région. Elle veut ce second procès, et des gens puissants sont avec elle.

— Tu seras appelée à témoigner, naturellement, Joan, dis-je.

— Je sais. J'ai été la dernière à avoir vu Andrea en vie. » Elle hésita, puis ajouta : « Excepté son assassin, bien sûr. »

Nous gardâmes le silence un moment. Enfin, je me lançai :

« Joan, j'ai besoin de savoir tout ce dont tu te souviens concernant cette dernière soirée. J'ai lu et relu les minutes du procès, et j'ai été frappée par la brièveté de ta déposition. »

Elle appuya ses coudes sur la table, reposant son menton sur ses mains jointes.

« Elle a été brève en effet, parce que ni le procureur ni la défense ne m'ont posé les questions qu'ils auraient dû me poser.

— Quel genre de questions ?

— A propos de Will Nebels, pour commencer. C'était une sorte d'homme à tout faire, si tu t'en souviens. Il avait travaillé pour presque tout le monde en ville. Il me semble qu'il avait même bricolé chez vous, lors de la construction de la galerie de votre maison.

— En effet.

— Il avait réparé les portes de notre garage le jour où ma mère les avait enfoncées en faisant une marche arrière. Comme le disait mon père, quand Will n'avait pas un coup dans le nez, c'était un bon menuisier. Mais on ne pouvait jamais compter sur lui.

— C'est ce qu'on disait, je m'en souviens.

— Il y a une chose dont tu ne peux pas te souvenir en revanche, c'est qu'Andrea et moi le trouvions un peu trop amical.

— Trop amical ? »

Joan haussa les épaules.

« Aujourd'hui, sachant ce que je sais, je dirais qu'il était peut-être un peu pédophile sur les bords. Nous le connaissions toutes pour l'avoir vu travailler chez nous. Or, lorsque nous le rencontrions dans la rue, il s'arrangeait toujours pour nous serrer dans ses bras. Mais jamais si un adulte se trouvait dans les parages... »

J'eus du mal à la croire.

« Joan, si Andrea s'en était plainte à mon père, je l'aurais su, même à mon âge. On ne m'a pas caché qu'il lui avait interdit de voir Westerfield.

— Ellie, nous étions des gamines il y a vingt-trois ans, nous ne nous rendions pas compte qu'il pouvait être davantage qu'un pot de colle. Nous trouvions dégoûtant qu'il nous prenne dans ses bras en nous appelant "ses petites chéries". "Elle est jolie la galerie qu'on a construite pour ton papa, hein, Andrea ?" susurrait-il avec un sourire trop amical. Ou : "J'ai bien réparé la porte du garage, tu ne trouves pas, Joanie ?" Comprends-moi, il n'a jamais tenté un geste déplacé, c'était seulement un alcoolique qui avait un sacré culot et, pour moi, il ne fait aucun doute qu'Andrea lui avait tapé dans l'œil. Je me souviens d'avoir dit en riant à tes parents qu'Andrea allait inviter Will Nebels au bal de Noël. Ils n'ont jamais compris ce que cachait ma plaisanterie.

— Mon père ne s'est donc aperçu de rien ?

— Andrea était capable d'imiter à merveille Will sortant une canette de bière de sa boîte à outils et se cuitant pendant son travail. Ton père n'avait aucune raison de deviner un éventuel problème derrière ses mimiques.

— Joan, je ne comprends pas pourquoi tu me racontes tout ça. Es-tu en train d'insinuer que les dires de Will Nebels aujourd'hui sont purs mensonges et que les Westerfield le payent pour cela ?

— Ellie, depuis que j'ai entendu Will Nebels et Rob Westerfield à cette conférence de presse, je me suis interrogée sur la véracité de ce qui a été dit. Se trouvait-il vraiment dans la maison de la vieille Mme Westerfield cette nuit-là ? A-t-il réellement vu Andrea entrer dans le garage ? Longtemps après les événements, je me suis demandé si je n'avais pas vu quelqu'un sur la route quand Andrea avait quitté notre maison. J'en ai parlé à la police et aux avocats, mais c'était si vague dans mon esprit qu'ils ont estimé que mes déclarations étaient le fruit d'une imagination surexcitée d'enfant.

— Il en a été de même pour moi.

— Une chose est certaine en tout cas, c'est qu'on avait retiré à Will Nebels son permis de conduire à cette époque et qu'il traînait constamment en ville. Suppose qu'Andrea ait espéré rencontrer Rob Westerfield dans la cachette du garage et soit arrivée en avance ? Suppose que Will l'ait suivie et l'ait agressée ? Suppose qu'elle ait essayé de se débattre et soit tombée en arrière ? Le sol était en ciment. Elle portait une blessure derrière la tête et ils en ont conclu qu'elle était tombée après avoir été frappée avec le démonte-pneu. Mais n'aurait-elle pas pu tomber *avant* d'avoir été frappée ?

— Le coup à l'arrière de la tête ne l'aurait qu'assommée, dis-je. C'est rapporté dans les minutes du procès.

— Ecoute-moi. Rob est une crapule de la pire espèce, c'est entendu, mais admettons une minute qu'il ait dit la vérité. Il laisse sa voiture à la station-service, va au cinéma, la reprend après la séance et se rend à la cachette, au cas où Andrea l'y attendrait.

— Et il la trouve morte ?

— Oui, et il s'affole. Comme il l'a prétendu. »

Elle vit la protestation prête à jaillir de mes lèvres et leva la main.

« Ecoute-moi, Ellie, s'il te plaît. Il est possible que chacun ait dit une part de vérité. Mettons qu'Andrea se soit débattue pour échapper à Nebels, qu'elle soit tombée et ait perdu conscience. Mettons que, pris de panique, il ait couru se réfugier dans la maison de Mme Westerfield. Il y avait travaillé, connaissait le code de l'alarme. Et à ce moment-là, il voit Paulie arriver.

— Pour quelle raison Paulie aurait-il sorti le démonte-pneu de la voiture ?

— Peut-être pour se protéger, au cas où il serait tombé sur Westerfield. Souviens-toi que Mlle Watkins, la conseillère pédagogique, a entendu Paulie dire : *Je ne pensais pas qu'elle était morte.*

— Joan, que cherches-tu à me dire exactement ?

— Imagine le scénario suivant : Will Nebels suit Andrea jusqu'au garage et lui fait des avances. Elle se débat. Elle tombe et perd connaissance. Il se réfugie dans la maison, puis voit Paulie arriver, sortir le démonte-pneu et entrer dans le garage. Une minute plus tard, Paulie regagne la voiture et démarre en trombe. Nebels ne sait pas si Paulie va se rendre à la police. Il retourne dans le garage, voit le démonte-pneu que Paulie a laissé tomber. Will Nebels sait qu'il risque la prison si Andrea, une fois revenue à elle, raconte ce qui s'est passé. Il la tue et décampe en emportant le démonte-pneu. Après le cinéma, Rob Westerfield reprend sa voiture, va au garage, découvre Andrea morte et s'affole.

— Joan, ne vois-tu pas que tu as omis quelque chose d'essentiel ? » J'espérais cacher l'état d'agacement dans lequel m'avaient mise ses hypothèses. « Comment le démonte-pneu s'est-il retrouvé dans le coffre de la voiture de Rob Westerfield ?

— Ellie, Andrea a été assassinée le jeudi soir. Tu as découvert son corps le vendredi matin. Rob Westerfield n'a pas été interrogé avant le samedi après-midi. Ce n'est pas mentionné dans les minutes du procès, mais le vendredi Will Nebels travaillait chez les Westerfield, à bricoler. La voiture de Rob était garée dans l'allée devant la maison. Il laissait toujours les clés sur la portière. Will n'aurait eu aucun mal à remettre le démonte-pneu en place.

— Comment as-tu appris tout ça ?

— Mon cousin Andrew, le juge, faisait partie du bureau du procureur. Il était présent au moment du procès et connaît bien les détails de l'affaire. Il a toujours pensé que Rob Westerfield était un vaurien, un individu agressif et malfaisant, mais qu'il n'avait pas tué Andrea. »

L'agent White pensait que Paulie était coupable du meurtre d'Andrea. Mme Hilmer doutait de l'innocence de Paulie. Et voilà Joan convaincue que Will Nebels était l'assassin !

Pour ma part je n'avais pas l'ombre d'un doute : c'était Rob Westerfield qui avait mis fin à l'existence de ma sœur.

« Ellie, tu rejettes en bloc tout ce que je viens de te dire. »

La voix de Joan était calme, son ton empreint de regret.

« Non, je ne le rejette pas. Je t'assure. En théorie, tout colle parfaitement dans ton raisonnement. Mais, Joan, Rob Westerfield était dans le garage quand je me suis agenouillée près du corps d'Andrea. Je l'ai entendu respirer et j'ai entendu... comment t'expliquer... un ricanement, un gloussement, je n'ai pas d'autre mot pour décrire ça. Un son bizarre que j'avais déjà entendu une fois auparavant, un jour où je me trouvais en sa présence.

— Combien de fois t'es-tu trouvée en sa présence, Ellie ?

— A deux occasions, un jour où je me baladais en ville avec Andrea après l'école et un dimanche où nous nous sommes trouvées nez à nez avec lui. Te parlait-elle de lui ?

— Pas beaucoup. La première fois que je l'ai vu, c'était lors d'un match au lycée. Andrea faisait partie de la fanfare, bien sûr, et on ne voyait qu'elle. Je me souviens que Westerfield était venu la trouver après le match. C'était au début du mois d'octobre. Je me tenais à côté d'elle. Il lui a fait tout un numéro, lui a dit qu'elle était ravissante, qu'il n'avait pu la quitter des yeux, ce genre de balivernes. Il était plus âgé que nous et très beau garçon. Elle a été flattée, naturellement. En outre, ta mère parlait tout le temps des Westerfield, elle disait que c'étaient des gens importants.

— C'est vrai.

— Il savait que nous aimions nous réfugier en douce dans le garage de sa grand-mère pour fumer. Des cigarettes normales, pas de l'herbe. Nous ne pensions pas à mal. Rob nous avait dit que nous pouvions utiliser l'endroit comme une sorte de club, mais de l'avertir chaque fois que nous y allions. Ensuite, il a demandé à Andrea de s'y trouver un peu à l'avance. Tu sais, ils n'étaient amis — si on peut employer ce terme — que depuis un mois quand elle est morte.

— As-tu jamais eu l'impression qu'elle avait peur de lui ?

— J'ai eu l'impression que quelque chose ne tournait pas rond, mais elle ne voulait pas en parler. Le dernier soir, elle m'a téléphoné pour me demander si elle pouvait venir faire ses devoirs avec moi. Franchement, ma mère n'était pas enthousiaste. J'étais en retard en algèbre et elle tenait à ce que je travaille sérieusement. Elle savait qu'Andrea et moi perdions notre temps à bavarder alors que nous étions censées étudier. Et elle était d'autant plus réticente qu'elle allait à son club de bridge ce soir-là et ne serait pas là pour nous surveiller.

— Est-ce que vous avez terminé vos devoirs plus tôt, ou crois-tu qu'Andrea se soit servie de toi pour quitter la maison et aller retrouver Rob ?

— Je pense qu'elle avait l'intention de partir plus tôt, et que, oui, je lui ai servi de prétexte. »

Pour finir, je lui posai la question cruciale :

« Sais-tu si Rob lui avait fait cadeau d'un pendentif ?

— Non, elle ne m'en a jamais parlé, et s'il lui en a offert un, je ne l'ai jamais vu. Ton père, par contre, lui avait donné un médaillon, je m'en souviens, elle le mettait souvent. »

Andrea portait ce soir-là un gros pull décolleté en V. C'est pourquoi j'étais absolument certaine de l'avoir vue mettre ce pendentif. Il était au bout d'une chaîne et reposait au creux de son cou.

« Donc, à ton avis, elle ne portait pas de bijou quand elle est partie de chez vous ?

— Je n'ai pas dit ça. Si je me souviens bien, elle avait une mince chaîne d'or au cou. Très courte, comme un collier de chien. »

Bien sûr ! Je me rappelai brusquement un autre moment de cette soirée. Son manteau était pendu au rez-de-chaussée. Maman l'attendait en bas. Avant de descendre, Andrea avait fait tourner le pendentif devant derrière, le laissant tomber entre ses omoplates. L'effet obtenu était alors celui d'une petite chaîne serrée autour du cou.

J'avais lu attentivement la description des vêtements portés par Andrea lorsque son corps avait été découvert. Il n'y avait aucune mention de cette chaîne.

Je quittai Joan quelques minutes plus tard en lui promettant de lui téléphoner bientôt. Je ne lui précisai pas qu'elle m'avait, sans le vouloir, permis de revoir le geste d'Andrea en train de cacher son pendentif.

C'était donc pour le reprendre que Rob Westerfield était revenu le lendemain matin du jour où il l'avait tuée. J'étais sûre, désormais, que ce pendentif avait trop d'importance pour qu'il risque de le laisser sur elle. Demain, j'en ferais la description sur mon site, comme je l'avais décrit à Mark Longo vingt-trois ans plus tôt.

C'est un autre hameçon à lancer, pensai-je en repassant devant le monastère de Graymoor. Si l'inquiétude avait poussé Rob Westerfield à revenir chercher le pendentif, il existait peut-être quelqu'un capable de m'expliquer pourquoi ce bijou avait une telle importance pour lui.

Les cloches de la chapelle de Graymoor se mirent à sonner. Il était midi.

L'école élémentaire. L'Angelus à midi : *« L'Ange du Seigneur annonça à Marie... »* Et la réponse de Marie à Elisabeth : *« Mon âme exalte le Seigneur... Et mon esprit s'est rempli d'allégresse... »*

Un jour, peut-être, mon esprit sera à nouveau plein d'allégresse, pensai-je en allumant la radio. Pas encore.

23

DEPUIS le hall du *Parkinson Inn*, je pouvais voir l'intérieur du restaurant, et constater qu'il y régnait l'affluence habituelle du week-end. Les clients semblaient d'humeur particulièrement joyeuse. Le soleil de cette belle journée automnale avait peut-être un effet euphorisant, après le temps détestable des premiers jours de la semaine.

« Je crains que nos huit chambres ne soient toutes réservées pour le week-end, mademoiselle Cavanaugh, me dit l'employée de la réception. Nous avons été complets tous les week-ends de l'automne, et il en sera ainsi jusqu'à Noël. »

Cela réglait la question. A quoi bon loger ici pendant la semaine, et être obligée de déménager pour le week-end ? Je n'avais plus qu'à chercher ailleurs. La perspective de tenter ma chance dans tous les hôtels et motels de la région n'avait rien d'engageant. Mieux valait regagner l'appartement, prendre l'annuaire du téléphone, et essayer de dénicher un endroit où habiter pendant quelques mois, pas trop ruineux de préférence.

Le muffin de ce matin était tout ce que j'avais eu en guise de repas, jusqu'à présent. Il était treize heures quarante, et j'avais envie d'autre chose que du classique sandwich au fromage, tomate et salade verte qui m'attendait dans le réfrigérateur.

Sans attendre, je me dirigeai vers la salle du restaurant où l'on me conduisit rapidement à une table. Il s'agissait en principe d'une table pour deux, mais la chaise en face de la mienne était repoussée si près du mur qu'il eût fallu être filiforme pour s'y glisser. A côté de moi se trouvait une table de six avec un carton « RÉSERVÉ » appuyé contre le poivrier et la salière.

Dans mon existence nomade, je n'étais allée à Boston qu'une fois, à l'époque où j'enquêtais sur un fait divers. De cette visite était né mon goût pour le *clam chowder* de la Nouvelle-Angleterre, ce potage aux grosses palourdes typique de la région, et qui figurait au menu du jour.

Ce fut donc mon choix, avec une salade verte et un Perrier. En attendant d'être servie — le potage bien chaud, je vous prie —, je grignotai un morceau de pain croustillant, cherchant à analyser pourquoi je me sentais inquiète, voire déprimée.

Pourquoi ? La réponse n'était pas si difficile à trouver. J'avais débarqué ici quelques semaines plus tôt en redresseuse de torts, sorte de Don Quichotte en jupons, prête à combattre les moulins. Mais j'avais vite compris que ceux-là mêmes que j'aurais crus aussi convaincus que moi de la culpabilité de Rob Westerfield ne me soutenaient guère.

Ils le connaissaient. Ils savaient qui il était. Et il leur semblait néanmoins plausible qu'il ait passé ces longues années en prison tout en étant innocent, victime lui aussi de ce crime. Si favorablement disposés qu'ils fussent à mon égard, j'étais pour eux l'obsédée de la famille, celle qui voulait venger sa sœur morte, au mieux animée d'une idée fixe, au pire déséquilibrée.

Je sais que je peux paraître arrogante aux yeux de

certains. Quand je crois avoir raison, les forces réunies du ciel et de l'enfer ne me feraient pas dévier. C'est peut-être cette obstination qui m'aide à être une bonne journaliste d'investigation. J'ai la réputation de savoir trouver mon chemin dans le brouillard, dépister ce que je présume être la vérité, et faire ensuite la preuve de ce que j'avance. Aujourd'hui, attablée dans ce restaurant, où j'étais venue voilà si longtemps, petite dernière d'une famille heureuse, je m'efforçais de faire le point. Etait-il possible, envisageable, que cet instinct qui faisait de moi une bonne journaliste me porte préjudice aujourd'hui ? Et que, du même coup, je rende un mauvais service, non seulement à des personnes comme Mme Hilmer ou Joan Lashley, mais aussi à l'homme que je haïssais entre tous, Rob Westerfield ?

J'étais si profondément absorbée dans mes pensées que je sursautai à la vue d'une main dans mon champ de vision. C'était la serveuse qui m'apportait mon *clam chowder*. Ainsi que je l'avais demandé, de la vapeur montait du bol.

« Faites attention, me prévint-elle, il est vraiment brûlant. »

Je portais une première cuillerée à ma bouche, quand arriva le groupe qui avait retenu la table voisine de la mienne. Je levai les yeux et crus m'étrangler. Rob Westerfield se tenait à côté de ma chaise.

Je reposai ma cuiller. Il me tendit la main et je l'ignorai. Il était incroyablement beau, encore davantage dans la réalité qu'à la télévision. Il émanait de lui une sorte de magnétisme animal, ce mélange de force et d'assurance qui distinguait souvent les hommes importants que j'avais interviewés.

Ses yeux étaient d'un bleu étrange, couleur de cobalt, ses cheveux bruns à peine soulignés de gris aux tempes, son teint étonnamment hâlé. J'avais vu le teint blafard de la plupart des prisonniers, et j'en conclus qu'il avait dû passer plusieurs heures sous une lampe à bronzer depuis sa sortie.

« La réceptionniste m'a signalé votre présence, Ellie, dit-il, aussi chaleureusement que si nous étions de vieilles connaissances.

— Ah, oui ?

— Sachant qui vous étiez, elle était très ennuyée. Elle n'avait pas d'autre table pour six et a pensé que je refuserais d'être placé près de vous. »

Du coin de l'œil, je vis les personnes qui l'accompagnaient prendre place. J'en reconnus deux, qui avaient participé à l'interview télévisée, son père, Vince Westerfield, et l'avocat, William Hamilton. Ils me dévisageaient, l'air hostile.

« A-t-elle envisagé un instant que c'est moi qui aurais pu ne pas souhaiter être assise à côté de vous ? demandai-je calmement.

— Ellie, vous vous trompez en ce qui me concerne. Autant que vous, je veux découvrir l'assassin de votre sœur et le voir puni. Pouvons-nous nous rencontrer un jour et en parler tranquillement ? » Il hésita avant de poursuivre avec un sourire : « S'il vous plaît, Ellie. »

Soudain, toute la salle s'était tue. Puisque tout le monde semblait s'intéresser à notre conversation, j'élevai délibérément la voix à l'intention de l'assistance :

« Je serais ravie de vous rencontrer, Rob, dis-je. Que penseriez-vous de la cachette du garage ? C'était un de vos endroits de prédilection, non ? À moins que le souvenir d'avoir fracassé le crâne d'une fille de quinze ans ne soit trop pénible, même pour un menteur invétéré tel que vous. »

Je déposai un billet de vingt dollars sur la table et repoussai ma chaise.

Sans paraître le moins du monde troublé par ma sortie, Rob ramassa le billet et le fourra dans la poche de ma veste.

« Nous avons un compte ici, Ellie. Vous êtes notre invitée, aussi souvent que vous le souhaiterez. Amenez vos amis. »

Il marqua une nouvelle pause, mais cette fois ses yeux se réduisirent à deux fentes quand il ajouta :

« Si vous en avez. »

Une demi-heure plus tard, j'étais de retour à l'appartement. La bouilloire sifflait et je préparais le sandwich au fromage, salade et tomate que j'avais précédemment dédaigné. Le tremblement qui s'était emparé de moi dans la voiture s'était calmé, et seules mes mains, froides et moites, témoignaient du choc éprouvé en me trouvant face à face avec Rob Westerfield.

Depuis cette rencontre, une scène passait et repassait dans mon esprit. *Je suis à la barre des témoins. Flanqué de ses avocats, Rob est assis au banc des accusés. Il me dévisage, les yeux menaçants et railleurs. Je me dis, à ce moment, qu'il va bondir sur moi et m'agresser.*

L'intensité de son regard tout à l'heure, quand il se tenait à quelques centimètres de moi au restaurant, était aussi forte que celle qui m'avait tant effrayée au tribunal jadis, et derrière ce ton courtois et ces yeux d'un bleu dur, je devinais la même haine féroce.

Mais il y a une différence, me dis-je, tentant de retrouver mon calme. J'ai trente ans, pas sept. Et, d'une manière ou d'une autre, je lui ferai plus de mal aujourd'hui qu'alors. A la fin du procès, un journaliste avait écrit : « L'enfant triste et sincère qui a témoigné devant la cour que sa grande sœur avait peur de Rob Westerfield, cette enfant a pesé d'un grand poids sur le jury. »

J'emportai sandwich et thé jusqu'à la table, sortis l'annuaire du téléphone du meuble de rangement, et ouvris mon portable. Pendant que je mangeais, je décidai de compulser les pages jaunes et de cocher les numéros correspondant aux locations mensuelles.

Mme Hilmer téléphona avant que je n'aie commencé. Je lui expliquai ce que je cherchais mais elle m'interrompit :

« Ellie, je viens de recevoir un coup de fil de l'aînée de mes petites-filles, Janey. Je t'ai dit qu'elle avait eu son premier enfant le mois dernier, t'en souviens-tu ? »

Je perçus une certaine tension dans sa voix.

« Il n'est rien arrivé au bébé, j'espère ?

— Non. Le bébé va bien. Mais Janey s'est cassé le poignet et a besoin d'aide. Je pars en voiture pour Long Island dès cet après-midi et je resterai auprès d'elle quelques jours. As-tu trouvé une chambre au *Parkinson Inn* ? Après ce qui est arrivé, je m'inquiète de te savoir seule ici.

— Je suis passée à l'hôtel, mais ils sont complets pour le week-end, ainsi que pour les six ou sept suivants. Je m'apprêtais justement à téléphoner à d'autres hôtels ou maisons d'hôtes.

— Ellie, c'est pour ta sécurité que je m'inquiète, j'espère que tu le sais. Reste dans l'appartement jusqu'à ce que tu aies trouvé quelque chose qui te convienne, mais pour l'amour du ciel verrouille les portes.

— Promis. Ne vous faites pas de souci pour moi.

— J'emporte les copies des minutes du procès et des journaux. Je les lirai une fois arrivée chez Janey à Garden City. Note son numéro de téléphone au cas où tu aurais besoin de me joindre. »

Je l'inscrivis rapidement sur un bout de papier et, quelques instants plus tard, entendis la voiture de Mme Hilmer s'engager dans l'allée. Je confesse qu'après le choc de ma rencontre avec Rob Westerfield je regrettais de la voir partir.

« Poule mouillée, poule mouillée », me taquinait

Andrea quand, en l'absence de nos parents, nous regardions sur le câble des films tels que *La Nuit des morts vivants*. Je fermais les yeux et me serrais contre elle pendant les scènes d'épouvante.

Mais Andrea n'est plus là pour me rassurer et je suis une grande fille qui a l'habitude de prendre soin d'elle-même. Je haussai les épaules et me mis à souligner dans les pages jaunes les maisons d'hôtes ou auberges de la région.

Puis j'entrepris de composer les numéros que j'avais sélectionnés. La tâche s'avéra vite décevante. Les rares endroits qui paraissaient convenir étaient très coûteux sur une base mensuelle, surtout s'il fallait y inclure le prix des repas.

Deux heures plus tard, j'avais à peine retenu quatre hôtels et je m'apprêtais à passer en revue les annonces immobilières dans les journaux. La majorité des résidents d'Oldham habitent leur maison toute l'année, cependant la rubrique « locations » comportait quelques offres intéressantes.

A quinze heures trente, j'avais arrêté une liste de six logements à visiter le lendemain. J'étais heureuse d'en avoir fini car je voulais me remettre à mon ordinateur et raconter ma rencontre avec Rob Westerfield.

Il y avait un ou deux petits hôtels dans la région qui avaient une chambre disponible tout de suite. Cela m'aurait convenu en attendant, mais je n'avais nulle envie de commencer à faire mes valises, vider le réfrigérateur, nettoyer et ranger l'appartement.

Mme Hilmer m'avait clairement indiqué que seule ma sécurité la préoccupait et que je pouvais demeurer ici le temps de trouver ce qui me conviendrait. Sachant qu'elle serait absente trois ou quatre jours, je décidai de rester au moins tout le week-end, probablement jusqu'au lundi.

J'allumai mon ordinateur, commençai à relater ma

rencontre avec Westerfield, mais je me rendis compte que j'avais du mal à me concentrer. Je résolus donc d'aller au cinéma et de dîner ensuite quelque part dans le voisinage.

Je consultai les programmes et notai avec un brin d'ironie que le film que j'avais choisi passait au Globe.

C'était le cinéma où Rob Westerfield prétendait être allé le soir où Andrea avait été assassinée.

Le Globe s'était visiblement agrandi et modernisé depuis. Il comportait sept salles à présent. Dans le hall, un grand comptoir circulaire vendait pop-corn, bonbons et sodas.

Bien que le gros des spectateurs ne soit pas encore arrivé, le sol était déjà jonché de pop-corn et d'emballages de bonbons.

J'achetai un Mars, ma friandise préférée, et entrai dans la salle 3 où était projeté le film de mon choix. Qui se révéla beaucoup moins enthousiasmant que le battage médiatique ne le laissait espérer. C'était l'histoire moyennement distrayante d'une femme qui s'attaque au monde entier, est traînée dans la boue, puis, naturellement, finit par triompher et trouve l'amour et le bonheur en reconquérant son mari qu'elle avait jeté hors de chez elle trois ans plus tôt.

S'ils ont tant de mal à trouver un scénario, je pourrais leur vendre l'histoire de ma vie, pensai-je, m'évertuant à suivre ce qui se déroulait sur l'écran. Moins l'histoire d'amour, naturellement.

J'étais assise entre deux couples, un homme et une femme d'un certain âge à ma droite, des adolescents à ma gauche. Les deux jeunes se passaient le gobelet de pop-corn tout en faisant des commentaires sur le film.

« C'était mon actrice favorite, mais je ne la trouve pas aussi bonne que... »

Il était vain de vouloir fixer mon attention sur ce qui se passait à l'écran. Ce n'étaient pas les jeunes gens, leur pop-corn et leurs commentaires qui me gênaient, ni même le léger ronflement de mon voisin de droite, qui s'était assoupi.

J'étais troublée par le fait que vingt-trois ans plus tôt Rob Westerfield avait déclaré qu'il était dans ce cinéma au moment du meurtre d'Andrea, mais que personne n'avait pu vérifier s'il avait réellement assisté à la séance. Malgré tout le tapage soulevé par cette affaire, personne ne s'était présenté pour dire : « Il était assis à côté de moi. »

Oldham était une modeste agglomération à cette époque, et les Westerfield des gens connus. Rob, avec ses airs de fils de famille au physique séduisant, ne passait pas inaperçu. Assise à mon tour dans l'obscurité de cette salle, je l'imaginais en train de parquer sa voiture devant la station-service voisine.

Il avait, prétendait-il, parlé à Paulie Stroebel, l'avait prévenu qu'il laissait sa voiture. Paulie avait catégoriquement nié l'avoir vu.

Ensuite, Rob avait précisé qu'il s'était adressé à la caissière et à l'ouvreuse, leur avait dit qu'il était impatient de voir le film. « Il s'est montré très amical », avaient-elles témoigné, d'un ton un peu surpris. Rob Westerfield n'avait pas la réputation d'être aimable, surtout avec « les petites gens ».

Il aurait pu faire acte de présence au début de la séance et s'en aller ensuite en douce. J'avais loué une cassette du film, *The Guerrilla Jungle Lord*, qu'il avait déclaré avoir vu ce soir-là. De nombreuses scènes du début se déroulaient la nuit et un spectateur assis en bout de rangée aurait pu partir sans que personne le remarque. Je regardai autour de moi, vis plusieurs sorties de secours, et fis une tentative.

Je me levai, marmonnai une excuse pour avoir réveillé mon voisin, passai devant sa femme, et me dirigeai vers une sortie au fond de la salle.

La porte s'ouvrit sans bruit et je me retrouvai dans un passage entre une banque et le bâtiment du cinéma. Des années auparavant, la station-service occupait l'emplacement de la banque. J'avais photocopié les schémas et photos publiés par la presse pendant le procès et gardé en mémoire le plan de la station-service.

L'atelier du garage où travaillait Paulie était situé derrière les pompes à essence et donnait dans la rue principale. Le parc où attendaient les voitures avant de passer à l'atelier se trouvait derrière la station. C'est aujourd'hui devenu le parking de la banque.

Je m'avançai dans le passage, remplaçant mentalement la banque par la station-service. Je pouvais même visualiser l'endroit où Rob avait soi-disant garé sa voiture et où elle était théoriquement restée jusqu'à la fin du film, à vingt et une heures trente.

Peu à peu, mes pas devenaient les siens, je pénétrais dans son subconscient, celui d'un garçon en colère, vexé qu'une fille qu'il croyait à ses pieds lui ait annoncé qu'elle avait rendez-vous avec un autre.

Peu importait que l'autre fût Paulie Stroebel.

Aller trouver Andrea, lui montrer qui commande.

Pourquoi avait-il emporté le démonte-pneu dans la cachette ?

Il y avait deux explications possibles : soit il redoutait que mon père n'ait appris qu'il rencontrait secrètement Andrea. Je savais que mon père représentait pour Rob un personnage redoutable, qu'il craignait par-dessus tout.

Soit Rob l'avait pris dans l'intention de tuer Andrea.

Poule mouillée ; poule mouillée. Mon Dieu, comme la

pauvre enfant avait dû être terrifiée en le voyant s'avancer vers elle en brandissant cette arme...

Je tournai les talons et courus jusqu'à l'autre extrémité du passage, à sa jonction avec la rue. Reprenant mon souffle, je retrouvai tant bien que mal mon calme et me dirigeai vers ma voiture. Je l'avais laissée dans le parking du cinéma, de l'autre côté du complexe.

L'air était encore clair mais, comme la veille, un vent vif s'était levé et la température chutait rapidement. Je frissonnai et hâtai le pas.

En regardant les horaires des films, j'avais remarqué une publicité pour un restaurant, la *Villa Cesaere,* non loin de là. J'avais envie de pâtes, avec une sauce de préférence bien relevée. Et peut-être des crevettes *fra diavolo.*

Je voulais me débarrasser de ce froid intérieur qui me glaçait jusqu'aux os.

A vingt et une heures quinze, rassasiée et un peu réconfortée, je pris la direction de la maison de Mme Hilmer. Elle était plongée dans l'obscurité et seule la lampe au-dessus de la porte du garage était allumée comme un faible signe de bienvenue.

J'arrêtai brusquement la voiture. Quelque chose me poussait à faire demi-tour, à aller passer la nuit dans une auberge ou un motel. Je n'avais pas réalisé à quel point je me sentirais vulnérable ici cette nuit. Je partirais demain, décidai-je. Une nuit de plus, ce n'était pas la mer à boire. Une fois à l'intérieur de l'appartement, je ne risquerais rien.

J'avais beau me raisonner, rien n'y fit. L'autre soir, alors que je dînais chez Mme Hilmer, quelqu'un s'était introduit dans l'annexe. Pourtant ce n'était pas la crainte de trouver un intrus dans l'appartement qui m'angoissait. Non, j'avais surtout peur d'être seule à proximité des bois en sortant de la voiture, même pendant quelques secondes.

J'allumai les phares et redémarrai lentement dans l'allée. Pendant toute la journée, j'avais transporté dans le coffre de la voiture le sac contenant les journaux, les minutes du procès, ainsi que les bijoux de ma mère. En quittant le restaurant, j'avais placé le sac sur le siège du passager afin de pouvoir le sortir plus rapidement.

A présent, je scrutais soigneusement les alentours du garage. Il n'y avait personne.

Je pris ma respiration, saisis le fourre-tout, sortis de la voiture et montai rapidement les quelques marches qui menaient à la porte.

Je n'eus pas le temps d'introduire la clé dans la serrure. Une voiture arrivait en trombe dans l'allée, s'arrêtait dans un crissement de pneus. Un homme bondit hors du véhicule et s'élança dans ma direction.

Je restai pétrifiée, certaine que j'allais voir surgir le visage de Rob Westerfield et entendre l'affreux ricanement qu'il avait émis alors que j'étais penchée sur le corps d'Andrea.

Puis une lampe torche m'aveugla et, au moment où l'homme s'approchait, je m'aperçus qu'il portait un uniforme et reconnus l'agent White.

« J'avais cru comprendre que vous deviez déménager, mademoiselle Cavanaugh, dit-il d'un ton peu amène. Qu'est-ce que vous fabriquez encore ici ? »

24

Après un moment d'embarras, j'expliquai pourquoi je n'étais pas encore partie, et priai l'agent White de monter avec moi à l'appartement et de téléphoner à Mme Hilmer chez sa petite-fille. Il l'appela et me passa ensuite l'appareil.

« Je suis navrée, Ellie, dit-elle. J'avais demandé à l'agent White de faire surveiller la maison pendant mon absence, et je l'avais prévenu de ton départ, mais il n'aurait pas dû mettre en doute que tu étais encore mon invitée. »

En effet, pensai-je. Mais je choisis de me montrer conciliante. « Il a raison d'être prudent, madame Hilmer. » Je ne lui dis pas, bien qu'il m'ait traitée sans ménagement, que je n'avais pas été fâchée de le voir apparaître. Je n'avais pas eu à entrer seule dans l'appartement et, après son départ, il me suffirait de fermer la porte au verrou.

Je lui demandai des nouvelles de sa petite-fille et raccrochai.

« Ainsi, vous avez l'intention de partir demain, mademoiselle Cavanaugh ? » demanda White d'un ton qui signifiait : « Qu'cst-ce que vous attendez ? »

« Oui. Ne vous inquiétez pas, je pars demain sans faute.

— A propos, avez-vous eu des réactions après votre petit tour devant les grilles de Sing-Sing ?

— Curieusement, j'en ai eu quelques-unes. »

Je lui adressai ce que Pete Lawlor appelle mon sourire énigmatique et satisfait.

Il fronça les sourcils. J'avais piqué sa curiosité, ce qui était mon intention.

« Le bruit court en ville que vous vous êtes montrée

particulièrement désagréable avec Rob Westerfield lorsque vous l'avez rencontré au *Parkinson Inn* aujourd'hui.

— La loi n'interdit pas de dire ce que l'on pense, pas plus qu'elle n'oblige à se montrer aimable avec des assassins. »

Son visage s'empourpra.

« Mademoiselle Cavanaugh, dit-il, la main sur la porte, laissez-moi vous donner le conseil d'un homme réaliste. Je sais de source sûre qu'avec l'argent de sa famille Rob Westerfield s'est constitué un véritable groupe de soutien en prison. Voilà la réalité. Certains de ces individus sont dehors aujourd'hui. Sans même en avertir Westerfield, l'un d'eux peut décider, pour s'attirer ses faveurs, de supprimer un sujet de contrariété en espérant qu'il se montrera généreux en retour.

— "Qui me libérera de ce prêtre turbulent ?" fis-je.

— Qu'est-ce que vous racontez ?

— C'est une citation, monsieur l'agent. Au XIIe siècle, Henri II fit cette remarque devant une partie de ses courtisans et, quelque temps plus tard, l'archevêque Thomas Becket fut assassiné dans sa cathédrale. Savez-vous une chose ? Je me demande si vous me mettez en garde ou si vous me menacez.

— Une journaliste d'investigation devrait être capable de faire la différence, mademoiselle Cavanaugh. »

Sur ce, il tourna les talons et partit. Il me sembla que le bruit de ses pas était exagérément lourd dans l'escalier, comme s'il voulait me faire comprendre qu'il prenait congé pour de bon.

Je poussai le verrou, allai à la fenêtre et le regardai remonter dans la voiture de patrouille et s'en aller.

Je prends en général une douche le matin et, si la journée a été particulièrement stressante, j'en prends une seconde avant de me coucher. C'est un excellent moyen de dénouer les muscles des épaules et du cou. Je décidai de m'offrir davantage, un bain parfumé. Le flacon d'huile aromatisée que j'avais acheté il y a six mois était encore presque plein, démontrant que ces moments de détente ne font pas partie de mon quotidien. Pourtant, j'en avais besoin ce soir, et je me prélassai dans l'eau jusqu'à ce qu'elle commence à refroidir.

Les publicités pour chemises de nuit et peignoirs affriolants me font plutôt sourire. Mes vêtements de nuit consistent en d'amples et confortables chemises, achetées par correspondance, sur lesquelles j'enfile une robe de chambre de flanelle. Et, comble de raffinement, des pantoufles doublées de peau de mouton.

Le meuble à deux battants surmonté d'un miroir dans la chambre à coucher me rappela soudain celui que ma mère avait repeint en blanc et recouvert d'une patine pour la chambre d'Andrea. En brossant mes cheveux devant la glace, je me demandai ce qu'il était devenu. Lorsque ma mère et moi étions parties vivre en Floride, elle avait emporté peu de choses avec elle. Je suis sûre qu'aucun des meubles de la jolie chambre d'Andrea ne nous avait suivies lorsque nous avions déménagé. La mienne était également charmante, mais d'un style plus mièvre, avec un papier mural orné de motifs de Cendrillon.

Un souvenir me revint brusquement. J'avais dit à ma mère que je trouvais ce papier trop « bébé », et elle avait répliqué : « Mais c'est le même que celui qui tapissait la chambre d'Andrea quand elle avait ton âge. Elle l'adorait. »

C'est alors, je crois, que je me suis rendu compte combien nous étions différentes. Les fanfreluches, les jolies robes ne m'intéressaient guère. Andrea, comme ma mère, était extrêmement féminine.

« Tu es le trésor de papa... l'esprit de Noël, mon étoile scintillante... Tu es la petite fille chérie de papa. »

Les paroles de cette chanson remontèrent subitement à ma mémoire, et je revis mon père sanglotant dans la chambre d'Andrea.

C'était une image que je m'efforçais toujours de chasser dès qu'elle surgissait. « Encore quelques coups de brosse, ma fille, et au lit », dis-je tout haut.

D'un œil critique, je m'examinai dans la glace. Je portais habituellement mes cheveux relevés, retenus à l'aide d'un peigne ou d'une barrette mais, en les regardant ce soir répandus sur mes épaules, je constatai qu'ils avaient poussé. Ils avaient blondi aussi durant l'été, et bien que l'effet du soleil se soit atténué, ils étaient encore parsemés de ces reflets dorés qui m'avaient valu un gentil compliment de la part de l'inspecteur Longo lorsqu'il était venu m'interroger après la mort d'Andrea.

Je regardai le journal télévisé de vingt-trois heures assez longtemps pour m'assurer que le monde tournait encore à peu près rond en dehors d'Oldham. Puis, après avoir vérifié les fermetures des fenêtres de la salle de séjour, je regagnai la chambre. J'entrebâillai à peine la fenêtre à cause du vent. Un courant d'air froid parcourut la pièce et je courus me blottir sous les couvertures.

Dans mon appartement d'Atlanta, je n'avais aucun mal à m'endormir. J'entendais monter vers moi les bruits étouffés de la rue ou la musique du voisin, un amateur de rock qui passe ses CD à plein volume.

Un coup amical sur la cloison mitoyenne suffisait à ramener un semblant de calme, mais il m'arrivait malgré tout de percevoir des vibrations métalliques dans mon sommeil.

Cette nuit, j'aurais volontiers supporté quelques vibrations métalliques, témoignant de la présence d'un autre être humain dans les parages. Je me tournais et me retournais sur l'oreiller. J'avais l'impression que tous mes sens étaient en alerte, résultat sans doute de ma confrontation avec Westerfield.

La sœur de Pete, Jan, vivait non loin d'Atlanta dans une petite ville appelée Peachtree. Le dimanche, Pete me téléphonait parfois et proposait : « Allons voir Jan et ses gosses. » Ils avaient un berger allemand, Rocky, un superbe chien de garde qui aboyait furieusement dès l'instant où nous sortions de la voiture pour signaler notre arrivée à la famille.

J'aurais bien aimé l'avoir à mes côtés ce soir.

Je finis par sombrer dans un sommeil agité, peuplé de sensations pénibles dont je cherchais en vain à me libérer. Je rêvais que je devais me rendre dans un endroit précis. Je devais trouver quelqu'un avant qu'il ne soit trop tard. Il faisait nuit et ma lampe torche ne fonctionnait pas.

Je me trouvais ensuite au milieu d'un bois, je sentais l'odeur d'un feu de camp. Je cherchais un sentier à travers les arbres. Il en existait un, je le savais. Je l'avais déjà emprunté.

Il faisait si chaud, je commençais à tousser.

Ce n'était pas un rêve ! J'ouvris les yeux. La pièce était plongée dans l'obscurité, envahie d'une épaisse fumée qui m'emplissait les narines. J'étais en train d'étouffer. Je repoussai brusquement les couvertures et m'assis. La chaleur augmentait rapidement autour de moi. Je ne savais plus où j'étais. J'allais mourir asphyxiée si je ne sortais pas de là. Pendant un instant, je restai incapable de bouger, désorientée.

Avant de poser le pied par terre, je m'efforçai de réfléchir. J'étais dans l'appartement de Mme Hilmer. La porte de la chambre se trouvait à gauche du lit. Dans l'alignement du chevet. Elle donnait sur la petite entrée. La porte de l'appartement s'ouvrait au fond de cette entrée, sur la gauche.

Il me fallut dix secondes pour rassembler mes esprits. Puis je sautai du lit, retins un cri en sentant le plancher brûlant sous mes pieds. Quelque chose craqua au-dessus de ma tête. Le toit était en train de prendre feu. Il me restait à peine quelques secondes avant que tout le bâtiment s'écroule.

Je trébuchai, cherchant la porte de la chambre. Dieu merci, je l'avais laissée ouverte. Progressant à tâtons le long du mur, j'avançai dans l'entrée, passai devant le renfoncement que formait la porte de la salle de bains. La fumée était moins dense, mais une gerbe de flammes s'éleva depuis le coin cuisine du séjour. Elle éclaira violemment la table et je distinguai mon ordinateur et mon téléphone portable. Le fourre-tout était posé par terre, près de la table.

Je ne voulais pas les perdre. Il me fallut une seconde pour tirer le verrou et ouvrir la porte qui donnait sur l'escalier. Puis, toussant, suffoquant, les pieds en feu, je courus à la table, saisis l'ordinateur et le mobile d'une main, le fourre-tout de l'autre, et courus tête baissée vers la porte.

Dans mon dos, les flammes s'attaquaient déjà au mobilier, devant moi un nuage de fumée âcre emplissait complètement la cage d'escalier. Par chance, il s'agissait d'un escalier droit et je parvins tant bien que mal jusqu'en bas. D'abord, je crus que la poignée de la porte extérieure était bloquée. Je lâchai tout ce que je tenais et tirai de toutes mes forces.

Je suis prise au piège, je ne m'en sortirai pas, pensai-je, sentant mes cheveux roussir. Je fis une dernière tentative désespérée et la poignée tourna enfin. J'ouvris la porte, me penchai, repris ordinateur, mobile et fourre-tout, et m'élançai dehors.

Au moment où j'émergeais de ce brasier, un homme arriva en courant dans l'allée et me saisit par le bras avant que je m'effondre. « Y a-t-il quelqu'un d'autre à l'intérieur ? » demanda-t-il.

Grelottante, brûlante de la tête aux pieds, je secouai la tête. « Ma femme a appelé les pompiers », dit-il en m'entraînant à l'écart du bâtiment en flammes.

Une voiture déboula alors dans l'allée. Sa femme, sans doute, me dis-je dans une sorte de brouillard, l'entendant s'adresser à elle : « Lynn, emmène-la à la maison. Il ne faut pas qu'elle reste dehors par ce froid. Je vais attendre les pompiers. » Puis, s'adressant à moi : « Allez avec ma femme. Nous habitons tout près d'ici. »

Cinq minutes plus tard, pour la première fois depuis plus de vingt ans, j'étais assise dans la cuisine de notre ancienne maison, emmitouflée dans une couverture, une tasse de thé posée sur la table devant moi. A travers la double porte de la salle à manger, j'aperçus le lustre qu'aimait tant ma mère, toujours à sa place.

Et je nous revis, Andrea et moi, en train de mettre le couvert du dimanche.

« Lord Malcolm de Mes-Deux... »

Je fermai les yeux.

« Ne vous retenez pas de pleurer, dit gentiment Lynn, l'actuelle propriétaire de la maison. Vous venez de traverser des moments effrayants. »

Mais je refoulai mes larmes. Si je me laissais aller, je n'étais pas certaine de pouvoir jamais m'arrêter.

25

PEU après, le capitaine des pompiers se présenta chez les Kelton. Il insista pour me faire conduire en ambulance à l'hôpital. « Vous avez respiré beaucoup de fumée, mademoiselle Cavanaugh, dit-il. Il faut vous examiner, ne serait-ce que par précaution. »

A l'hôpital du comté d'Oldham, on me garda pour la nuit, ce qui m'arrangeait car je n'avais aucun endroit où aller. Une fois couchée, lavée de la suie et de la saleté qui noircissaient mon visage et mon corps, une fois les brûlures de mes pieds soignées et bandées, j'acceptai volontiers un somnifère. Ma chambre était située près du bureau des infirmières et j'entendais un murmure continu de voix et des bruits de pas.

Quelques secondes avant de m'endormir, je me rappelai que j'avais souhaité avoir de la compagnie quelques heures auparavant. Je n'aurais jamais imaginé que mon souhait serait aussi vite exaucé.

Lorsqu'une aide-soignante me réveilla le lendemain à sept heures, il n'y avait pas un centimètre de mon corps qui ne fût endolori. Elle vérifia mon pouls et ma tension, et s'en alla. Je repoussai mes couvertures, passai mes jambes par-dessus le bord du lit et, hésitante, essayai de me mettre debout. J'avais la plante des pieds entièrement bandée et douloureuse dès que je m'appuyais dessus, mais sinon je n'avais rien de grave.

C'est alors que je me rendis compte que j'avais eu une chance inouïe. Quelques minutes plus tard, j'aurais succombé aux assauts de la fumée. Les Kelton n'auraient pu me porter secours, même en sachant que j'étais à l'intérieur.

L'incendie était-il accidentel ? Bien sûr que non !

Mme Hilmer m'avait dit que le garage situé sous l'appartement ne renfermait que des outils de jardin.

Les outils de jardin ne prennent pas feu spontanément.

L'agent White m'avait prévenue qu'un ex-détenu désireux de s'attirer les bonnes grâces de Rob Westerfield pourrait tenter de m'éliminer. Je pensais que White avait inversé l'ordre des choses. Pour moi, il était clair que cet incendie avait été ordonné par Westerfield, et qu'il en avait chargé un de ses anciens compagnons de cellule. Je n'aurais pas été surprise d'apprendre que l'individu qui m'avait abordée dans le parking de la gare en était l'auteur.

J'étais certaine que White avait déjà informé Mme Hilmer de l'incendie. Je lui avais moi-même communiqué le numéro de téléphone de sa petite-fille à Long Island. Apprendre la disparition de l'annexe avait dû la bouleverser. Le bâtiment était une ancienne grange et avait en soi un intérêt historique.

Mme Hilmer avait soixante-treize ans. Cet appartement représentait pour elle la possibilité d'héberger une aide à domicile, en cas de besoin. Et l'accident arrivé à sa petite-fille lui avait fait mesurer combien on devient rapidement dépendant d'autrui.

Son assurance lui permettrait-elle de reconstruire le bâtiment, et aurait-elle le courage d'affronter les tracas des travaux ? En ce moment précis, elle doit penser qu'aucune bonne action ne demeure impunie, pensai-je amèrement. Je lui téléphonerais, mais pas tout de suite. Comment s'excuser d'une telle tragédie ?

Je me rappelai soudain mon fourre-tout, mon ordinateur et mon téléphone. Je m'étais assurée qu'ils m'avaient suivie jusqu'à l'hôpital, et je me souvenais vaguement que l'infirmière avait parlé de les ranger. Où ?

Il y avait un petit placard dans la chambre. Je me

dirigeai vers lui en boitillant, espérant y trouver mes effets. J'ouvris la porte et poussai un soupir. Ils étaient là, en bas du meuble.

Il y avait également une robe de chambre en pilou sur un cintre que j'enfilai sur la pitoyable petite chemise d'hôpital dont on m'avait affublée à mon arrivée.

Mon premier geste fut d'ouvrir le sac et de regarder à l'intérieur. La première page jaunie du *New York Post* barrée du titre « COUPABLE » se trouvait sur le dessus, comme la dernière fois où je l'avais ouvert. Je glissai alors ma main sur le côté. Mes doigts tâtonnèrent avant de palper l'étui de cuir que je cherchais.

La veille, au moment de prendre le volant pour aller chez Joan, j'avais réfléchi qu'un nouveau visiteur indésirable pourrait cette fois s'emparer des objets de valeur. J'étais remontée en courant, j'avais pris l'étui dans le tiroir pour le glisser dans le fourre-tout déjà installé dans le coffre.

Je retirai l'étui et l'ouvris. Tout y était : la bague de fiançailles et l'alliance de ma mère, ses pendants d'oreilles en diamant, et mes modestes bijoux.

Soulagée, je replaçai l'étui dans le sac, le refermai et sortis l'ordinateur du placard. Je me calai dans l'unique fauteuil de la chambre près de la fenêtre, décidée à y passer tout le temps de mon hospitalisation.

Je mis en marche l'appareil, retenant mon souffle, ne reprenant ma respiration qu'après avoir constaté que je n'avais rien perdu des données enregistrées.

L'esprit en paix, j'allai faire un brin de toilette dans la salle de bains, utilisant le petit tube de dentifrice et la brosse à dents dans son étui de plastique. Certes, j'étais encore choquée par l'incendie. Mais je me rendais surtout compte que j'avais eu de la chance d'en être sortie, non seulement en vie, mais sans brûlures graves. Je savais aussi qu'il me faudrait être beaucoup plus vigilante à l'avenir. Il y aurait probablement d'autres tentatives pour m'assassiner. En tout cas, une chose était certaine : je devais loger dans un endroit où veillaient un réceptionniste et des employés.

Renonçant à coiffer mes cheveux emmêlés avec le petit peigne mis à ma disposition, je regagnai la chambre, m'installai dans le fauteuil et, privée de papier et de stylo, rouvris l'ordinateur pour y dresser la liste de mes priorités.

Je n'avais plus ni argent, ni cartes de crédit, ni permis de conduire, et plus rien à me mettre sur le dos. Quel serait l'heureux destinataire de mon appel au secours ?

J'avais des amis à Atlanta, et d'anciennes camarades de classe dispersées dans le pays qui m'auraient dépannée sans se faire prier. Je les éliminai de ma liste, préférant ne pas me lancer dans d'interminables explications sur les raisons de mon dénuement passager.

Pete était le seul à Atlanta à savoir ce qui était arrivé à Andrea, le seul au courant des motifs de ma présence ici. Lorsque j'avais pris mon congé, j'avais simplement dit à mes collègues : « C'est personnel, les enfants. »

Ils avaient tous eu la même réaction : Ellie, toujours trop occupée pour accepter un rendez-vous, avait enfin rencontré la perle rare.

Pete ? La perspective de jouer les femmes démunies devant le héros libérateur n'était pas de mon goût. C'est en dernier ressort que j'aurais recours à lui.

Il y avait bien Joan Lashley St. Martin, mais le fait qu'elle soit convaincue de l'innocence de Rob Westerfield dans le meurtre d'Andrea me retenait de lui demander son aide.

Marcus Longo ? Bien sûr ! Il m'avancerait le nécessaire, et je le rembourserais la semaine prochaine.

On m'apporta le plateau du petit déjeuner, qui

repartit une heure plus tard, pratiquement intact. Avez-vous jamais séjourné dans un hôpital qui servait du café chaud ?

Le médecin entra, examina les brûlures de mes pieds, me dit que je pouvais rentrer chez moi quand je le désirais, et repartit. Je m'imaginais traînant la patte dans Oldham, en tenue d'hôpital, demandant l'aumône. C'est ce moment précis, plutôt déprimant, que choisit White pour faire son apparition avec un homme aux traits anguleux qu'il me présenta, l'inspecteur Charles Bannister, des services de la police d'Oldham. Les suivait un garçon de salle chargé de chaises pliantes. J'en conclus que cette visite ne serait ni courte ni particulièrement réjouissante.

Bannister s'enquit de ma santé, exprima l'espoir que cette épreuve ne m'avait pas affectée outre mesure.

Je sus très vite que cette sollicitude superficielle cachait des intentions qui n'étaient pas nécessairement amicales.

Je lui assurai que je me sentais bien et me félicitai d'être en vie, remarque qu'il accueillit avec un hochement de tête. Il me rappelait un professeur de philosophie que j'avais eu à l'université. Quand un étudiant lui faisait part d'une réflexion particulièrement stupide, il hochait toujours la tête d'un air qui signifiait : « J'aurai tout entendu ! »

Je ne mis pas longtemps à deviner que l'inspecteur Bannister avait un objectif en tête. Il était déterminé à faire la preuve que cette histoire d'intrusion dans mon appartement était pure invention de ma part. Il ne l'exprima pas aussi franchement, mais le scénario qu'il avait conçu était plus ou moins le suivant : après avoir appris l'existence du prétendu visiteur, Mme Hilmer s'était inquiétée. Elle s'était imaginé avoir été suivie sur le trajet de la bibliothèque. Déguisant ma voix au téléphone, je l'avais ensuite avertie qu'elle logeait chez elle une personne instable.

Je me contentai de hausser les sourcils, sans rien dire.

Toujours selon l'inspecteur Bannister, j'avais moi-même allumé l'incendie pour attirer la sympathie et l'attention sur mon cas, tout en accusant publiquement Rob Westerfield d'avoir voulu me tuer.

« Vous couriez le danger de périr dans les flammes, mais d'après les voisins qui vous ont vue sortir de la maison, vous portiez un ordinateur, un téléphone et un sac lourdement chargé. La plupart des gens, dans un tel enfer, ne se préoccupent pas de trimbaler leurs valises, mademoiselle Cavanaugh.

— Au moment où j'atteignais la porte de l'escalier, le mur le plus éloigné du séjour s'est littéralement transformé en un rideau de flammes, éclairant subitement la table sur laquelle j'avais laissé mes affaires de travail. Elles sont d'une extrême importance pour moi et j'ai pris une seconde de plus pour m'en emparer.

— En quoi sont-elles si importantes, mademoiselle Cavanaugh ?

— Vous allez comprendre pourquoi, monsieur l'inspecteur. »

D'un geste, je désignai l'ordinateur que j'avais conservé sur mes genoux.

« Le premier chapitre du livre que j'écris sur Rob Westerfield est contenu dans cette machine. Y figurent aussi des pages et des pages de notes que j'ai tirées des minutes du procès d'assises : *L'Etat contre Robson Westerfield.* Je n'ai aucune sauvegarde. Aucune copie conservée ailleurs. »

Son expression resta impassible, mais je notai que la bouche de l'agent White ne formait plus qu'une ligne mince et rageuse.

« J'ai indiqué le numéro de mon téléphone portable sur la pancarte que je suis allée brandir aux grilles de Sing-Sing. On vous a sûrement mis au courant de ma petite apparition là-bas. » Je fis un geste de la tête en direction de White. « J'ai déjà reçu un appel de quelqu'un qui a connu Westerfield en prison. Ce téléphone est mon unique chance de rester en contact avec cet homme jusqu'au moment où je pourrai acheter un nouvel appareil et faire transférer le numéro. Quant au fourre-tout, il est rangé dans la penderie. Souhaitez-vous le voir ?

— Certainement. »

Je posai l'ordinateur sur le sol et me levai.

« Je vais vous l'apporter, proposa-t-il.

— Je préfère qu'il reste entre mes mains », dis-je.

Je m'appliquai à traverser la chambre sans boiter. J'ouvris brutalement la porte du placard, m'emparai du sac, le rapportai et le laissai tomber devant le fauteuil avant de me rasseoir et de l'ouvrir.

Je perçus distinctement la stupéfaction des deux hommes quand ils lurent le titre : « COUPABLE ».

« J'aurais préféré ne pas vous montrer ces coupures. »

Je leur crachai pratiquement les mots à la figure, sortant l'un après l'autre les journaux que j'éparpillai sur le sol.

« Ma mère les a conservés toute sa vie. » Je ne cherchais même pas à dissimuler ma colère. « Ce sont les articles de presse qui ont paru après la découverte du corps de ma sœur, y compris ceux qui ont relaté la condamnation de Rob Westerfield. Leur lecture n'a rien d'*agréable* mais elle est *intéressante*, et je ne veux pas les perdre. »

J'avais jeté le dernier journal par terre. J'eus besoin de mes deux mains pour extraire du sac le gros dossier des minutes du procès. Je le brandis sous leurs yeux.

« Voilà quelque chose qui est également d'une lecture très intéressante, monsieur Bannister.

— Je n'en doute pas, répondit-il, le visage toujours impassible. Vous n'avez rien d'autre là-dedans, mademoiselle Cavanaugh ?

— Si vous espérez y trouver un bidon d'essence et une boîte d'allumettes, c'est non. » Je sortis l'écrin de cuir et l'ouvris. « Vous pouvez vérifier l'intérieur, ne vous gênez pas. »

Il jeta un coup d'œil au contenu et me rendit l'écrin.

« Emportez-vous toujours vos bijoux avec vous dans ce sac bourré de journaux, mademoiselle Cavanaugh, ou uniquement lorsque vous craignez un incendie ? »

Il se leva et White l'imita.

« Nous resterons en contact avec vous. Comptez-vous retourner à Atlanta ou vous attarder dans la région ?

— Je compte rester par ici et je vous ferai volontiers parvenir mon adresse dès que j'en aurai une. Peut-être la police surveillera-t-elle ma nouvelle habitation un peu mieux qu'elle ne l'a fait pour la maison de Mme Hilmer. »

Les pommettes de White devinrent cramoisies. J'étais hors de moi et je savais que je dépassais les bornes, mais peu m'importait.

Bannister ne se donna pas la peine de répondre, il pivota sur lui-même et partit, White sur ses talons.

Je les regardai s'éloigner. Le garçon de salle entra dans la chambre pour reprendre les chaises pliantes. Il écarquilla les yeux en me trouvant assise au milieu de tout ce fatras, les minutes du procès sur les genoux, l'écrin dans la main, le sac et les journaux épars sur le sol.

« Mademoiselle, puis-je vous aider à ramasser vos affaires ? proposa-t-il. Ou vous apporter quelque chose ? Vous paraissez bouleversée.

— Je suis bouleversée, lui avouai-je. Et, oui, vous pouvez m'apporter quelque chose. Y a-t-il une cafétéria dans l'hôpital ?

— Oui.

— Seriez-vous assez aimable... » Je m'interrompis, réfrénant un rire nerveux : « Seriez-vous assez gentil pour me faire cadeau d'une tasse de café très noir et bien chaud ? »

26

UNE demi-heure plus tard, je terminais l'excellent café que le garçon de salle m'avait aimablement apporté quand un autre visiteur se présenta, plus inattendu cette fois : mon père.

La porte était entrouverte. Il frappa et entra immédiatement, s'immobilisa sur le seuil. Nous nous dévisageâmes sans parler.

Ses cheveux autrefois bruns étaient maintenant presque blancs. Il avait minci, mais se tenait toujours aussi droit. Des lunettes soulignaient ses yeux bleus au regard pénétrant et de profondes rides creusaient son front.

Ma mère le taquinait : « Tu sais, Ted, tu ne t'en rends pas compte, mais tu ne devrais pas froncer les sourcils lorsque tu te concentres. Tu vas ressembler à un pruneau ratatiné quand tu seras vieux. »

Il ne ressemblait pas à un pruneau ratatiné. Il avait fière allure et dégageait toujours la même impression de force intérieure.

« Bonjour, Ellie, dit-il.
— Bonjour, papa. »

J'imaginai ce qu'il ressentait à ma vue. Dans ma robe de chambre d'hôpital, décoiffée, les pieds bandés. Le contraire de l'étoile scintillante de la chanson.

« Comment te sens-tu, Ellie ? »

J'avais oublié l'intonation profonde de sa voix. C'était le même accent d'autorité tranquille que nous avions toujours respecté, Andrea et moi. Nous nous sentions protégées par le seul son de cette voix, et pourtant, pour ma part je la redoutais.

« Je me sens bien, merci.
— Je suis venu dès que j'ai su que le feu avait pris chez Mme Hilmer et que tu étais dans l'appartement.
— Tu n'aurais pas dû te déranger. »

Il se tenait sans bouger dans l'embrasure de la porte. Il la referma et s'avança vers moi, voulut me prendre la main.

« Ellie, pour l'amour du ciel, tu es ma fille. Peux-tu imaginer ce que j'ai ressenti en apprenant que tu avais failli périr ? »

Je lui retirai ma main.

« Oh, on va bientôt entendre un autre son de cloche. A en croire la police, c'est moi qui ai allumé volontairement l'incendie pour amuser la galerie. Il paraît que je cherche à attirer sur moi l'attention et la sympathie des gens. »

Il parut scandalisé.

« C'est grotesque. »

Il se tenait si près de moi que je sentis l'odeur imperceptible de sa crème à raser. J'aurais juré que c'était le même parfum qu'autrefois. Il portait un pantalon gris et un blazer bleu marine, une chemise blanche et une cravate. Je me souvins alors que nous étions dimanche et qu'il s'apprêtait sans doute à aller à la messe quand il avait entendu la nouvelle.

« Je sais que tu me veux du bien, dis-je, mais je préférerais que tu ne t'occupes pas de moi. Je n'ai besoin de rien et je n'attends rien de toi.

— Ellie, j'ai consulté ton site Internet. Westerfield est dangereux. Je m'inquiète terriblement pour toi. »

Nous avions au moins un point en commun. Nous savions tous les deux qu'il était un assassin.

« Je peux me débrouiller seule. J'en ai l'habitude. »

Il se leva.

« Ce n'est pas ma faute, Ellie. Tu as toujours refusé de venir me voir.

— C'est sans doute vrai. Tu peux donc avoir bonne conscience. Je ne te retiens pas.

— Ecoute, Ellie. Je suis venu pour te demander, t'*implorer* de venir habiter chez nous. Tu n'as peut-être pas oublié que j'ai fait partie des forces de police pendant trente-cinq ans.

— Je n'ai pas oublié. Tu étais superbe dans ton uniforme. Oh, t'ai-je remercié d'avoir déposé les cendres de maman dans la tombe d'Andrea ?

— Oui.

— Le certificat de décès portait la mention "cirrhose du foie", mais un diagnostic plus exact eût été : "morte de chagrin". Et la mort de ma sœur n'était pas la seule raison de ce chagrin.

— Ellie, c'est ta mère qui m'a quitté.

— Elle t'adorait. Tu aurais pu patienter. Tu aurais pu la suivre en Floride et la ramener à la maison — nous ramener à la maison. Tu ne l'as pas voulu. »

Mon père chercha dans sa poche et en sortit son portefeuille. Il n'allait quand même pas m'offrir de l'argent ! Non, il y prit une carte et la déposa sur le lit.

« Tu peux me joindre à ce numéro quand tu veux, Ellie, jour et nuit. »

Il était parti. Mais le léger parfum de sa crème à raser flottait derrière lui. J'avais oublié qu'il m'arrivait de m'asseoir sur le rebord de la baignoire et de bavarder avec lui pendant qu'il se rasait. Il se retournait parfois, me prenait dans ses bras et me barbouillait la joue de mousse.

Le souvenir était si présent que je me touchai la joue, m'attendant presque à y trouver un reste de mousse. Elle était seulement humide, humide des larmes que, soudain, je n'arrivais plus à contenir.

27

JE tentai à deux reprises de joindre Marcus Longo durant l'heure qui suivit avant de me rappeler que sa femme n'aimait pas prendre l'avion seule. Il était fort possible qu'il l'ait accompagnée à Denver et en ait profité pour rendre visite à son petit-fils.

L'infirmière fit une apparition pour me confirmer que l'heure de ma sortie était fixée à midi. A onze heures trente, alors que je m'apprêtais à demander s'il y avait un bureau d'aide sociale à l'hôpital, Joan m'appela sur mon portable.

« Ellie, je viens d'apprendre ce qui t'est arrivé. Comment te sens-tu ? Est-ce que je peux t'aider ? »

J'oubliai mon accès d'amour-propre. Peu importait que Westerfield ne soit pas à ses yeux le tueur bestial qu'il était pour moi. J'avais besoin d'elle et la savais aussi sincère dans ses convictions que moi dans les miennes.

« A vrai dire, ce n'est pas de refus », dis-je. Le soulagement qui s'empara de moi au son d'une voix amicale faisait trembler la mienne. « Peux-tu me dénicher quelques vêtements, par exemple, et venir me chercher ? Me trouver un endroit où loger aussi, et enfin me prêter un peu d'argent.

— Pour commencer, tu vas venir habiter à la maison, dit-elle.

— Non. Certainement pas. Ce n'est ni bon ni sûr pour aucune de nous deux. Inutile de risquer que ta maison soit réduite en cendres parce que je suis dans les parages.

— Ellie, tu ne crois tout de même pas que quelqu'un a allumé cet incendie dans l'intention de te supprimer ?

— Si, c'est la pure vérité. »

Elle se tut pendant un long moment, songeant probablement à ses trois enfants.

« Dans ce cas, où trouver un endroit où tu sois en sécurité ?

— Le mieux serait un petit hôtel. Pas un motel dont les chambres donnent séparément sur l'extérieur. Et pas le *Parkinson Inn.* Il est complet. »

Et fréquenté par les Westerfield, ajoutai-je à part moi.

« J'ai peut-être une idée, dit Joan. Et j'ai une amie qui est plus ou moins de ta taille. Je vais l'appeler et lui emprunter quelques vêtements. Tu chausses du combien ?

— Du trente-neuf, mais je suis obligée de garder mes bandages pendant encore un certain temps.

— Leo chausse du quarante et un. Si tu ne vois pas d'inconvénient à porter une de ses paires de tennis... »

Je n'y voyais pas d'inconvénient.

Joan arriva dans l'heure qui suivit avec une valise contenant des sous-vêtements et des collants, un pantalon, un pull à col roulé, une veste chaude, des gants, les tennis de Leo et une trousse de toilette. L'infirmière me prêta une canne sur laquelle m'appuyer jusqu'à ce que mes brûlures soient cicatrisées. A la sortie, la caissière accepta à contrecœur d'attendre pour le paiement la copie par fax de ma carte d'assurance.

Enfin, nous montâmes dans le 4 x 4 de Joan. Un rapide coup d'œil dans le rétroviseur me rassura sur mon apparence. Mes cheveux étaient tirés en arrière, attachés sur la nuque avec un élastique. Les vêtements d'emprunt m'allaient correctement, et les tennis trop larges chaussaient confortablement mes pieds endoloris.

« Je t'ai réservé une chambre au *Hudson Valley Inn*, m'annonça Joan. C'est à deux kilomètres d'ici.

— Si ça ne te dérange pas, j'aimerais passer par la maison de Mme Hilmer. Ma voiture s'y trouve encore, du moins je l'espère.

— Qui aurait pu la prendre ?

— Personne, mais je l'avais garée à deux pas de l'annexe. J'espère qu'une poutre ou des débris ne sont pas tombés dessus. »

Il ne restait plus rien du bâtiment dans lequel Mme Hilmer m'avait si généreusement logée. Un cordon de sécurité entourait les lieux et un agent montait la garde.

Trois hommes chaussés de grosses bottes de caoutchouc examinaient soigneusement les décombres, sans doute chargés de déterminer les causes de l'incendie. Ils levèrent la tête à notre vue, avant de reprendre leur tâche.

Je fus soulagée en apercevant ma voiture. Elle avait été déplacée d'une dizaine de mètres. Joan et moi allâmes l'inspecter. C'était une BMW achetée d'occasion voilà deux ans et la première voiture correcte que j'eusse jamais eue.

Certes, la carrosserie était noire de suie, et la peinture cloquait par endroits du côté du passager, mais je m'estimai heureuse. Il me restait un moyen de transport, même si j'étais pour l'instant dans l'incapacité de l'utiliser.

Mon sac à main était demeuré dans la chambre. Avec les clés de la voiture et le reste.

Le policier en faction s'approcha de nous, m'écouta poliment lui expliquer la situation – j'allais contacter mon concessionnaire pour obtenir un double de la clé –, et finit par m'assurer que ma voiture ne craignait rien. « Nous allons rester sur place pendant quelques jours », dit-il.

Pour trouver des preuves de ma culpabilité dans l'incendie ?

L'optimisme qui m'avait gagnée depuis mon départ de l'hôpital me déserta une fois que nous fûmes remontées dans la voiture de Joan. C'était une claire journée d'automne, mais l'odeur de la fumée flottait encore dans l'air. J'espérais qu'elle se dissiperait avant le retour de Mme Hilmer. Cela faisait partie des tâches qui m'attendaient : téléphoner à Mme Hilmer.

J'imaginais la conversation :

« Je regrette vraiment que votre maison d'invités ait brûlé à cause de moi. »

La cloche d'une église tinta dans le lointain et je me demandai si mon père était allé à la messe après m'avoir rendu visite. Lui, sa femme et son fils, le jeune champion de basket. J'avais jeté sa carte au moment de quitter la chambre de l'hôpital, mais noté qu'il habitait toujours Irvington. Ce qui signifiait qu'il appartenait toujours à la paroisse de l'Immaculée Conception, l'église où j'avais été baptisée.

Je me demandai aussi s'il y retrouvait mon parrain, son ami Dave Barry, policier à la retraite comme lui, pratiquant comme lui, et qui s'était jadis chargé avec mes parents de mon éducation religieuse. Dave et sa femme Nancy s'inquiétaient-ils parfois de moi ? « A propos, Ted, as-tu des nouvelles d'Ellie ? »

A moins que je ne sois devenue un sujet trop délicat à aborder. Quelqu'un que l'on écarte avec un hochement de tête et un soupir. « *C'est une de ces choses navrantes qui arrivent dans l'existence. Mieux vaut ne plus y penser.* »

« Tu es bien silencieuse, Ellie, me dit Joan en coupant le contact. Tu es sûre que tu te sens bien ? »

Je la rassurai :

« Mieux que je n'osais l'espérer. Tu es un amour. Et pour te remercier, je t'invite à déjeuner avec l'argent que tu m'as généreusement prêté. »

Je vis tout de suite que l'*Hudson Valley Inn* était l'endroit idéal pour moi. C'était un bâtiment à deux étages, une sorte de manoir victorien tarabiscoté avec une grande galerie extérieure. Dès que nous pénétrâmes dans le hall, la réceptionniste, une femme d'un certain âge assise derrière son bureau, nous inspecta de la tête aux pieds.

Joan lui tendit sa carte de crédit, expliquant que j'avais perdu mon sac et que ma nouvelle carte serait établie dans quelques jours. Cette explication suffit à créer un lien indestructible entre Mme Willis et moi. Après s'être présentée, elle me confia que sept ans plus tôt, à la gare, elle avait posé son sac à côté d'elle.

« En un quart de seconde, le temps que je tourne la page de mon journal, raconta-t-elle, pfuit, plus de sac. Quelle tuile ! J'étais dans tous mes états. Avant même que j'aie eu la présence d'esprit de faire opposition, quelqu'un avait déjà tiré trois cents dollars avec ma carte de crédit. »

Attendrie, peut-être, par notre expérience commune, elle m'attribua une des chambres les plus prisées. « Une petite suite en vérité, au même tarif qu'une chambre ordinaire, avec un coin salon, une kitchenette et une vue magnifique sur le fleuve. »

Si j'ai une prédilection pour quelque chose, c'est pour la vue sur une rivière, sans doute parce que je suis née dans notre maison d'Irvington qui surplombait l'Hudson, et que j'y ai vécu les cinq premières années de ma vie. Petite, j'approchais une chaise de la fenêtre et grimpais dessus, me haussant sur la pointe des pieds pour apercevoir le miroitement de l'eau.

Accompagnée de Joan, je montai lentement jusqu'à la chambre au deuxième étage, déclarai que c'était exactement ce qu'il me fallait, redescendis tout aussi lentement au rez-de-chaussée et gagnai la salle à manger vieillotte située à l'arrière de l'hôtel. J'avais l'impression que les ampoules sous mes pieds s'étaient multipliées par dix.

Un bloody mary et un club sandwich redonnèrent un peu de sens à mon existence.

Lorsque nous en fûmes au café, le visage de Joan s'assombrit.

« Ellie, j'aurais préféré ne pas aborder le sujet, mais il le faut. Leo et moi étions à un cocktail hier soir. On ne parlait que de ton site...

— Continue.

— Certains étaient indignés, dit-elle avec franchise. Je sais que légalement tu avais le droit de l'ouvrir au nom de Rob Westerfield, mais beaucoup trouvent ta démarche abusive et inutile.

— Ne te tourmente pas. Non seulement je ne t'en veux pas de transmettre le message, mais ces réactions m'intéressent. Qu'ont-ils dit d'autre ?

— Que tu n'aurais pas dû mettre la photo d'identité judiciaire de Rob sur le site. Que lire le rapport du médecin légiste après la mort d'Andrea est intolérable.

— Ce fut un crime intolérable.

— Ellie, tu m'as demandé de te rapporter tout ce qu'ils ont dit. »

Elle semblait si malheureuse que j'eus des remords.

« Excuse-moi. Je sais combien toute cette histoire te coûte. »

Elle haussa les épaules.

« Ellie, je suis convaincue que Will Nebels a tué Andrea. La moitié de la ville est persuadée que le coupable est Paulie Stroebel. Et d'autres pensent que si c'est Rob Westerfield, eh bien il a purgé sa peine, il a été libéré sous condition et tu dois l'accepter.

— Joan, si Rob Westerfield avait avoué qu'il était coupable et exprimé des regrets sincères, je l'aurais toujours détesté, mais il n'y aurait pas eu de site Internet. Je comprends pourquoi certains ont cette réaction, mais je ne peux plus faire machine arrière. »

Elle me prit la main par-dessus la table.

« Ellie, un autre courant de sympathie est en train de se développer. En faveur de la vieille Mme Westerfield. Sa domestique dit à qui veut l'entendre que sa patronne est bouleversée par ce qu'elle a lu sur ton site et qu'elle souhaiterait que tu le fermes en attendant que le nouveau jury ait pris connaissance des faits. »

Je revoyais Dorothy Westerfield, une femme élégante, d'une parfaite dignité, présentant ses condoléances à ma mère le jour de l'enterrement d'Andrea, et mon père lui ordonnant de quitter les lieux. Il n'avait pu supporter sa compassion alors, pas plus que je pouvais en éprouver pour elle aujourd'hui.

« Changeons de sujet, dis-je. Nous risquons de ne pas être d'accord. »

Joan me prêta trois cents dollars et nous eûmes le même petit sourire tandis que je payais l'addition.

« C'est symbolique, dis-je, mais je me sens mieux ainsi. »

Nous nous quittâmes dans le hall de l'hôtel.

« Je suis navrée que tu aies à monter l'escalier, dit-elle d'un ton sincèrement inquiet.

— La chambre en vaut la peine. » Je frappai légèrement le sol de ma canne. « Et je peux m'appuyer là-dessus.

— Téléphone-moi si tu as besoin de quelque chose. Sinon, je t'appellerai demain. »

J'avais hésité à aborder d'autres sujets sensibles, il y avait pourtant une chose que je tenais à lui demander.

« Joan, je sais que tu n'as jamais vu le pendentif que portait Andrea, mais es-tu restée en contact avec certaines des filles qui étaient dans votre classe ?

— Bien sûr. Et je ne serais pas surprise de les voir se manifester un jour prochain, étant donné les circonstances.

— Pourrais-tu leur demander si l'une d'elles se souvient du pendentif tel que je te l'ai décrit ? En or, en forme de cœur, avec trois petites pierres bleues au centre et les initiales enlacées R et A gravées au dos...

— Ellie...

— Joan, plus j'y pense, plus j'en suis convaincue : si Rob est retourné au garage, c'est qu'il ne pouvait pas courir le risque que le pendentif soit découvert sur le corps d'Andrea. Il faut que je sache pourquoi, et je cherche la confirmation qu'elle le portait bien ce soir-là. »

Joan ne fit pas de commentaire. Elle promit de poser la question autour d'elle et partit retrouver sa vie bien rangée auprès de son mari et de ses enfants. M'appuyant lourdement sur ma canne, je montai tant bien que mal l'escalier jusqu'à ma chambre, fermai la porte à clé et me laissai tomber sur le lit.

La sonnerie du téléphone me réveilla. Surprise de trouver la chambre plongée dans l'obscurité, je me redressai sur un coude, tâtonnai pour trouver l'interrupteur de la lampe et jetai un regard rapide sur le réveil tout en décrochant le téléphone posé sur la table de chevet.

Vingt heures. J'avais dormi six heures. « Allô. » J'entendis le son pâteux de ma voix.

« Ellie, c'est Joan. Une chose affreuse vient d'arriver. La domestique de la vieille Mme Westerfield a déboulé dans la *delicatessen* des Stroebel cet après-midi et elle s'en est prise à Paulie, l'a sommé d'avouer qu'il avait tué Andrea. Elle a dit qu'à cause de lui toute la famille Westerfield vivait un cauchemar. Et ce n'est pas tout, Ellie. Il y a une heure, Paulie s'est enfermé dans la salle de bains de sa maison, il a fermé la porte à clé et s'est ouvert les veines. Il est en réanimation à l'hôpital. Il a perdu tellement de sang que l'on craint pour ses jours. »

28

Je trouvai Mme Stroebel dans la salle d'attente du service des soins intensifs. Elle pleurait en silence, les larmes ruisselant le long de ses joues, les lèvres serrées comme si elle voulait empêcher son chagrin de déborder.

Son manteau lui recouvrait les épaules et des taches sombres maculaient son cardigan et sa jupe bleu marine, les taches du sang de Paulie.

Une grande femme d'une cinquantaine d'années se tenait à son côté. Elle était sobrement vêtue et semblait vouloir la protéger. Elle leva les yeux vers moi, le visage hostile.

J'ignorais quelle serait la réaction de Mme Stroebel à ma vue. Après tout, c'était mon site Internet qui avait déclenché la fureur de la domestique de Mme Westerfield et provoqué le désespoir de Paulie.

Mais Mme Stroebel se leva et traversa la pièce pour venir à ma rencontre.

« Vous, Ellie, vous pouvez comprendre, sanglota-t-elle. Vous comprenez ce qu'ils ont fait à mon fils. »

Je l'entourai de mes bras.

« Je comprends, madame Stroebel. »

Je jetai un regard interrogateur à l'autre femme. Elle comprit ma question et fit un petit geste de la main ; il était trop tôt pour savoir si Paulie s'en tirerait.

Puis elle se présenta :

« Je suis Greta Bergner. Je travaille à la *delicatessen* avec Mme Stroebel et Paulie. Je vous avais prise pour une de ces journalistes. »

Nous restâmes à attendre durant douze longues heures. De temps en temps, l'une de nous allait se poster à l'entrée du box où gisait Paulie, un masque à oxygène sur le visage, des perfusions dans les bras, les poignets bandés.

Et, pendant cette nuit interminable, Mme Stroebel ne cessa de prier en silence. Le cœur serré, je regardais son visage contracté par l'angoisse, ses lèvres qui remuaient doucement et je me surpris à prier Dieu à mon tour, malgré moi au début, puis consciemment. *Si Vous épargnez Paulie, je m'efforcerai d'accepter tout ce qui est arrivé. Peut-être n'y parviendrai-je pas, mais je Vous promets d'essayer...*

Les premières lueurs du jour percèrent l'obscurité au-dehors. A neuf heures quinze, enfin, un médecin pénétra dans la salle d'attente.

« L'état de Paulie s'est stabilisé, dit-il. Il va s'en sortir. Vous devriez rentrer vous reposer. »

Je pris un taxi en sortant de l'hôpital et demandai au chauffeur de s'arrêter en route pour acheter les journaux du matin. Je jetai un coup d'œil à la une du *Westchester Post,* remerciant le ciel que la presse ne soit pas distribuée dans le service des soins intensifs de l'hôpital.

La manchette du journal annonçait : « SUSPECTÉ D'UN MEURTRE, IL TENTE DE SE SUICIDER ».

Sur le reste de la page figuraient les photos de trois personnes. Celle de gauche représentait Will Nebels posant pour la postérité, ses traits veules pleins d'une indicible satisfaction. A droite, une femme d'une soixantaine d'années dont le visage sévère était empreint d'inquiétude. La photo du centre montrait Paulie, derrière le comptoir de la *delicatessen,* un couteau à pain à la main.

La photo avait été cadrée de telle manière que seule apparaissait la main qui tenait le couteau. Rien pour expliquer ce geste, pas de pain à trancher. Paulie regardait fixement l'objectif, les sourcils froncés.

Il avait certainement été surpris par le photographe. Le résultat était le portrait d'un homme à l'air revêche et au regard étrange en train de brandir une arme.

Les légendes qui accompagnaient les photos étaient de brèves citations. Nebels : « Je sais qui a fait le coup. » La femme : « Il me l'a avoué. » Et Paulie : « Je regrette, je regrette. »

L'article correspondant était situé en page trois, mais je dus attendre pour le parcourir car nous arrivions à l'hôtel. Une fois dans ma chambre, je repris ma lecture.

La troisième photo de la première page était celle de Lillian Beckerson, femme de chambre depuis trente et un ans chez Mme Dorothy Westerfield. L'article rapportait ses propos : « Mme Westerfield est une des meilleures personnes qui existent au monde. Son mari était sénateur des Etats-Unis, son grand-père gouverneur de la ville de New York. Elle a souffert du déshonneur qui a entaché le nom de sa famille pendant plus de vingt ans. Aujourd'hui, alors que son unique petit-fils veut démontrer son innocence, cette femme qui a menti à la barre des témoins autrefois, quand elle était enfant, cette femme est revenue et cherche à l'anéantir à nouveau au moyen de son site Internet. »

Cette femme, c'est moi, pensai-je.

« J'ai vu Mme Westerfield pleurer hier après-midi pendant qu'elle consultait ce maudit site. Mon sang n'a fait qu'un tour. Je suis entrée dans la *delicatessen*, folle de rage, j'ai demandé à cet homme de dire la vérité, d'avouer ce qu'il avait fait. Il ne savait que répéter : "Je regrette, je regrette." C'est ce que vous diriez, si vous étiez innocent ? Je ne crois pas. »

C'est ce que vous diriez si vous étiez Paulie. Je m'obligeai à poursuivre ma lecture. Il ne m'avait pas échappé que Colin Marsh, l'auteur de l'article, était un de ces journalistes en quête de sensationnel qui savent susciter les déclarations fracassantes et les exploiter.

A l'époque du drame, il était allé trouver Emma Watkins, la conseillère pédagogique qui avait affirmé à la barre avoir entendu Paulie s'écrier en sanglotant à l'annonce de la mort d'Andrea : « Je ne pensais pas qu'elle était morte. »

Mlle Watkins avait dit à Marsh qu'elle avait toujours été troublée par la condamnation de Rob Westerfield. D'après elle, Paulie était un garçon plutôt perturbé, suffisamment en tout cas pour perdre les pédales s'il avait appris qu'Andrea s'était moquée de lui en promettant de l'accompagner à la fête de Thanksgiving.

Perdre les pédales. Quelle façon délicate de considérer les choses.

Will Nebels, ce minable, cet individu répugnant qui

aimait prendre les jeunes adolescentes dans ses bras, était abondamment cité dans l'article. Plus pompeux encore qu'à la télévision, il racontait avec force détails avoir vu Paulie s'introduire dans le garage la nuit du drame, un démonte-pneu à la main, et, pour finir, s'excusait piteusement auprès des Westerfield de ne pas s'être manifesté plus tôt.

Ma lecture terminée, je jetai le journal sur le lit. J'étais à la fois furieuse et inquiète. L'affaire était pratiquement arbitrée par la presse, et Rob Westerfield allait apparaître innocent à un nombre grandissant de gens. Si j'avais lu cet article sans être avertie, j'aurais moi-même pu croire que la justice avait condamné un innocent.

Mais si Mme Westerfield avait été bouleversée par ce qu'elle avait lu sur mon site, il était possible que d'autres qu'elle s'y intéressent. J'allumai l'ordinateur et me mis au travail.

« Poussée par une fidélité exacerbée, la domestique de Mme Dorothy Westerfield a déboulé dans le magasin des Stroebel et invectivé leur fils, Paulie. Quelques heures plus tard, Paulie, déjà fortement stressé par les mensonges que répand la campagne d'intoxication financée par les Westerfield, a tenté de se suicider.

« Je compatis certes à la douleur de Mme Westerfield, qui est une grande dame unanimement respectée, et a indirectement souffert du crime perpétré par son petit-fils. Pour retrouver la paix, pour qu'à l'avenir le nom de sa famille continue d'être tenu en estime, il lui suffit de léguer sa vaste fortune à des institutions charitables qui contribueront à l'éducation des générations futures et à des organismes de recherche médicale qui sauveront des vies humaines. Que ladite fortune revienne à un assassin ne ferait qu'accroître une tragédie au cours de laquelle ma sœur a jadis perdu la vie et qui, hier, a failli coûter la sienne à Paulie Stroebel.

véhémence. J'avais aussi mon contingent de déséquilibrés. Deux avouaient être les meurtriers. L'un disait qu'Andrea était toujours en vie et proposait de m'aider à la retrouver.

Je reçus également deux lettres de menace. Dans l'une, qui me parut authentique, l'auteur se disait déçu que j'aie échappé à l'incendie. Il ajoutait : « Charmante chemise de nuit. Sans doute achetée par correspondance, n'est-ce pas ? »

Avait-il observé l'incendie depuis les bois alentour, ou s'agissait-il de l'intrus qui avait visité l'appartement, et peut-être remarqué la chemise de nuit dans la penderie de la chambre ? Les deux explications étaient aussi inquiétantes, pour ne pas dire carrément effrayantes.

J'étais en contact avec Mme Stroebel plusieurs fois par jour. Le soulagement était perceptible dans sa voix au fur et à mesure que se confirmait le rétablissement de Paulie. Un soulagement mêlé toutefois d'inquiétude.

« Ellie, si un nouveau procès a lieu, si Paulie doit témoigner, je crains qu'il ne recommence à attenter à sa vie. Il m'a dit : "Maman, devant le tribunal, je n'arrive pas à répondre à leurs questions de façon à me faire comprendre. J'étais inquiet de savoir Andrea avec Rob Westerfield. Je ne l'ai pas menacée." »

Elle ajouta :

« Mes amis me téléphonent. Ils consultent votre site Internet. Ils nous envient d'avoir quelqu'un comme vous qui prend notre défense. J'en ai parlé à Paulie. Il voudrait que vous veniez le voir. »

Je promis d'aller lui rendre visite le samedi.

A l'exception de quelques courses, j'étais peu sortie, travaillant sans relâche, prenant mes repas dans ma chambre. A dix-neuf heures, je décidai de descendre dîner au restaurant de l'hôtel.

La salle à manger n'était guère différente de celle

du *Parkinson Inn*, seule l'atmosphère y semblait un peu plus guindée. Les tables étaient éloignées les unes des autres, le linge blanc remplaçait les nappes à carreaux, et au centre de chacune était posé un délicat bouquet de fleurs. Les convives étaient nettement plus âgés, différents des groupes animés qui fréquentaient le *Parkinson Inn.*

Mais la cuisine y était tout aussi bonne et, après avoir hésité entre le carré d'agneau et l'espadon, je commandai l'agneau.

J'avais emporté un livre avec moi, et pendant l'heure qui suivit je combinai ces deux plaisirs : un bon repas et un bon livre. J'étais tellement plongée dans ma lecture que je sursautai lorsque la serveuse vint débarrasser la table et me demanda si je désirais autre chose.

Je dis oui au café et non au dessert.

« Votre voisin de table aimerait vous offrir un digestif. »

Je sus qu'il s'agissait de Rob Westerfield avant même d'avoir tourné la tête. Il était assis à moins de deux mètres de moi, un verre de vin à la main. Il fit mine de porter un toast et sourit.

« Il m'a demandé si je vous connaissais, mademoiselle, et il m'a priée de vous apporter ce billet. »

Elle me tendit une carte gravée au nom de Westerfield : Robson Parke Westerfield II. *« La panoplie au grand complet ! »* pensai-je en retournant la carte.

Il avait écrit : « Andrea était mignonne, vous êtes belle. »

Je me levai, me dirigeai vers lui, déchirai la carte et fis tomber un à un les morceaux dans son verre.

« Vous pourriez peut-être me rendre le pendentif que vous lui avez volé après l'avoir tuée ? » dis-je froidement.

Ses pupilles s'élargirent et la lueur narquoise de son regard bleu disparut. Pendant un instant je crus

J'avalai rapidement un morceau et repris le volant à quinze heures trente. La neige ne cessait de tomber et les difficultés que j'avais rencontrées à l'aller me parurent une partie de plaisir en comparaison du retour vers Oldham. J'avais posé mon portable près de moi, au cas où je recevrais un appel de l'homme qui disait avoir été en prison avec Westerfield.

Il tenait absolument à être payé dans la journée du vendredi. J'avais maintenant l'intuition que ses révélations pourraient vraiment m'intéresser et je craignais qu'il n'ait changé d'avis.

Il était vingt-deux heures trente lorsque j'arrivai enfin à l'hôtel. Je refermais la porte de ma chambre quand le téléphone sonna. C'était l'appel que j'attendais. La voix était fébrile.

« Ecoutez, je crois que j'ai été piégé. Je ne suis pas sûr de pouvoir sortir d'ici.

— Où êtes vous ?

— Ecoutez-moi. Si je vous communique le prénom, est-ce que je peux compter sur vous pour me payer plus tard ?

— Bien sûr.

— Westerfield a sans doute compris que je pouvais lui attirer des ennuis. Il est né riche. Je n'ai jamais eu un sou. Si j'arrive à sortir d'ici, et que vous me payez, j'aurai au moins un peu de fric. Si je n'y arrive pas, il vous sera peut-être possible, grâce à moi, de faire accuser Westerfield de meurtre. »

J'étais à présent convaincue qu'il était sincère, qu'il détenait l'information.

« Je jure que vous aurez l'argent. Je vous jure que je coincerai Westerfield.

— Westerfield m'a dit : “J'ai tabassé Phil à mort et j'ai trouvé ça jouissif.” Vous avez retenu ? PHIL, c'est le prénom. »

La communication fut coupée.

31

Rob Westerfield était âgé de dix-neuf ans lorsqu'il avait assassiné Andrea. Huit mois plus tard, il avait été arrêté, jugé, déclaré coupable et emprisonné. Bien qu'en liberté sous caution, il semblait peu probable que, pendant ce temps, il ait pris le risque de tuer quelqu'un.

Cela signifiait que l'autre crime aurait été perpétré dans la période comprise entre vingt-trois et vingt-sept ans plus tôt. Pour tenter de trouver une relation entre Westerfield et un mort prénommé Phil, je devais donc fouiller dans ces quatre ou cinq années de sa vie.

Il paraissait incroyable qu'à l'âge de treize ou quatorze ans Rob ait pu commettre un meurtre. Encore que... il n'avait que quatorze ans quand il avait sauvagement agressé Christopher Cassidy.

J'avais calculé que, durant cette période, il avait passé un an et demi à Arbinger dans le Massachusetts, puis six mois dans une école privée de Bath en Angleterre, ensuite deux ans à l'Institution Carrington dans le Maine, et enfin un semestre à Willow, une université peu connue près de Buffalo. Les Westerfield possèdent une maison à Vail et une autre à Palm Beach. Il était vraisemblable que Rob y avait séjourné. Il pouvait aussi avoir voyagé à l'étranger dans le cadre de ses études.

J'avais un vaste domaine à explorer. Je n'y parviendrais pas sans aide.

Pendant vingt-cinq ans Marcus Longo avait fait partie de la police du procureur du comté de Westchester. Si quelqu'un pouvait retrouver la trace du meurtre d'un homme avec pour seul indice un prénom, c'était lui.

« Tu es ma sœur, dit-il. Tu pourrais au moins m'accorder cinq minutes. Tu pourrais même m'aimer si tu me connaissais. »

Je lui fis face.

« Teddy, tu as l'air d'un gentil garçon, mais je suis sûre que tu as mieux à faire que de perdre ton temps avec moi. Je sais que c'est ton père qui t'envoie. Il ne semble pas avoir compris que je ne veux plus le revoir, jamais.

— C'est aussi ton père. Que tu le veuilles ou non, il n'a jamais cessé de l'être. Non, ce n'est pas lui qui m'a envoyé. Il ignore que je suis ici. Je suis venu parce que je voulais te voir. J'ai toujours voulu te connaître. »

Sa voix avait pris un accent implorant :

« Ne pourrait-on boire un soda ou quelque chose ? »

Je secouai la tête.

« S'il te plaît, Ellie. »

Peut-être fut-ce la manière dont il prononça mon nom, ou peut-être m'était-il de plus en plus difficile de me montrer aussi butée. Ce gosse ne m'avait rien fait, au fond. Je dis malgré moi :

« Il y a un distributeur dans le hall. »

Je fouillai à l'intérieur de mon sac.

« J'ai ce qu'il faut. Que désires-tu ?

— De l'eau plate.

— Moi aussi. Je reviens tout de suite. »

Son sourire était à la fois timide et soulagé.

Je m'assis dans une causeuse de rotin coloré, cherchant comment me débarrasser de lui. Je ne voulais pas l'entendre débiter un plaidoyer en faveur de notre merveilleux père, me conseiller de tirer un trait sur le passé.

Peut-être avait-il été un merveilleux père pour deux de ses enfants, Andrea et lui, mais moi j'étais passée par profits et pertes.

Teddy revint avec deux bouteilles d'eau. Je le vis

hésiter entre la causeuse et la chaise. Il eut le bon goût d'aller s'asseoir sur la chaise. Je n'avais pas envie de le sentir près de moi. « Os de mes os, chair de ma chair, pensai-je. Non, non, on trouve ça dans la Bible à propos d'Adam et Eve, pas des frères et sœurs. »

Des *demi*-frères et sœurs.

« Ellie, aimerais-tu venir me voir jouer au basket ? »

Je ne m'attendais pas à ce genre de question.

« Je veux dire, ne pourrions-nous pas être amis ? J'ai toujours espéré que tu nous rendrais visite un jour, mais si tu refuses, peut-être pourrions-nous nous voir de temps en temps, toi et moi. J'ai lu ton livre l'année dernière à propos des affaires sur lesquelles tu avais enquêté. Il est formidable. J'aurais aimé en discuter avec toi.

— Teddy, j'ai énormément de travail en ce moment et... »

Il m'interrompit :

« Je consulte ton site Internet tous les jours. Ce que tu écris sur Westerfield doit le mettre en rage. Ellie, tu es ma sœur et je ne veux pas qu'il t'arrive quelque chose. »

Je faillis lui dire : « S'il te plaît, ne m'appelle pas ta sœur », mais les mots s'étranglèrent dans ma gorge. Je me contentai d'un :

« Ne t'inquiète pas pour moi. Je sais me débrouiller toute seule.

— Ne puis-je t'aider ? Ce matin, j'ai lu dans le journal ce qui est arrivé à ta voiture. Suppose que quelqu'un dévisse une roue ou le frein sur celle que tu conduis actuellement ? Je m'y connais en mécanique. Je pourrais vérifier que tout va bien avant que tu prennes le volant, je pourrais même te conduire dans ma voiture. »

Il était si sincère, si attentif à ma personne que je souris.

« Teddy, tu as tes cours et tes séances d'entraînement. Maintenant, écoute-moi, il faut que j'aille travailler. »

Il se leva en même temps que moi.

« Nous nous ressemblons beaucoup, dit-il.

— Je sais.

— Ça me fait plaisir. Ellie, je te libère de ma présence pour l'instant, mais je reviendrai. »

Si seulement mon père avait montré la même obstination, pensai-je. Mais il est vrai qu'alors ce garçon n'aurait jamais vu le jour.

Je travaillai deux heures d'affilée, peaufinant la façon dont je voulais présenter l'histoire de Christopher Cassidy sur mon site. Lorsque j'en fus satisfaite, je l'envoyai par e-mail à son bureau afin d'avoir son accord.

A seize heures Marcus Longo téléphona.

« Ellie, les Westerfield ont suivi votre exemple. Ils ont ouvert un site Internet, comjusrob.com.

— En clair : “Comité pour la justice en faveur de Rob” !

— Exact. D'après mes sources, ils ont retenu des emplacements dans tous les journaux du comté de Westchester pour l'annoncer. Leur stratégie est d'émouvoir le public en donnant la parole à des personnes victimes d'erreurs judiciaires.

— Et de les associer ensuite à Rob Westerfield, le plus innocent de tous.

— Parfaitement. Mais ils sont allés fouiller dans votre passé et sont tombés sur une information fâcheuse.

— C'est-à-dire ?

— Le Centre Fromme, un institut psychiatrique.

— J'ai en effet enquêté sur cette boîte. Des arnaqueurs de première. Payés des fortunes par l'Etat de

Géorgie et pas un seul psychologue ou psychiatre reconnu dans le personnel médical.

— Y avez-vous suivi un traitement ?

— Marcus, avez-vous perdu la tête ? Bien sûr que non !

— Vous y a-t-on prise en photo, étendue sur un lit, les bras et les jambes attachés ?

— Oui, pour illustrer ce qui s'y passait. Après que l'Etat eut fermé le centre et placé les malades dans d'autres établissements, nous avons publié un article décrivant comment les patients étaient gardés attachés plusieurs jours durant. Pourquoi cette question ?

— La photo se trouve sur le site des Westerfield.

— Sans explications ? »

Il resta silencieux un instant.

« On insinue que vous avez été internée à Fromme contre votre volonté. » Il marqua une pause : « Ellie, êtes-vous *surprise* que ces gens ne jouent pas franc jeu ?

— En vérité, j'aurais été étonnée qu'ils le fassent. Je vais mettre l'article entier, texte et illustration, sur mon site Internet. Je le ferai sous un nouveau titre : "DERNIER MENSONGE DES WESTERFIELD". Mais on peut envisager que leur site et le mien ne soient pas visités par les mêmes personnes.

— Le contraire est aussi possible. J'ai un autre sujet d'inquiétude. Ellie, avez-vous l'intention de parler sur le Net de l'existence éventuelle d'un autre meurtre ?

— J'hésite. D'une part, c'est un bon moyen d'obtenir des informations spontanées sur la victime. De l'autre, je risque d'alerter Rob Westerfield qui s'empresserait de faire disparaître toute trace.

— Ou de l'inciter à se débarrasser de quelqu'un susceptible de venir témoigner contre lui.

— Si ce n'est déjà fait.

— Exactement. Faites-moi savoir ce que vous aurez décidé. Et soyez prudente. »

Je me branchai sur le nouveau site Internet du « Comité pour la justice en faveur de Rob ».

Il était remarquablement conçu, avec une citation de Voltaire en guise d'exergue : *« Il vaut mieux hasarder de sauver un coupable que de condamner un innocent. »*

Sous la citation trônait la photo d'un Rob Westerfield grave et songeur. Suivaient les témoignages de plusieurs personnes qui avaient fait de la prison pour un crime qu'elles n'avaient pas commis. Ces récits étaient bien rédigés et poignants. Il n'était pas besoin d'être grand clerc pour comprendre que Jake Bern en était l'auteur.

La section « photos de famille » du site présentait les Westerfield sous un jour « royal ». On y voyait Rob bébé avec son grand-père, le sénateur des Etats-Unis ; à neuf ou dix ans, avec sa grand-mère, l'aidant à couper le ruban lors de l'inauguration d'un centre pour enfants ; embarquant sur le *Queen Elizabeth II* en compagnie de ses parents. En tennisman tout de blanc vêtu à l'Everglades Club.

Le but était assurément de souligner qu'un jeune homme aussi bien né n'aurait jamais pu attenter à la vie d'un être humain.

J'étais la vedette de la page suivante. On me voyait étendue sur un lit au Centre Fromme, bras et jambes entravés, portant une de ces pitoyables chemises de nuit fournies par l'établissement, à moitié recouverte d'une méchante couverture.

La légende disait : « Le témoin dont la déposition a fait condamner Robson Westerfield. »

J'éteignis brutalement l'ordinateur et restai immobile à me mordre les lèvres, cédant involontairement à une manie héritée de mon père lorsqu'il était en proie à une émotion trop forte.

Je demeurai ainsi pendant une demi-heure, m'efforçant de me calmer, de réfléchir à la manière la plus efficace de révéler que Westerfield était susceptible d'avoir commis un autre meurtre.

Comment retrouver sur un territoire d'une telle étendue les traces d'un homicide resté non élucidé ? C'était le problème soulevé par Marcus Longo.

Le Web était par nature mondial.

Mettrais-je quelqu'un en danger en y affichant le nom de la victime présumée ?

Mon mystérieux correspondant était déjà en danger, et le savait.

Pour finir, je rédigeai cette simple entrée :

« Il y a entre vingt-trois et vingt-sept ans, Rob Westerfield a peut-être commis un autre crime. Alors qu'il était sous l'emprise de la drogue en prison, il aurait avoué : *"J'ai tabassé Phil à mort et j'ai trouvé ça jouissif."*

« Quiconque en possession d'informations sur ce crime peut me contacter à l'adresse e-mail suivante : *Ellie.com.* Confidentialité assurée. Récompense. »

Je relus mon texte. Je savais que Rob Westerfield en prendrait connaissance. Supposons qu'en dehors de mon correspondant quelqu'un détienne une information susceptible de lui nuire et qu'il le sache ?

Un journaliste d'investigation se doit de respecter deux règles : primo, ne jamais révéler ses sources, deuzio, ne pas mettre des innocents en danger.

Je décidai d'attendre.

33

LE vendredi soir, cédant à mon impatience, je téléphonai à Pete Lawlor.

« Votre appel est transmis à un service de messagerie... »

« Hello, ici une ancienne collaboratrice qui aimerait avoir de vos nouvelles, s'intéresse à votre santé et à votre prochain boulot, dis-je. Une réponse de votre part sera la bienvenue. »

Il rappela une demi-heure plus tard.

« On dirait que vous avez besoin de parler à quelqu'un.

— C'est vrai. C'est pourquoi votre nom m'est venu à l'esprit.

— Merci.

— Puis-je savoir où vous êtes en ce moment ?

— A Atlanta. En train de faire mes valises.

— J'imagine que vous avez enfin pris une décision.

— Oui. Un poste épatant. A New York, avec pas mal de déplacements. Des enquêtes dans tous les points chauds du globe.

— Pour un journal ?

— Négatif. Je deviens une star de la télévision.

— Avez-vous dû perdre cinq kilos pour être engagé ?

— J'avais oublié que vous étiez aussi cruelle. »

Je ris. Parler à Pete était un moyen d'introduire un peu de réalité concrète et réconfortante dans ma vie de plus en plus irréelle.

« Vous vous moquez de moi, ou avez-vous réellement un job à la télévision ?

— Rien de plus réel. Packard Cable.

— Packard. Wouah !

— C'est une des chaînes câblées parmi les plus récentes, mais elle se développe très vite. J'étais prêt à prendre le poste à Los Angeles dont je vous avais parlé, même si ce n'était pas exactement mon rêve. Ce sont les gens de Packard qui sont venus me chercher.

— Quand commencez-vous ?

— Mercredi prochain. Je suis en train de sous-louer mon appartement et de rassembler les affaires que j'emporterai en voiture. Je compte prendre la route dimanche après-midi. Si nous dînions ensemble mardi ?

— D'accord. C'est chouette d'entendre votre voix mélodieuse...

— Attendez. Ne raccrochez pas. Ellie, j'ai consulté votre site.

— Pas mal, hein ?

— Si ce type est tel que vous le décrivez, vous jouez avec le feu. »

C'est déjà fait, pensai-je.

« Jurez-moi que vous n'allez pas me dire d'être prudente.

— Juré. Je vous téléphonerai mardi. »

Je retournai à mon ordinateur. Je travaillai sans relâche jusqu'à vingt heures. Puis, gagnée par une soudaine lassitude, je priai le service d'étage de monter mon dîner dans ma chambre et réfléchis à la situation en attendant.

Ma conversation avec Pete avait, momentanément, remis les choses en perspective. Mon existence, depuis deux semaines, s'était déroulée dans un univers entièrement investi par Rob Westerfield. Tout à coup, je regardais plus loin, au-delà de l'instant présent, au-delà de ce deuxième procès, au-delà de ma capacité à exposer publiquement la violence de sa nature profonde.

Je pouvais déterrer et raconter tous les actes de cruauté, toutes les infamies dont il s'était rendu coupable. Peut-être finirais-je par retrouver les traces d'un meurtre jamais élucidé qu'il aurait commis. Je pourrais raconter son histoire lamentable et odieuse dans mon livre. Alors, il serait temps pour moi d'entamer la seconde partie de ma vie.

Pete allait entamer la sienne de son côté — sous d'autres horizons, à New York, avec un nouveau job, dans un média différent.

Les mains croisées derrière la nuque, je tournai lentement la tête d'un côté puis de l'autre. Les muscles de mon cou se dénouèrent peu à peu et ma fatigue se dissipa. Ce qui était moins agréable, en revanche, c'était de prendre conscience que Pete me manquait terriblement et qu'Atlanta n'aurait plus d'attrait pour moi sans sa présence.

Je téléphonai à Mme Stroebel le samedi matin. Elle m'annonça que Paulie devait quitter le service des soins intensifs et sortirait sans doute de l'hôpital après le week-end. Je promis de passer le voir dans l'après-midi.

Lorsque j'entrai dans sa chambre, Mme Stroebel était auprès de lui. Dès qu'elle leva les yeux vers moi, je compris qu'un problème était survenu.

« La fièvre a grimpé à l'heure du déjeuner. Son bras droit s'est infecté. Rien de grave, m'a assuré le médecin, mais je suis inquiète. Ellie, je suis tellement inquiète. »

Je regardai Paulie. Il avait encore les poignets bandés et les bras bardés de perfusions. Il était d'une extrême pâleur, ne cessait de tourner sa tête sur l'oreiller.

« Ils l'ont mis sous antibiotiques et lui ont donné un calmant, dit Mme Stroebel. Il s'agite à cause de la fièvre. »

J'approchai une chaise et m'assis à côté d'elle.

Paulie se mit à marmonner. Il cligna des paupières et ouvrit les yeux.

« Je suis là, Paulie, dit Mme Stroebel d'un ton apaisant. Ellie Cavanaugh est avec moi. Elle est venue te faire une visite.

— Salut, Paulie. »

Je me levai et me penchai sur le lit pour qu'il puisse me voir.

Son regard était brouillé par la fièvre, mais il s'efforça de sourire.

« Ellie, mon amie.

— Oui, ton amie. »

Ses yeux se refermèrent. Un moment plus tard, il recommença à marmonner, bredouillant des mots sans suite. Je l'entendis murmurer le nom d'Andrea.

Mme Stroebel croisait et décroisait nerveusement les doigts.

« Il ne cesse de répéter son nom. C'est ce qui le ronge. La peur qu'on l'oblige à revenir déposer devant le tribunal. Personne n'imagine à quel point il s'est senti terrifié la dernière fois. »

Elle avait élevé la voix et je vis Paulie s'agiter encore davantage. Je pressai la main de Mme Stroebel et fis un signe de tête en direction du lit. Elle comprit le message et prit un ton joyeux.

« Vous avez raison, Ellie, merci, tout ira bien. Paulie le sait. Les gens viennent à la *delicatessen*, ils regardent tous ce site où vous décrivez Rob Westerfield comme un sale individu. Paulie et moi l'avons consulté la semaine passée. Cela nous a réconfortés. »

Paulie parut se calmer un peu, puis il chuchota :

« Mais, maman, si jamais j'oublie et... »

Mme Stroebel ne put cacher son émoi.

« Chut, Paulie, fit-elle. Dors. Tu dois d'abord te rétablir.

— Maman...

— Paulie, calme-toi maintenant. »

Elle posa une main ferme sur ses lèvres.

J'eus la nette impression que Mme Stroebel était gênée par ma présence et qu'elle eût préféré me voir partir. Je me levai donc, fis un mouvement vers le lit.

« Maman... »

Mme Stroebel me précéda d'un bond, me barrant l'accès du lit, comme si elle craignait que je ne m'approche trop près de Paulie.

Je ne comprenais pas ce qui la bouleversait autant.

« Dites au revoir à Paulie pour moi, madame Stroebel, fis-je à la hâte. Je vous appellerai demain pour prendre de ses nouvelles. »

Paulie s'était remis à parler, s'agitant de plus belle, bredouillant des propos incohérents.

« Merci, Ellie. À bientôt. »

Mme Stroebel me poussait vers la porte.

« Andrea..., s'écria clairement Paulie. *Ne sors pas avec lui !* »

Je me retournai brusquement.

La voix de Paulie était intelligible, mais elle avait un ton craintif et implorant :

« Maman, et si j'oubliais et que je leur parlais du pendentif qu'elle portait ? J'*essayerai* de ne pas en parler, mais si j'oublie, tu les empêcheras de me mettre en prison, hein ? »

34

« LAISSEZ-MOI vous expliquer. Ce n'est pas ce que vous pensez, vous devez me croire », sanglotait Mme Stroebel.

Elle m'avait accompagnée hors de la chambre de Paulie.

« Il faut que nous parlions, dis-je. Et je vous demanderai d'être sincère avec moi. »

L'arrivée du médecin nous interrompit.

« Ellie, je vous appellerai demain matin, promit Mme Stroebel. Je suis trop bouleversée pour l'instant. »

Secouant la tête, elle tourna les talons et regagna la chambre de son fils, s'efforçant de retrouver son sang-froid.

Je pris ma voiture et conduisis presque machinalement jusqu'à l'hôtel. Serait-il possible, *concevable*, que je me sois trompée depuis le début ? Rob Westerfield et toute sa famille auraient-ils été victimes d'une terrible erreur judiciaire ?

Il a saisi le bras de cette pauvre fille et l'a tordu... il est arrivé derrière moi et m'a flanqué un coup sur la nuque... il a dit : « J'ai tabassé Phil à mort et j'ai trouvé ça jouissif. »

La réaction de Paulie aux accusations de la domestique de Mme Westerfield avait été de s'en prendre à lui-même, pas à quelqu'un d'autre.

S'il me paraissait impensable que Paulie ait été le meurtrier d'Andrea, j'étais cependant convaincue que Mme Stroebel l'avait autrefois empêché de révéler quelque chose.

A propos du pendentif.

En pénétrant dans le parking de l'hôtel, je fus prise d'un rire nerveux. Personne, absolument personne n'avait jamais voulu croire que Rob Westerfield avait offert un pendentif à Andrea et qu'elle le portait le soir de sa mort.

Et, aujourd'hui, le seul témoin à connaître l'existence de ce pendentif était terrifié à la seule pensée de devoir l'admettre publiquement.

Je regardai autour de moi en sortant de la voiture. Il était seize heures passées et les ombres du jour déclinant s'allongeaient déjà sur le sol. Les derniers rais du soleil perçaient les nuages par intermittence, un vent léger détachait les rares feuilles encore accrochées aux arbres. Elles tombaient dans l'allée avec un froissement léger et mon esprit inquiet lui trouvait une ressemblance avec un bruit étouffé de pas.

Le parking était presque plein, et je me souvins alors d'avoir remarqué une effervescence inhabituelle en partant tout à l'heure ; les préparatifs d'une réception de mariage. Pour trouver un emplacement libre, je dus me diriger vers l'extrémité la plus éloignée du parking, hors de vue de l'hôtel. Cela devenait une obsession, ce sentiment que quelqu'un rôdait dans les parages, occupé à me surveiller.

Je m'interdis de courir, hâtai seulement le pas en me faufilant à travers les rangées de voitures, pressée de me retrouver en sécurité dans l'hôtel. Au moment où je passais près d'une vieille camionnette, la porte à glissière s'ouvrit brusquement et un homme jaillit devant moi, essayant de me saisir par le bras.

Je lui échappai, voulus m'élancer et parcourus trois mètres avant de trébucher, de perdre une de mes chaussures trop larges et de m'étaler. Mes paumes et le haut de mon corps encaissèrent une grande partie du choc et j'eus le souffle littéralement coupé.

L'homme s'agenouilla à côté de moi.

« Ne criez pas, chuchota-t-il d'un ton pressant. Je ne vous veux pas de mal ; *je vous en prie, ne criez pas !* »

J'en aurais été bien incapable. Pas plus que je n'aurais pu lui échapper et me ruer jusqu'à l'hôtel. Tout mon corps était secoué de tremblements après le heurt brutal contre le béton de l'allée et je parvenais péniblement à aspirer l'air par la bouche.

J'arrivai enfin à articuler :

« Que... me... voulez-... vous ?

— Vous parler. J'avais l'intention de vous envoyer un e-mail, mais j'ai eu peur que quelqu'un d'autre le voie. Je veux vous vendre une information sur Rob Westerfield. »

Je levai les yeux. Son visage était tout proche du mien. C'était un homme d'une quarantaine d'années aux cheveux dégarnis d'une propreté douteuse. Il jetait nerveusement des regards de côté, comme s'il était prêt à détaler à la moindre alerte. Il portait un jean et un blouson de cuir usagé.

Alors que je tentais de me relever, il ramassa ma chaussure et me la tendit.

« Je vous veux pas de mal, répéta-t-il. Je risque gros si on me voit avec vous. Ecoutez-moi. Si ce que j'ai à vous dire vous intéresse pas, je me tire vite fait. »

Ce n'était peut-être pas rationnel, mais je le crus. S'il avait voulu me tuer, il l'aurait déjà fait.

« Vous voulez m'entendre ou non ? demanda-t-il impatiemment.

— Allez-y.

— Je préférerais que vous montiez dans la camionnette. J'en ai pour deux minutes et je voudrais pas que quelqu'un me voie. Les Westerfield ont des gens partout dans cette ville. »

Je pouvais en témoigner, pourtant je n'avais aucune envie de monter dans son véhicule.

« Non, racontez-moi ici ce que vous avez à révéler.

— J'ai une information qui peut permettre d'épingler Westerfield pour un crime qu'il a commis il y a des années.

— Combien voulez-vous ?

— Mille dollars.
— De quoi s'agit-il ?
— Vous vous souvenez qu'il y a vingt-cinq ans la grand-mère de Westerfield a été blessée d'un coup de feu et laissée pour morte. Vous en avez parlé sur votre site.
— Oui.
— Mon frère, Skip, est allé en taule à cause de ça. Il a pris vingt ans. Il avait même pas purgé la moitié de sa peine quand il est mort. Il pouvait pas supporter la prison, était toujours malade.
— C'est votre frère qui avait tiré sur Mme Westerfield et cambriolé sa maison ?
— Ouais, mais c'est Westerfield qui avait tout manigancé. Il nous avait engagés, Skip et moi, pour faire le boulot.
— Pourquoi voulait-il supprimer sa grand-mère ?
— Westerfield se droguait. C'est pour ça qu'on l'avait fichu à la porte du collège. Il était couvert de dettes. Il avait eu connaissance du testament de la vieille. Elle lui léguait directement cent mille dollars. A la minute où elle clamsait, le fric était dans sa poche. Il nous a promis dix mille dollars pour nous charger du travail.
— Se trouvait-il *avec* vous cette nuit-là ?
— Vous rigolez ? Il était à New York en train de dîner avec son père et sa mère. Il savait assurer ses arrières.
— Vous a-t-il payés, vous ou votre frère ?
— Avant qu'on exécute le contrat, il avait donné à mon frère sa Rolex en garantie. Ensuite, il a fait une déclaration de perte.
— Pourquoi ?
— Pour brouiller les pistes quand mon frère a été arrêté. Westerfield a prétendu qu'il nous avait rencontrés dans un bowling la veille de l'agression de sa grand-mère. Il a dit que Skip reluquait sa montre et

qu'il l'avait rangée dans son sac avant de commencer à jouer. Il a ensuite raconté aux flics qu'il ne l'avait plus retrouvée quand il avait voulu la remettre à son poignet, et qu'on s'était barrés mon frère et moi. Il a juré que c'était la seule fois qu'il nous avait vus.

— Comment auriez-vous eu connaissance de l'existence de sa grand-mère sans qu'il vous en parle ?

— Il y avait eu un grand article sur elle dans le journal. Elle avait fait un don à l'hôpital pour la construction d'une nouvelle aile ou un truc de ce genre.

— Comment vous êtes-vous fait prendre, vous et votre frère ?

— Ils ont agrafé mon frère le lendemain. Pas moi. Il avait un casier judiciaire et il paniquait à l'idée de tirer sur la vieille. C'était ce qu'il devait faire, Westerfield voulait que ça ressemble à un cambriolage. Il nous avait pas donné la combinaison du coffre parce que la famille seule la connaissait, et ça l'aurait trahi. Il a dit à Skip de prendre un ciseau et un couteau et d'érafler le coffre comme s'il avait essayé de le forcer. Mais Skip s'est coupé la main et a ôté son gant pour l'essuyer. Il a dû toucher le coffre à ce moment-là parce qu'ils ont trouvé ses empreintes dessus.

— C'est ensuite qu'il est monté à l'étage et a tiré sur Mme Westerfield ?

— Ouais. Mais personne n'a pu prouver que j'étais là moi aussi. Je faisais le guet et conduisais la voiture. Skip m'a dit de la boucler. C'est lui qui a écopé et Westerfield s'en est tiré sans perdre une plume.

— Vous aussi. »

Il haussa les épaules.

« Ouais, je sais.

— Quel âge aviez-vous ?

— Seize ans.

— Et Westerfield ?

— Dix-sept.

— Votre frère n'a pas essayé de l'impliquer ?

— Sûr que si. Personne ne l'a cru.

— Je n'en suis pas aussi certaine. Sa grand-mère a modifié son testament. Le legs de cent mille dollars a été annulé.

— Tant mieux. Ils ont laissé Skip plaider coupable de tentative d'homicide en lui garantissant un maximum de vingt ans. Il aurait pu en écoper de trente, mais le procureur lui a proposé ce deal afin d'épargner à la vieille dame de témoigner au tribunal. »

Le soleil avait totalement disparu derrière les nuages. J'étais encore sous le coup de ma chute et je commençais à avoir froid.

« Comment vous appelez-vous ? demandai-je.

— Alfie. Alfie Leeds.

— Alfie, je vous crois, dis-je. Encore que j'ignore pourquoi vous me racontez cette histoire maintenant. Il n'y a jamais eu le moindre indice révélant que Rob Westerfield avait participé à cette affaire.

— Je peux le prouver. »

Alfie fouilla dans une de ses poches et en tira une feuille de papier pliée en quatre.

« C'est la copie du plan que Rob nous avait donné, pour que mon frère puisse s'introduire dans la maison sans déclencher l'alarme. »

D'une autre poche il sortit un crayon et une lampe torche.

Le parking balayé par le vent n'était pas l'endroit idéal pour examiner un plan. Je regardai plus attentivement mon interlocuteur. Plus petit que moi, il n'avait pas l'air bien costaud. Je courus le risque.

« Je vais monter dans votre camionnette, mais à condition de m'asseoir à la place du conducteur.

— Comme vous voulez. »

J'ouvris la portière et jetai un regard rapide à l'intérieur de la voiture. Il n'y avait personne. La banquette arrière était rabattue et le plancher encombré de pots de peinture, d'une échelle et d'une bâche. Alfie avait déjà fait le tour du véhicule et s'apprêtait à grimper sur le siège du passager. Je me glissai derrière le volant, sans toutefois refermer complètement la portière. S'il s'agissait d'un piège, je voulais pouvoir sortir en vitesse.

Ma carrière m'avait amenée à rencontrer des individus peu recommandables dans des endroits tout aussi peu fréquentables. J'en étais arrivée à développer un certain instinct de conservation. Malgré le fait que j'étais enfermée avec un homme qui avait participé à une tentative de meurtre, je décidai donc que je me trouvais relativement en sécurité.

Une fois que nous fûmes tous les deux installés à l'intérieur de la camionnette, il me tendit le papier. Le mince faisceau de la lampe torche me suffit pour reconnaître la demeure des Westerfield et son allée. Même le garage y figurait. En dessous des bâtiments était tracé le plan précis de l'intérieur de la maison.

« Regardez, il y a l'emplacement de l'alarme, avec le code qui permet de la déconnecter. Pour Rob, qu'on débranche l'alarme ne risquait pas d'attirer l'attention sur lui parce qu'il y avait un tas d'employés qui le connaissaient. Vous pouvez voir le plan du rez-de-chaussée, la bibliothèque avec le coffre-fort, l'escalier qui mène à la chambre de la vieille dame, et un studio à côté de la cuisine réservé à la bonne. »

Il y avait un nom inscrit au bas de la feuille.

« Qui est Jim ? interrogeai-je.

— Le type qui a fait le dessin. Westerfield nous a dit qu'il avait fait des travaux dans la maison. Nous l'avons jamais rencontré.

— Votre frère a-t-il montré ce plan à la police ?

— Il voulait s'en servir, mais l'avocat qu'on lui avait assigné d'office le lui a déconseillé. Il a dit que Skip n'avait aucune preuve que Westerfield le lui avait donné, et que ça pouvait lui porter tort de l'avoir en sa possession. Il a dit que le fait que la chambre de la vieille dame soit si bien indiquée sur le plan alors que le coffre-fort était au rez-de-chaussée prouvait que Skip avait l'intention de la tuer.

— Le dénommé Jim aurait pu confirmer l'explication donnée par votre frère. Quelqu'un a-t-il essayé de le retrouver ?

— Je crois pas. Ça fait des années que je garde ce plan et, quand j'ai vu votre site, je me suis dit que c'était un truc de plus que vous pourriez creuser et coller sur le dos de Westerfield. Le marché est conclu ? Vous me donnez mille dollars pour ce plan ?

— Comment être sûre que ce n'est pas vous qui l'avez dessiné pour me soutirer de l'argent ?

— Y a aucun moyen de vous en assurer. Rendez-le-moi.

— Alfie, si l'avocat avait cherché à savoir qui était ce dénommé Jim, et qu'il en avait parlé au procureur en lui montrant le plan, ils auraient été obligés de mener une enquête sérieuse à partir de cette information. Votre frère aurait pu négocier une peine plus légère en échange de sa coopération, et Westerfield aurait peut-être payé pour ce crime.

— C'est vrai, mais il y avait un autre problème. Westerfield nous avait engagés tous les deux, mon frère et moi, pour exécuter ce boulot. L'avocat a dit à mon frère que si jamais les flics arrêtaient Westerfield, lui aussi pourrait négocier et il dirait que j'étais impliqué. Skip avait cinq ans de plus que moi et il s'est senti responsable, pour m'avoir entraîné dans cette affaire.

— Aujourd'hui, il y a prescription pour vous et pour Rob. Mais, attendez un peu. Vous m'avez dit que ceci est une copie de l'original. Où est l'original ?

— L'avocat l'a déchiré. Il a dit qu'il fallait pas qu'il tombe dans de mauvaises mains.

— Il l'a déchiré !

— Il ignorait que Skip en avait fait une photocopie et qu'il me l'avait remise.

— Il me faut ce plan, dis-je. Dès demain, j'aurai la somme que vous demandez. »

Nous nous serrâmes la main. Sa paume calleuse indiquait qu'Alfie était accoutumé aux durs travaux manuels.

Tandis qu'il repliait soigneusement la feuille de papier avant de la ranger dans la poche intérieure de sa veste, je ne pus m'empêcher de lui faire part de mon étonnement.

« Avec ce genre de preuve, je ne comprends toujours pas que l'avocat de votre frère n'ait pas cherché à en savoir plus. Je me demande franchement si lui-même n'était pas vendu aux Westerfield. »

Il sourit, découvrant une rangée de dents jaunâtres.

« Il travaille pour eux maintenant. C'est ce type, Hamilton, qu'on voit partout à la télévision en train de déclarer qu'il va obtenir un nouveau procès et faire acquitter Rob. »

35

Je trouvai un message de Mme Hilmer à mon retour me priant de la rappeler. Je lui avais parlé à plusieurs reprises depuis l'incendie et elle s'était montrée tout bonnement merveilleuse à mon égard. Elle se préoccupait surtout de ma sécurité. A cause de moi sa maison d'invités n'était plus aujourd'hui qu'un tas de cendres et elle ne semblait pas m'en tenir rigueur. Au contraire. J'acceptai de dîner avec elle dimanche.

J'avais à peine raccroché que Joan téléphona. Nous ne nous étions pas vues durant la semaine et je voulais lui rendre l'argent et les vêtements qu'elle m'avait prêtés. J'avais acheté une bouteille de champagne pour Joan et Leo et une autre pour l'amie qui m'avait gentiment dépannée.

Naturellement, ce n'était pas pour cette raison que Joan m'appelait. Ils allaient dîner en famille au *Palazzo* et m'invitaient à me joindre à eux.

« Leurs pâtes sont délicieuses, la pizza excellente, et l'endroit est très gai, dit-elle. Je suis sûre que ça te plaira.

— Pas besoin de me vanter la marchandise. Je viendrai avec plaisir. »

En vérité, j'avais besoin de sortir. Après ma rencontre dans le parking avec Alfie, je ne pensais plus qu'à tous ces gens dont la vie avait été changée ou détruite par Rob Westerfield, et par la fortune de sa famille.

Andrea la première, naturellement. Puis ma mère. Ensuite Paulie, qui mourait de peur à la pensée d'être obligé de révéler ce qu'il savait à propos du pendentif. De toute façon, même s'il était au courant de l'existence de ce bijou, j'étais certaine qu'il n'était en rien impliqué dans la mort d'Andrea.

Mme Stroebel, une femme courageuse et honnête, avait été elle aussi prise dans les rets des Westerfield. Voir Paulie à la barre des témoins durant le procès avait dû être un calvaire pour elle. Il aurait suffi qu'une seule personne me croie lorsque j'avais dit que Rob avait donné un pendentif à Andrea pour que l'on questionne Paulie à ce sujet durant le procès. Et il se serait facilement retrouvé dans la position de l'accusé.

L'histoire que m'avait racontée Alfie Leeds était

crédible. Il ne faisait aucun doute que son frère avait été un meurtrier potentiel. Il avait accepté de supprimer Mme Westerfield et l'avait laissée pour morte. Pourtant, si mauvais qu'il fût, il avait droit à une défense équitable. Or, l'avocat commis d'office l'avait trahi au profit des Westerfield.

J'imaginais William Hamilton, jeune docteur en droit, voyant dans ce procès l'occasion de passer la vitesse supérieure. Il était probablement allé trouver le père de Rob, lui avait remis le plan et avait été généreusement récompensé pour sa coopération.

Alfie aussi était une victime. Il avait été protégé par son frère aîné et s'était toujours reproché de n'avoir pas su confondre Rob Westerfield à l'époque. Il avait conservé cette preuve pendant toutes ces années, sans oser la montrer à personne.

Le plus difficile pour moi, assurément, c'était de savoir que si Rob Westerfield avait été condamné pour tentative d'homicide sur la personne de sa grand-mère il n'aurait jamais fait la connaissance d'Andrea.

A présent, il y avait quelqu'un d'autre sur la liste des gens que je voulais épingler : William Hamilton, Esquire.

Voilà donc les pensées amères et rageuses qui m'agitaient lorsque Joan appela. J'avais absolument besoin d'un répit. Nous décidâmes de nous retrouver à dix-neuf heures au *Palazzo.*

Je me bats contre des moulins à vent, pensai-je en parcourant la courte distance qui séparait mon hôtel du centre-ville. J'eus soudain la sensation qu'une voiture me suivait. Je devrais peut-être appeler l'agent White, me dis-je avec un sourire ironique. Il se fait un sang d'encre à mon sujet. Il déboulerait dans la seconde, gyrophare et sirène en action.

« Bah, n'y pensons plus. White est convaincu que je suis revenue dans sa petite ville pour y semer le trouble, obsédée que je suis par le fait que Rob

Westerfield est à nouveau un homme libre. C'est vrai, cette pensée m'obsède, mais je ne me suis pas brûlé les pieds, je n'ai pas démoli ma voiture dans le seul but de démontrer la justesse de mon point de vue. »

Joan, Leo et leurs trois fils étaient déjà installés à une table d'angle lorsque j'arrivai au *Palazzo.* Je me souvenais vaguement de Leo. Il était en terminale au lycée d'Oldham lorsque Joan et Andrea étaient en seconde.

En me revoyant, les gens qui avaient vécu dans la région à l'époque du drame pensaient inévitablement à la mort d'Andrea. Et dans ce cas, soit ils ne pouvaient s'empêcher d'en parler, soit ils se donnaient un mal de chien pour éviter le sujet.

L'accueil de Leo fut direct et chaleureux :

« Je me souviens de vous, Ellie. Je vous ai vue chez Joan à une ou deux reprises. Vous accompagniez Andrea. Vous étiez une petite fille très sérieuse.

— Et je suis devenue une *grande* fille très sérieuse ! »

Il me fut d'emblée sympathique. Un bon mètre quatre-vingts, solidement charpenté, avec des cheveux châtain clair et des yeux bruns pénétrants. Son sourire ressemblait à celui de Joan, vif et cordial. Il inspirait confiance. Je savais qu'il était agent de change. Le genre d'homme à qui j'aimerais demander conseil un jour, si jamais j'avais un peu d'argent à investir.

Les garçons avaient dix, quatorze et dix-sept ans. L'aîné, Billy, était en dernière année de lycée et me raconta que son équipe avait joué au basket contre celle de Teddy.

« Teddy et moi avons discuté des universités où nous aimerions poursuivre nos études, dit-il. Dartmouth ou Brown, de préférence. J'espère que nous nous retrouverons. C'est un chic type.

— Oui, un brave garçon.

— Tu ne m'as pas dit que tu l'avais rencontré, dit vivement Joan.

— Il est passé me voir à l'hôtel. »

Une expression de satisfaction passa sur son visage et je faillis lui dire de ne pas fêter à l'avance la grande réconciliation des Cavanaugh, mais on apporta la carte et Leo eut l'habileté de changer de sujet.

J'ai toujours aimé la compagnie des enfants, bien que mon job de journaliste m'en ait souvent tenue à l'écart. Ce fut donc avec un sincère plaisir que je profitais de la présence des trois garçons. Très vite, en savourant leurs pâtes aux moules, ils me parlèrent de leurs activités, et je promis une partie d'échecs à Sean, le petit dernier.

« Je ne suis pas mauvaise, tu sais, lui dis-je.

— Mais je suis plus fort, affirma-t-il.

— C'est ce qu'on verra.

— Pourquoi pas demain ? C'est dimanche. On sera tous à la maison.

— Je regrette, Sean, je suis prise demain. Un autre jour. »

Je me tournai vers Joan.

« J'ai oublié de mettre dans le coffre de la voiture la valise de vêtements que je voulais te rendre.

— Tu n'as qu'à la rapporter demain matin, insista Sean, comme ça, nous pourrons jouer aux échecs.

— Tu prendras un brunch avec nous, dit Joan. Vers onze heures trente.

— Entendu. »

Le bar du *Palazzo* était séparé de la salle à manger par une cloison vitrée qui donnait sur le hall d'entrée. A mon arrivée, je n'avais pas prêté attention aux clients qui s'y trouvaient. Mais, pendant le dîner, j'avais remarqué les regards inquiets que Joan lançait par intermittence dans cette direction.

On venait de nous servir le café quand elle m'avoua la raison de son trouble :

« Ellie, Will Nebels était installé au bar avant ton arrivée. Quelqu'un a dû lui indiquer ta présence. Il se dirige vers nous en ce moment même et, à voir sa démarche, je dirais qu'il est ivre. »

L'avertissement ne fut pas assez rapide. Je sentis soudain deux bras autour de mon cou et un baiser visqueux sur ma joue.

« Ma petite Ellie ! Mon Dieu, c'est ma petite Ellie Cavanaugh ! Est-ce que tu te souviens du jour où j'ai réparé ta balançoire, mon chou ? Ton papa n'était pas formidable comme bricoleur. Ta maman faisait tout le temps appel à moi : "Will, il faudrait réparer ça, Will..." »

Il m'embrassait dans l'oreille, dans le cou.

Leo s'était levé.

« Lâchez-la immédiatement », ordonna-t-il d'un ton sec.

J'étais littéralement clouée à ma chaise. Nebels pesait de tout son poids sur moi. Ses bras entouraient mes épaules, ses mains glissaient plus bas, s'introduisaient sous mon pull.

« Et la jolie Andrea. J'ai vu de mes yeux ce demeuré entrer dans le garage armé de son démonte-pneu... »

Un serveur s'était approché et le tirait d'un côté, Leo et Billy de l'autre. Je m'efforçais en vain de repousser son visage, sentant avec horreur sa bouche effleurer mes yeux, ses lèvres humides presser les miennes. Ma chaise glissa, faillit basculer en arrière tandis que je me débattais furieusement, terrifiée à la pensée de me retrouver par terre avec lui.

Mais plusieurs hommes des tables voisines s'étaient levés pour me venir en aide, et des mains robustes rattrapèrent ma chaise avant qu'elle ne tombe.

Nebels fut emmené de force hors de la salle. J'enfouis ma tête dans mes mains. Pour la deuxième fois en quelques heures, je me mis à trembler si violemment que je fus incapable de répondre aux questions inquiètes qui fusaient autour de moi. Les deux pinces qui retenaient ma coiffure s'étaient détachées, et mes cheveux se répandirent sur mes épaules. Je sentis la main de Joan les effleurer. J'aurais voulu la supplier de cesser. La compassion en un tel moment risquait de me faire perdre contenance. Peut-être le comprit-elle, car elle retira sa main.

J'entendis le directeur me présenter ses plates excuses. Il était temps, pensai-je avec rage. Il y a longtemps qu'ils auraient dû cesser de remplir le verre de cet ivrogne.

Cet accès de colère suffit à me remettre d'aplomb. Je levai la tête, rejetai mes cheveux en arrière, regardai les visages désolés autour de moi et haussai les épaules.

« Ça va », fis-je.

Je me tournai vers Joan. Ses pensées se lisaient sur son visage.

« Ellie, comprends-tu enfin ce que je t'ai dit à propos de Will Nebels ? Il a admis qu'il se trouvait dans la maison de Mme Westerfield le soir du meurtre d'Andrea. Il était probablement ivre. Qu'aurait-il fait, à ton avis, s'il avait vu Andrea entrer seule dans le garage ? »

Une demi-heure plus tard, après avoir avalé un autre café, j'insistai pour regagner seule mon hôtel en voiture. En chemin, je faillis le regretter. J'étais maintenant certaine d'être suivie et je n'avais aucune envie de me retrouver à nouveau seule dans ce parking. Je dépassai donc l'entrée de l'hôtel et appelai la police depuis mon téléphone portable.

« Nous allons vous envoyer quelqu'un, me répondit le policier de service. Où vous trouvez-vous exactement ? »

Je lui donnai les indications voulues.

« Bon. Faites demi-tour et engagez-vous dans l'allée de l'hôtel. Nous nous placerons derrière le véhicule qui vous suit. Ne sortez sous aucun prétexte de votre voiture avant notre arrivée. »

Je roulai lentement et l'autre voiture ralentit à son tour. Sachant que la police n'allait pas tarder à se manifester, j'étais plutôt satisfaite de savoir mon poursuivant derrière moi. Je voulais que la police découvre qui était cet individu et pourquoi il me suivait.

Je revins en direction de l'hôtel, m'engageai dans l'allée, mais la voiture derrière moi poursuivit sa route. Un instant plus tard retentissait la sirène de la police.

Je me garai sur le bas-côté de l'allée et attendis. Deux minutes plus tard, la voiture de police s'arrêta derrière moi. Un policier en sortit et s'approcha de ma fenêtre. J'abaissai la vitre. Il souriait.

« Vous étiez effectivement suivie, mademoiselle Cavanaugh. Le garçon au volant prétend être votre frère. Il dit qu'il voulait vous voir regagner votre hôtel sans ennui.

— Oh, pour l'amour du ciel, dites-lui de rentrer chez lui. » Puis j'ajoutai : « Remerciez-le pour moi, s'il vous plaît. »

36

J'AVAIS prévu d'appeler Marcus Longo dans la matinée du dimanche, mais il me devança. Lorsque le téléphone sonna, à neuf heures, j'étais devant mon ordinateur, ma deuxième tasse de café posée à côté de moi.

« Je vous ai classée dans la catégorie des lève-tôt, Ellie, dit-il. J'espère ne pas me tromper.

— En vérité, je me suis réveillée tard ce matin. A sept heures.

— Je n'en attendais pas moins de votre part. Ellie, j'ai pris contact avec l'administration de Sing-Sing.

— Vous leur avez demandé s'ils avaient entendu parler d'un accident mortel qui serait survenu à un prisonnier récemment libéré ou à un gardien ?

— Exactement.

— Vous avez appris quelque chose ?

— Vous êtes allée vous poster à la sortie de Sing-Sing le 1er novembre. Ce matin-là on a libéré Herb Coril, un malfaiteur qui a partagé à un moment donné le même quartier cellulaire que Rob Westerfield. Il logeait dans un centre de réinsertion en bas de Manhattan. On ne l'y a plus revu depuis vendredi après-midi.

— J'ai reçu ce dernier appel jeudi soir vers vingt-deux heures trente. L'homme qui téléphonait craignait pour sa vie.

— Il ne s'agit peut-être pas du même individu. Tout comme il est possible que Coril ait pris le large, rompant les conditions de sa libération sous caution.

— Quel est votre avis ?

— Je n'ai jamais vraiment cru aux coïncidences, surtout dans un cas comme celui-ci.

— Moi non plus. »

Je racontai à Marcus ma rencontre avec Alfie.

« Espérons seulement qu'il ne lui arrivera rien avant qu'il ne vous ait remis ce plan, dit Marcus d'un ton peu rassurant. Ce qu'il vous a dit ne me surprend pas. A l'époque, nous étions persuadés que Westerfield avait tout manigancé. Je devine ce que vous ressentez.

— Quand je me dis que Rob aurait pu être en prison et ne jamais rencontrer Andrea, n'est-ce pas ? Cette idée ne cesse de me torturer.

— Vous comprenez que même avec la copie de ce plan et une déposition d'Alfie devant le procureur vous n'obtiendrez jamais une condamnation. Alfie était lui-même impliqué dans l'histoire et le plan est signé d'un dénommé Jim que personne n'a jamais vu.

— Je sais.

— Il y a prescription pour tous les protagonistes : Westerfield, Alfie, même pour ce Jim.

— N'oubliez pas Hamilton. Si je pouvais démontrer qu'il a fait disparaître une preuve accablante pour Westerfield, mais qui aurait pu alléger la peine de son client, le comité d'éthique lui tomberait dessus instantanément. »

Je promis à Marcus de lui montrer le plan quand Alfie me l'aurait apporté. Je raccrochai et essayai de me remettre au travail. Mais je progressais lentement et n'avais pas fait grand-chose quand vint l'heure du brunch auquel Joan m'avait invitée.

Cette fois, je n'oubliai pas la valise et la housse en plastique du teinturier contenant le pantalon, le pull et la veste que j'avais fait nettoyer.

Avant même d'être arrivée en vue du monastère des frères franciscains à Graymoor, je savais que je m'y arrêterais. Pendant la semaine, un souvenir avait lentement émergé de mon subconscient. J'étais venue ici avec ma mère après la mort d'Andrea. Elle avait appelé le père Emil, un prêtre qu'elle connaissait. Il devait se rendre au Saint Christopher's Inn ce jour-là, et ils étaient convenus de s'y retrouver.

Le Saint Christopher's Inn, situé sur le domaine du monastère, était un refuge que les pères tenaient à la disposition des gens dans le besoin, alcooliques ou drogués. J'avais le vague souvenir d'être restée assise avec une dame, sans doute une secrétaire, pendant que ma mère était dans le bureau. Puis le père Emil nous avait emmenées toutes les deux à la chapelle.

Il y avait un livre sur le côté de l'allée latérale où les visiteurs pouvaient écrire leurs requêtes, et ma mère y avait inscrit quelques mots avant de me passer son stylo.

Je voulais y retourner.

Le moine qui me fit entrer se présenta sous le nom de frère Bob. Il ne chercha pas à connaître la raison de ma demande. La chapelle était vide et il resta à la porte pendant que je m'agenouillais quelques minutes. Puis je regardai autour de moi et vis le support sur lequel était posé un grand registre.

Je m'approchai et saisis le stylo.

Soudain, je me rappelai la phrase que j'y avais écrite la dernière fois : *« Je vous en prie, faites qu'Andrea revienne. »*

Les larmes me montèrent subitement aux yeux.

Le frère Bob s'était approché de moi.

« Beaucoup de larmes ont été versées dans cette chapelle. »

Une heure plus tard, en arrivant chez Joan, j'étais en meilleurs termes avec Dieu.

Joan et moi étions d'un avis opposé en ce qui concernait le comportement de Will Nebels la veille.

« Ellie, il était complètement soûl, c'est tout. La plupart des gens disent des horreurs quand ils ont trop bu, nous l'avons souvent constaté. Selon moi, ils ne mentent pas dans ces moments-là, au contraire, c'est alors qu'ils ont le plus de chances de dire la vérité. »

Sur ce point, je devais admettre qu'elle avait raison. J'avais enquêté pour le journal sur deux affaires dans lesquelles l'assassin n'aurait jamais été démasqué s'il ne s'était pas soûlé au whisky ou à la vodka avant de s'épancher auprès de quelqu'un qui avait immédiatement prévenu la police.

« Je ne vois pas les choses comme ça, expliquai-je à Joan et à Leo. Pour moi, Will Nebels est un pauvre type, un mollusque ; une sorte de matière visqueuse ; une fois versé dans un moule, on peut lui donner la forme qu'on veut. En tout cas, son ivresse ne l'a pas empêché de se souvenir qu'il avait réparé ma balançoire autrefois et que mon père n'était pas un as du bricolage.

— Ellie a raison, dit Leo. Nebels est sans doute un être plus complexe qu'il ne le paraît. Ce qui ne signifie pas, ajouta-t-il rapidement, que Joan ait tort. Si Nebels a vu Paulie Stroebel entrer dans le garage, il est assez malin pour savoir que les faits sont aujourd'hui couverts par la prescription et qu'il ne risque rien à se faire un peu de fric avec cette histoire.

— A ce détail près qu'il n'a pas eu l'idée tout seul. Elle lui a été soufflée. Il a accepté de raconter l'histoire qui leur convenait, et ils l'ont payé pour ça. »

Je repoussai ma chaise en arrière.

« Le brunch était délicieux, dis-je. Maintenant, j'aimerais bien battre Sean aux échecs. »

Je m'arrêtai un instant devant la fenêtre. C'était la deuxième fois que je me retrouvais dans cette pièce, à la même heure, par un beau dimanche ensoleillé. Et, comme la première fois, je m'émerveillais devant la vue du fleuve et de la colline en face.

Dans l'univers où je vivais aujourd'hui, qui était loin d'être paisible, contempler ce paysage était aussi apaisant qu'une halte dans une oasis.

Je gagnai la première manche. Sean gagna la deuxième. Nous décidâmes de disputer la belle « très bientôt ».

Avant de regagner mon hôtel, je téléphonai à l'hôpital et m'entretins avec Mme Stroebel. La fièvre de Paulie était tombée.

« Il voudrait vous parler, Ellie. »

Quarante minutes plus tard, j'étais à son chevet.

« Tu as l'air en meilleure forme qu'hier », lui dis-je.

Il était encore très pâle, mais avait l'œil clair. Il était assis dans son lit, calé contre les oreillers. Il sourit timidement.

« Ellie, vous savez que j'ai vu le pendentif, n'est-ce pas ?

— Quand l'as-tu vu, Paulie ?

— Je travaillais à la station-service. C'était mon premier job, il consistait aussi à laver et à nettoyer les voitures quand elles sortaient de l'atelier de réparation. Un jour, en passant l'aspirateur dans celle de Rob, j'ai trouvé le pendentif coincé dans le siège avant. La chaîne était cassée.

— Tu veux dire que c'était le jour où le corps d'Andrea a été découvert ? »

Cela n'aurait pas de sens, pensai-je. Si Rob était revenu récupérer le pendentif ce même matin, il ne l'aurait jamais laissé dans sa voiture. Il n'était pas stupide à ce point !

Paulie se tourna vers sa mère d'un air implorant.

« Ne t'inquiète pas, Paulie, dit-elle d'un ton apaisant. Tu as pris beaucoup de calmants et tu as du mal à te souvenir de tout. Tu m'as dit que tu avais vu le pendentif à deux reprises. »

Je jetai un regard rapide vers Mme Stroebel. Etait-elle en train de lui souffler la réponse ? Mais Paulie hocha la tête.

« C'est exact. Je l'ai trouvé dans la voiture, la chaîne était cassée, je l'ai donné à Rob et il m'a donné dix dollars de pourboire. Je les ai mis avec l'argent que j'économisais pour l'anniversaire de tes cinquante ans.

— Je m'en souviens, Paulie.

— A quelle date fêtiez-vous votre anniversaire, madame Stroebel ? demandai-je.

— Le 1er mai. Le mois de mai avant la mort d'Andrea.

— Le mois de mai avant la mort d'Andrea ! »

Je restai interloquée. Ainsi, il n'avait pas acheté ce bijou pour elle. Une autre fille l'avait égaré dans sa voiture et il l'avait offert à Andrea après avoir pris soin d'y faire graver leurs initiales.

« Paulie, te souviens-tu avec précision de ce pendentif ?

— Oui. Il était très joli. En forme de cœur, en or et incrusté de trois petites pierres bleues. »

C'était exactement la description que j'en avais faite à la barre.

« Paulie, continuai-je. Est-ce que tu as revu ce pendentif ?

— Oui. Andrea était très gentille avec moi. Elle est venue me dire que j'étais drôlement bon au football et que j'avais fait gagner l'équipe. C'est alors que j'ai décidé d'aller lui demander de m'accompagner à la fête de Thanksgiving. Je me suis dirigé vers votre maison et j'ai vu Andrea pénétrer dans le bois. Je l'ai rattrapée aux abords de la maison de Mme Westerfield. Elle portait le pendentif et j'ai compris que Rob le lui avait offert. Je ne l'aimais pas. Il m'avait donné un gros pourboire, mais je ne l'aimais pas. Sa voiture était toujours cabossée parce qu'il conduisait beaucoup trop vite.

— Est-ce que tu l'as vu ce jour-là ?

— J'ai demandé à Andrea si je pouvais lui parler, mais elle a dit non, qu'elle était pressée. Je suis retourné dans le bois et je l'ai regardée entrer dans le garage. Rob Westerfield est arrivé quelques minutes après.

— Dis à Ellie la date à laquelle ça s'est passé, Paulie.

— C'était une semaine avant qu'Andrea soit assassinée dans le garage. »

Une semaine avant !

« Deux jours avant sa mort, je lui ai parlé à nouveau. Je lui ai dit que Rob n'était pas un type bien, qu'elle ne devrait pas lui donner rendez-vous dans le garage et que son père serait furieux s'il l'apprenait. »

Paulie planta ses yeux dans les miens.

« Votre père était très chic avec moi, Ellie. Il me donnait toujours un pourboire quand je faisais le plein de sa voiture, et il me parlait de football. Il était vraiment gentil.

— Est-ce le jour où tu as invité Andrea à t'accompagner à cette fête que tu l'as mise en garde contre Rob ?

— Oui, et elle m'a demandé de ne pas parler de Rob à son père.

— Et tu n'as plus jamais revu le pendentif ?

— Non.

Et tu n'es jamais retourné au garage ?

— Non. »

Paulie ferma les yeux et son visage se creusa sous l'effet de la fatigue. Je posai ma main sur la sienne.

« Paulie, je ne veux pas que tu t'inquiètes davantage. Je te promets que tout va s'arranger, que bientôt tout le monde saura que tu es un honnête homme, bon et sensible. Et intelligent par surcroît. Alors que tu n'étais qu'un gosse, tu as su mesurer le degré de perversité de Rob Westerfield. Or, beaucoup de gens par ici sont encore incapables de le voir tel qu'il est.

— Paulie a l'intelligence du cœur », fit Mme Stroebel à voix basse.

Paulie ouvrit les yeux.

« J'ai tellement sommeil. Vous ai-je parlé du pendentif ?

— Oui, tu en as parlé. »

Mme Stroebel m'accompagna jusqu'à l'ascenseur.

« Ellie, même lors du procès, ils ont tout fait pour que Paulie soit accusé de la mort d'Andrea. J'étais terrorisée. C'est pourquoi je lui ai conseillé de ne jamais parler du pendentif.

— Je comprends.

— Vous savez, un enfant un peu retardé aura toujours besoin d'être protégé, même devenu adulte. Vous avez entendu l'avocat des Westerfield à la télévision affirmant devant tout le monde que, s'il obtenait la révision du procès, il prouverait que Paulie avait tué Andrea. Est-ce que vous imaginez Paulie à la barre des témoins, face à cet homme déterminé à s'acharner sur lui ? »

Cet homme, William Hamilton.

« Non. »

Je l'embrassai sur la joue.

« Paulie a de la chance de vous avoir, madame Stroebel. »

Elle me rendit mon sourire.

« Il a de la chance de vous avoir, Ellie. »

37

À dix-neuf heures, je passai devant notre ancienne maison en allant dîner chez Mme Hilmer. Ce n'était pas fortuit et je le savais. Toutes les lumières étaient allumées ce soir, et avec la lune qui brillait au-dessus des bois à l'arrière-plan, elle aurait pu figurer sur la couverture d'un magazine de décoration. C'était la maison dont ma mère avait toujours rêvé, l'exemple parfait de la ferme rénovée.

Ma chambre était autrefois située en façade, au-dessus de l'entrée, et j'aperçus une silhouette qui se déplaçait entre les deux fenêtres. Les Kelton, actuels propriétaires de la maison, étaient un couple d'une cinquantaine d'années. Je n'avais vu qu'eux la nuit de l'incendie, mais peut-être avaient-ils des enfants que ni les sirènes de la police ni celles des pompiers n'étaient parvenues à réveiller. Je me demandai si l'occupant de ma chambre aimait comme moi se réveiller tôt et paresser au lit en attendant le lever du soleil.

La maison de Mme Hilmer était également éclairée. Je m'engageai dans l'allée, qui ne conduisait plus qu'à un seul endroit désormais. Mes phares illuminèrent les restes calcinés du garage au passage. Pour une raison inconnue, je me rappelais les bougeoirs et la coupe de fruits décoratifs qui ornaient joliment la table du séjour. Ils étaient sans valeur, mais avaient été choisis avec goût.

D'ailleurs, tout dans l'appartement avait été choisi avec beaucoup de soin. Si Mme Hilmer décidait de reconstruire ce bâtiment, elle aurait du mal à remplacer ce genre d'objets.

C'est avec cette pensée à l'esprit que j'arrivai chez

elle, prête à me confondre en excuses. Mais elle me coupa la parole :

« Vas-tu cesser de te tourmenter pour ce garage ? me gronda-t-elle en m'embrassant. Ellie, cet incendie était volontaire.

— Je sais. Vous ne m'en croyez pas responsable, n'est-ce pas ?

— Seigneur, non ! Ellie, lorsque Brian White a déboulé chez moi en trombe, t'accusant pratiquement d'être une pyromane, je lui ai dit son fait. Si cela peut te réconforter, il a insinué que j'avais purement et simplement imaginé avoir été suivie sur le trajet de la bibliothèque. Et là aussi, je l'ai remis vertement à sa place. Mais Ellie, c'est terrible de penser que l'individu qui s'est introduit dans l'appartement pendant que tu dînais chez moi a volé des serviettes pour que l'on te soupçonne d'être l'auteur de l'incendie.

— Je prenais des serviettes dans l'armoire à linge tous les jours. Je n'ai jamais remarqué qu'il en manquait cinq ou six.

— Comment l'aurais-tu pu ? Il y en avait une telle quantité. Pendant une période de ma vie, j'ai été tout bonnement incapable de résister à une promotion, et aujourd'hui il me reste assez de serviettes pour durer jusqu'à la fin des temps. Bon, le dîner est prêt et tu dois mourir de faim. Passons à table. »

Crevettes à la créole et salade verte, le tout généreusement servi. C'était exquis.

« Deux repas délicieux en une seule journée, je suis gâtée », fis-je en souriant.

Je demandai des nouvelles de sa petite-fille, dont j'appris qu'elle se remettait rapidement de sa fracture du poignet.

« Ces quelques jours avec elle ont été merveilleux, et le bébé est adorable, mais je dois avouer que j'étais contente de rentrer chez moi. J'ai perdu l'habitude de me lever à cinq heures pour faire chauffer un biberon. »

Elle me raconta qu'elle avait consulté mon site. Manifestement, il ne restait plus rien du sentiment d'indulgence qu'elle avait pu éprouver pour Rob Westerfield. « Lorsque j'ai lu le témoignage de la psychologue racontant la façon dont Rob lui avait tordu le bras au restaurant, j'ai été profondément choquée. Janey a travaillé elle aussi comme serveuse pour payer ses études et mon sang n'a fait qu'un tour en imaginant qu'elle aurait pu être ainsi malmenée.

— Attendez de lire la suite. Il s'est véritablement déchaîné sur un élève de sa classe quand il était au collège d'Arbinger.

— De mal en pis ! J'ai appris ce qui était arrivé à Paulie. C'est navrant.

— Il se rétablit peu à peu. Je suis allée le voir cet après-midi. »

Je m'interrompis. Devais-je partager avec elle les révélations de Paulie à propos du pendentif ? Je n'hésitai pas longtemps. J'avais une totale confiance en Mme Hilmer et elle était un excellent baromètre de l'opinion locale. Elle avait toujours pensé que le pendentif était un produit de mon imagination. Ce serait intéressant de voir sa réaction à présent.

Elle laissa son café refroidir pendant qu'elle m'écoutait d'un air grave.

« Ellie, je comprends que Mme Stroebel ait empêché Paulie de mentionner ce pendentif. Cette histoire aurait pu se retourner contre lui.

— Je sais. Paulie a admis qu'il l'avait eu en sa possession, qu'il l'avait rendu à Rob, s'était ému en le voyant au cou d'Andrea et l'avait suivie jusqu'au garage. » Je m'interrompis et plantai mon regard dans le sien. « Madame Hilmer, croyez-vous que les choses aient pu se dérouler ainsi ?

— Je crois surtout que malgré l'argent de la famille

Rob Westerfield est un type aussi pingre et méprisable que pervers. Il avait offert à Andrea un bijou qu'une autre fille avait sans doute perdu dans sa voiture. Je parie qu'il l'avait fait graver pour pas cher dans un centre commercial et avait fait mine de lui faire un cadeau de prix.

— J'ai songé un instant à rechercher la personne qui l'avait gravé. Mais après tant d'années, c'est pratiquement impossible. Toutes les petites bijouteries des centres commerciaux exécutent ce genre de travail.

— Si je comprends bien, tu ne sais quoi faire de cette information concernant le pendentif ?

— En effet. J'étais si contente de voir confirmé mon souvenir de son existence que je n'y ai même pas réfléchi. Ce bijou est une arme à double tranchant, et devant un tribunal c'est Paulie qui en pâtirait. »

Je lui racontai alors ma rencontre avec Alfie et l'existence du plan.

« A l'époque, tout le monde ici a pensé que l'agression dont Mme Westerfield avait été victime était un coup monté par un proche, dit-elle d'un ton écœuré. Mme Dorothy Westerfield est une femme éminemment respectable, élégante, intelligente et très cultivée. Songer que son unique petit-fils ait pu préméditer son assassinat dépasse l'entendement. Il m'arrivait de la rencontrer en ville avec Rob avant qu'il ne soit arrêté. Il était aux petits soins pour elle. Tu lui aurais donné le bon Dieu sans confession.

— Cette histoire va bientôt se retrouver sur mon site, ainsi que le plan, si Alfie m'y autorise. Lorsque Mme Westerfield en prendra connaissance, peut-être sera-t-elle enfin convaincue. »

Lorsque j'en vins à la conduite de Will Nebels au restaurant, elle bondit d'indignation.

« Et tu dis qu'un tel individu pourrait être un témoin fiable dans un nouveau procès ?

— Pas nécessairement fiable, mais il pourrait néanmoins causer des dommages considérables en montant l'opinion publique contre Paulie. »

Sans écouter ses protestations, je débarrassai la table, m'armai d'un torchon et nettoyai la cuisine avec elle.

« Avez-vous l'intention de faire reconstruire le garage et de réaménager l'appartement ? » demandai-je.

Elle sourit.

« Ellie, je préfère que ma compagnie d'assurances ne m'entende pas, mais cet incendie a été une aubaine pour moi. J'étais bien assurée et je dispose maintenant d'un deuxième terrain constructible à l'endroit de l'annexe. Janey a envie de venir vivre ici. Elle aimerait que son enfant y grandisse. Si je leur fais cadeau du terrain, ils y feront bâtir une maison et j'aurai ma famille près de moi. »

Je ris.

« Dans ce cas, je me sens beaucoup moins coupable. » Je repliai le torchon. « Je vais vous quitter à présent. J'ai rendez-vous demain à l'Institution Carrington, dans le Maine. Je compte creuser un peu plus le glorieux passé de Rob Westerfield.

— Ellie, Janey et moi avons lu les journaux et les minutes du procès. C'est un rappel douloureux de l'épreuve que vous avez tous traversée. »

Mme Hilmer m'accompagna jusqu'à la penderie d'où elle décrocha ma veste de cuir. En l'enfilant, je m'aperçus que j'avais oublié de lui demander si le prénom de Phil évoquait quelque chose pour elle.

« Madame Hilmer, un jour où il était sous l'emprise de la drogue, en prison, Rob Westerfield aurait avoué avoir battu à mort un homme du nom de Phil. Avez-vous jamais connu ou entendu parler de quelqu'un portant ce nom, qui aurait disparu ou été victime d'un meurtre ?

— Phil ? répéta-t-elle en se concentrant. Il y a bien

eu Phil Oliver qui s'est disputé avec les Westerfield lorsqu'ils ont refusé de renouveler son bail. Mais il a déménagé.

— Savez-vous ce qu'il est devenu ?

— Non, mais je pourrais le savoir. Sa famille et lui avaient des amis proches dans les environs qui sont sans doute restés en contact avec lui.

— Pourriez-vous vous renseigner pour moi ?

— Naturellement. »

Elle ouvrit la porte, puis hésita.

« Il me semble avoir entendu ou lu quelque chose à propos de quelqu'un de jeune qui s'appelait Phil et qui est mort il y a quelque temps... J'ai oublié comment je l'ai appris, mais c'était une histoire très triste.

— Réfléchissez, madame Hilmer. C'est très important.

— Phil... Phil.... Vraiment, je ne me rappelle pas. »

Je dus me contenter de ce maigre renseignement. En quittant Mme Hilmer, je lui conseillai néanmoins de cesser d'y penser et de laisser son subconscient travailler.

J'allais bientôt coincer Rob Westerfield. J'en avais l'intuition.

La personne qui me suivait en voiture ce soir se montrait beaucoup plus discrète que ne l'avait été Teddy. Elle conduisait tous feux éteints. J'eus la confirmation de sa présence lorsque je dus m'arrêter pour laisser passer le flot de la circulation avant de m'engager dans l'allée de l'hôtel, la forçant à stopper derrière moi.

Je me retournai, essayai d'apercevoir le conducteur. La voiture était une berline de couleur sombre, et je savais que ce n'était pas Teddy qui se trouvait au volant.

Un autre véhicule arrivait en sens inverse dans l'allée, quittant l'hôtel, et ses phares éclairèrent comme en plein jour le visage que je cherchais à distinguer.

Ce soir c'était mon père qui voulait s'assurer que je rentrais sans encombre. Nos regards se croisèrent pendant une fraction de seconde, puis je tournai sur la gauche dans l'allée et il continua son chemin.

38

ALFIE me téléphona le lundi matin dès sept heures. « Toujours acheteuse ?

— Oui. Ma banque est l'Oldham-Hudson, dans Main Street. J'y serai à neuf heures, retrouvez-moi à neuf heures cinq dans le parking.

— O.K. »

Il arriva au moment où je sortais de la banque et se gara à côté de ma voiture. Personne ne pouvait nous voir depuis la rue.

Il abaissa sa vitre.

« Passez-moi le fric. »

Je lui tendis la liasse de billets.

Il les compta.

« C'est bon, dit-il. Voilà le plan. »

Je l'examinai soigneusement. A la lumière du jour, sachant que tout avait été manigancé par le petit-fils de la victime et que ledit petit-fils avait alors dix-sept ans, il me parut encore plus effrayant. Je me sentais prête à payer n'importe quelle somme pour obtenir d'Alfie l'autorisation de diffuser ce document sur mon site.

« Alfie, il y a prescription, vous le savez. Même si les flics étaient mis au courant, vous ne risqueriez rien. Mais si je diffuse ce plan sur mon site et raconte ce que vous m'avez appris, Mme Westerfield pourrait choisir de léguer sa fortune à des organismes de charité au lieu de la laisser à Rob. »

Je me tenais debout à côté de la camionnette. Il était assis à l'intérieur, une main posée sur le volant. Il était tel que la vie l'avait fait : un homme ayant toujours travaillé dur et à qui la chance n'avait pas souvent souri.

« Ecoutez, je préfère courir le risque que Westerfield s'en prenne à moi plutôt que de l'imaginer roulant sur l'or. Allez-y.

— Vous êtes sûr ?

— Certain. Ce sera une façon de venger Skip. »

Me souvenant des encombrements qui m'avaient retardée sur la route de Boston, j'avais prévu un délai confortable pour mon rendez-vous dans le Maine avec Jane Bostrom, la responsable des admissions à Carrington.

J'arrivai suffisamment en avance à Rockport pour avaler un croque-monsieur et boire un Coca dans une cafétéria à quelques centaines de mètres de l'école. Rassasiée, je me sentis prête à la confrontation.

L'accueil de Mme Bostrom fut cordial, mais réservé, et je compris qu'elle se montrerait peu coopérative et ne ferait aucun effort pour me communiquer les informations que j'espérais. Assise à sa table de travail, elle me désigna une chaise en face d'elle. Son bureau possédait un espace réservé aux visiteurs, meublé d'un canapé et de plusieurs fauteuils, mais elle ne m'invita pas à m'y installer avec elle.

Je ne m'attendais pas à la trouver aussi jeune, à peine trente-cinq ans, avec une chevelure sombre et de grands yeux gris au regard circonspect. Lors de notre brève conversation téléphonique, j'avais senti qu'elle était extrêmement fière de son école et ne laisserait pas une vulgaire journaliste dénigrer l'institution à cause d'un seul étudiant.

« Madame Bostrom, commençai-je, je préfère jouer cartes sur table. Rob Westerfield a passé deux années à Carrington. Il avait été renvoyé du précédent établissement après avoir agressé un autre étudiant. Il avait quatorze ans à l'époque où s'est produit cet incident.

« A l'âge de dix-sept ans, il a tenté de faire assassiner sa grand-mère. Blessée de trois coups de feu, elle a survécu par miracle. A dix-neuf ans, il a mis fin aux jours de ma sœur en lui fracassant le crâne. Il est possible qu'il ait fait une troisième victime, et c'est ce que je cherche à savoir. »

Je vis la consternation et le désarroi envahir son visage. Elle réfléchit un long moment avant de me répondre :

« Mademoiselle Cavanaugh, ces informations sur Rob Westerfield sont terribles, cependant une chose est claire : j'ai son dossier sous les yeux et il ne contient rien, absolument rien, qui puisse indiquer de graves troubles comportementaux pendant son séjour ici.

— Connaissant ses dispositions à la violence, j'ai du mal à croire qu'il ait pu passer deux ans sans commettre d'infraction majeure. Puis-je vous demander depuis combien de temps vous travaillez à Carrington, madame Bostrom ?

— Cinq ans.

— Dans ces conditions, les seules indications dont vous disposez sont contenues dans un dossier qui peut avoir été plus ou moins modifié.

— Je m'en tiens aux documents que j'ai devant moi.

— Puis-je encore vous demander si les Westerfield ont fait des donations importantes à Carrington ?

— A l'époque où Rob était chez nous, ils ont contribué à rénover le centre d'athlétisme.

— Je vois.

— J'ignore ce que vous voyez, mademoiselle Cavanaugh. Il faut que vous compreniez que beaucoup de nos pensionnaires ont souvent traversé des moments difficiles et ont besoin d'assistance et de soutien affectif. Ils ont parfois été l'enjeu de divorces douloureux. Quand ce n'est pas l'un ou l'autre de leurs parents qui a simplement disparu de leur vie. Vous seriez étonnée de constater à quel point un enfant peut perdre le sens de sa propre valeur. »

« Oh non ! je ne serais pas étonnée du tout, pensai-je. En fait, je suis la première à en être consciente. »

« Certains de nos élèves ont des relations conflictuelles avec leurs camarades ou leurs professeurs, voire avec les deux.

— C'était apparemment le problème de Rob Westerfield, dis-je. Malheureusement pour les autres, sa famille a toujours tenté d'étouffer les faits ou de le tirer d'affaire en payant.

— Sachez que notre institution suit des règles très strictes. Nous pensons que, pour résoudre un problème affectif, il est indispensable de développer la notion de valeur personnelle. Nous attendons de nos élèves qu'ils aient de bons résultats scolaires, pratiquent un sport, aient d'autres activités et adhèrent aux programmes d'intérêt général que propose l'école.

— Et Rob Westerfield a rempli tous ces critères à la satisfaction de l'institution ? »

J'aurais mieux fait de me mordre la langue. Jane Bostrom m'avait courtoisement accordé une interview et elle avait répondu à mes questions. Toutefois, il était clair que si Rob Westerfield avait eu des problèmes à l'intérieur de ces murs ils n'étaient pas mentionnés dans son dossier.

« Rob Westerfield a rempli ces critères pour notre plus grande satisfaction.

— Détenez-vous une liste des élèves qui se trouvaient ici en même temps que lui ?

— Naturellement.

— Puis-je la consulter ?

— Dans quel but ?

— Madame Bostrom, alors qu'il était sous l'emprise de la drogue, Rob Westerfield a déclaré à un de ses codétenus : "J'ai tabassé Phil à mort et j'ai trouvé ça jouissif." Etant donné qu'il avait agressé un autre élève dans son école précédente, il n'est pas impossible qu'il ait eu une altercation avec un certain Phil, ou Philip. »

L'inquiétude assombrit son regard tandis qu'elle mesurait peu à peu ce qu'impliquaient mes propos. Elle se leva.

« Mademoiselle Cavanaugh, le Pr Douglas Dittrick enseigne à Carrington depuis quarante ans. Je vais le prier de nous rejoindre. Je vais aussi demander la liste des pensionnaires qui séjournaient ici pendant cette période. Je crois préférable d'aller dans la salle de conférences. Nous y serons mieux pour étaler ces registres sur la table et les consulter. »

Le Pr Dittrick fit répondre qu'il était en train de donner un cours et nous rejoindrait dans une quinzaine de minutes.

« C'est un professeur merveilleux, me dit Jane Bostrom en ouvrant les registres. Je crois que si le toit s'écroulait il ne bougerait pas avant d'avoir terminé sa classe. »

Elle semblait maintenant plus à l'aise avec moi et désireuse de m'aider.

« Philip peut être un premier ou un second prénom, dit-elle. Beaucoup de nos élèves sont connus sous leur second prénom qu'ils ont hérité de leur père ou de leur grand-père. »

L'Institution comptait environ six cents élèves à l'époque où Rob Westerfield y faisait ses études. Il me suffit d'un coup d'œil pour constater que Philip n'était pas un prénom répandu. Les plus usuels, James, John, Mark, Michael, apparaissaient au contraire régulièrement sur les listes.

D'autres encore. Des William, Hugo, Charles, Richard, Henry...

Apparut enfin un Philip.

« En voici un ! m'exclamai-je. Il venait d'entrer en première au collège quand Westerfield était en terminale. »

Jane Bostrom se leva et vint regarder par-dessus mon épaule.

« Il fait partie du conseil d'administration aujourd'hui », dit-elle.

Je poursuivis ma recherche.

Le Pr Dittrick vint nous rejoindre, encore vêtu de sa robe de professeur.

« Qu'y a-t-il de si important, Jane ? » demanda-t-il.

Elle nous présenta et lui expliqua la situation. De taille moyenne, il avait approximativement soixante-dix ans, un visage d'intellectuel et une poignée de main énergique.

« Je me souviens de Westerfield, bien entendu. Il avait obtenu son diplôme deux ans à peine avant de tuer cette jeune fille.

— Cette jeune fille était la sœur de Mlle Cavanaugh, l'interrompit vivement Jane Bostrom.

— Je suis navré, mademoiselle. Ce fut une affreuse tragédie. Et, aujourd'hui, vous voulez savoir si nous avions un dénommé Phil parmi nos élèves à cette époque qui aurait été victime d'un meurtre ?

— C'est cela. Je conçois que cette question peut paraître extravagante, mais c'est une piste qu'il me faut explorer.

— Je comprends. » Il se tourna vers Jane Bostrom : « Jane, nous pourrions demander à Corinne de venir nous retrouver si elle est libre. Elle ne dirigeait pas encore le club de théâtre à cette époque, mais elle faisait partie du personnel. Demandez-lui d'apporter les programmes des représentations auxquelles a participé Westerfield. J'ai le vague souvenir qu'il y avait quelque chose de bizarre dans la façon dont son nom y était mentionné. »

Corinne Barsky arriva vingt minutes plus tard. Svelte et alerte, frisant la soixantaine, elle attirait tout de suite la sympathie, avec ses yeux noirs au regard vif et sa voix chaleureuse. Elle apportait les programmes requis.

Jusque-là nous avions repéré deux anciens élèves qui portaient Philip en premier prénom, et un autre pour lequel il s'agissait du second prénom.

Le premier de la liste, comme me l'avait dit Jane Bostrom, était actuellement l'un des administrateurs de l'école. Le Pr Dittrick se souvint que celui qui portait Philip en second prénom avait assisté au vingtième anniversaire de sa classe deux ans plus tôt.

Il n'en restait qu'un à vérifier. La secrétaire de Jane Bostrom consulta son ordinateur. Ledit Phil vivait à Portland, dans l'Oregon, et effectuait des versements annuels à l'association des anciens élèves. Le dernier datait de juin précédent.

« Je crains de vous avoir fait perdre votre temps, dis-je en m'excusant. Puis-je jeter un bref coup d'œil aux programmes de théâtre avant de vous débarrasser de ma présence ? »

Dans chacun d'eux, Rob Westerfield tenait le rôle masculin principal.

« Je me souviens de lui, me dit Corinne Barsky. Il

était naturellement excellent. Suffisant, arrogant à l'égard des autres élèves, mais bon acteur.

— Vous n'avez donc eu aucun problème avec lui ? demandai-je.

— Oh, je me rappelle une dispute avec le directeur. Il voulait garder ce qu'il appelait son nom de scène, au lieu du nom de son personnage dans la pièce. Le directeur avait refusé.

— Quel était son nom de scène ?

— Laissez-moi rassembler mes souvenirs.

— Corinne, n'y a-t-il pas eu une histoire à propos d'une perruque, ou d'un truc de ce genre ? interrogea le Pr Dittrick.

— Si. Rob Westerfield tenait à porter une perruque qu'il avait utilisée lors d'un spectacle donné dans son collège précédent. Le directeur n'a pas voulu. Pendant la représentation, il sortait de la loge avec cette perruque sur la tête et ne la troquait qu'au dernier moment contre celle qu'il devait porter. Je crois qu'il la portait également dans le campus. Il était sans cesse collé pour cette raison. »

Jane Bostrom me regarda.

« Ce n'est pas mentionné dans son dossier, dit-elle.

— Il a été expurgé, naturellement, dit le Pr Dittrick d'un ton impatient. Pourquoi croyez-vous que le centre sportif a été entièrement rénové à cette époque ? Il a suffi que le président Egan laisse entendre à M. Westerfield que son fils serait peut-être plus heureux dans un autre établissement. »

Jane Bostrom me lança un regard affolé. Je la rassurai :

« Ne vous inquiétez pas, ceci restera confidentiel. »

Je pris mon sac et en sortis mon portable.

« Je vais vous laisser à présent, leur dis-je, mais auparavant je dois passer un coup de téléphone. Je suis en contact avec Christopher Cassidy, qui a connu Westerfield au collège d'Arbinger. Plus précisément, c'est lui qui s'est fait agresser par Rob à l'époque. M. Cassidy m'a raconté que ce dernier utilisait parfois dans la vie courante son nom de théâtre. Il essaye de retrouver quel était ce fameux pseudonyme. »

Je composai le numéro.

« Cassidy Investment Firm », répondit la réceptionniste.

La chance me souriait. Christopher Cassidy venait de rentrer de voyage et je fus mise tout de suite en communication avec lui.

« J'ai vérifié ce que vous m'aviez demandé, dit-il d'un ton triomphant. J'ai retrouvé le nom du personnage dont il jouait le rôle, le nom qu'il aimait prendre. »

« Ça y est, je me souviens de ce nom ! » s'écria Corinne Barsky tout excitée au même moment.

Ils le prononcèrent ensemble, Cassidy au téléphone depuis Boston, elle à quelques pas de moi.

« C'est Jim Wilding. »

Jim ! C'était donc Rob qui avait dessiné le plan !

« Ellie, j'ai un appel sur une autre ligne, s'excusa Cassidy.

— Je vous en prie. Vous m'avez dit ce que je voulais savoir.

— Ce que vous avez écrit à mon propos est parfait. Publiez-le sur votre site. Je vous soutiendrai. »

Il raccrocha.

Corinne Barsky compulsait un des programmes.

« Voilà qui peut vous intéresser, mademoiselle Cavanaugh. Le directeur demandait à chaque membre de la troupe d'apposer sa signature sur le programme en face de son nom. »

Elle me tendit un programme, le doigt pointé sur une signature. Comme par défi, Rob Westerfield n'avait pas signé de son nom, mais : « Jim Wilding ».

Je restai à contempler ces deux mots pendant une longue minute.

« Pourrais-je avoir une copie de ce programme ? demandai-je. Et je vous en prie, prenez soin de l'original. A dire vrai, mieux vaudrait le conserver dans un coffre. »

Vingt minutes plus tard, assise dans ma voiture, je comparai la signature du plan et celle du programme. Bien que n'étant pas graphologue, il me parut évident que les deux « Jim » avaient été signés de la même main.

Je repris le long trajet de retour jusqu'à Oldham, me réjouissant à la pensée de les présenter côte à côte sur mon site.

Mme Dorothy Westerfield serait obligée d'affronter la réalité. Son petit-fils avait bel et bien eu l'intention de la tuer.

J'avoue que j'éprouvais une certaine satisfaction en songeant que, grâce à moi, des organismes de charité, fondations médicales, bibliothèques et universités allaient se trouver beaucoup, beaucoup plus riches.

39

C'EST la sonnerie de mon téléphone portable qui me réveilla le mardi matin. Tout en marmonnant un « Allô » ensommeillé, je consultai ma montre. Déjà neuf heures !

« Vous avez dû faire la fête, hier soir. »

C'était Pete.

« Voyons, dis-je. Autant que je m'en souvienne, j'ai roulé du Maine jusqu'au Massachusetts, et traversé l'Etat de New York. La soirée la plus excitante de ma vie.

— Peut-être êtes-vous trop fatiguée pour conduire jusqu'à Manhattan aujourd'hui.

— Peut-être essayez-vous plutôt de me dissuader de venir vous rendre visite, insinuai-je, tout à fait réveillée à présent et sentant la déception et la colère me gagner.

— Mon intention était de passer vous prendre à Oldham, et de trouver un endroit où nous pourrions dîner.

— Voilà qui est différent, dis-je, rassérénée. Je connais un très bon restaurant, à un quart d'heure de mon hôtel.

— Parfait. Indiquez-moi la route à prendre. »

Je lui donnai des instructions précises.

« Ellie, dit-il, vous êtes une des rares femmes que je connaisse qui sache décrire clairement un itinéraire. Est-ce moi qui vous l'ai appris ? Ne vous donnez pas la peine de répondre. Je serai là vers dix-neuf heures. »

Clic.

Je fis monter mon petit déjeuner dans ma chambre, pris une douche, me lavai les cheveux, téléphonai à un salon de beauté, et convins d'un rendez-vous à seize heures. Je m'étais cassé plusieurs ongles en tombant dans le parking et j'avais besoin d'une bonne manucure.

Je pris même le temps d'inspecter ma garde-robe succincte, finis par choisir le tailleur-pantalon couleur feuille-morte avec col et poignets en astrakan. Je l'avais acheté sur un coup de cœur en fin de saison l'année passée, et n'avais pas encore eu l'occasion de le porter.

J'avais envie de paraître à mon avantage devant Pete.

En vérité, la perspective de passer une soirée agréable était une source de réconfort. Je savais que la tâche qui m'attendait au préalable serait très éprouvante. Je devais relater le récit d'Alfie concernant le cambriolage et établir le lien entre la signature du plan par un certain Jim et l'utilisation que Rob Westerfield avait faite de ce même prénom quand il faisait du théâtre.

Une épreuve émotionnelle. Car il était malheureusement certain que si Westerfield avait été condamné pour ce délit Andrea ne l'aurait pas connu et ne serait pas morte.

Il se serait retrouvé en prison. Elle aurait grandi, serait allée à l'université et, comme Joan, se serait probablement mariée et aurait eu des enfants. Ma mère et mon père habiteraient toujours notre jolie ferme. Papa aurait fini par aimer cette maison et comprendre qu'ils avaient fait une excellente affaire.

Quant à moi, j'aurais grandi dans une famille heureuse. Mon choix d'étudier le journalisme n'ayant aucun rapport avec la mort d'Andrea, j'aurais sans doute exercé le même métier, une profession qui m'avait toujours attirée. Je ne serais sans doute pas mariée. J'ai toujours voulu m'affirmer professionnellement avant de m'engager.

Si Rob avait été condamné, je n'aurais pas passé ma vie à pleurer ma sœur.

Et aujourd'hui, même si je parvenais à convaincre la grand-mère de Rob et le reste du monde de sa culpabilité, il s'en tirerait de toute manière... dans ce cas il y avait prescription.

Même si la vieille dame modifiait son testament, le père de Rob était lui aussi suffisamment fortuné pour que son fils continue à mener une existence confortable.

Et s'il y avait un second procès, l'histoire de ce menteur de Will Nebels pourrait jeter parmi les jurés un doute suffisant pour que Westerfield soit acquitté.

Et il sortirait complètement blanchi.

« J'ai tabassé Phil à mort et j'ai trouvé ça jouissif. »

Il n'y avait qu'une façon de renvoyer Rob Westerfield derrière les barreaux, c'était de trouver qui était Phil, son autre victime. Heureusement, la prescription ne s'appliquait pas aux homicides.

A quinze heures trente, j'étais prête à transférer sur mon site tout ce que je venais d'écrire : le récit de Christopher Cassidy concernant son agression, l'obstination de Rob à vouloir qu'on l'appelle Jim, même en dehors de la scène, et le rôle qu'il avait joué dans la tentative de meurtre de sa grand-mère.

J'ajoutai que William Hamilton, Esquire, l'avocat commis d'office, avait détruit le plan original, preuve de la culpabilité de Westerfield. Je terminai en insérant les reproductions du plan et du programme de théâtre. Sur l'écran, la similitude entre les deux signatures était frappante.

Je jetai un dernier regard satisfait à l'ensemble, appuyai sur la touche « Envoi » de l'ordinateur et, l'instant d'après, mon récit figurait sur l'Internet.

40

Il était seize heures quarante-cinq lorsque je regagnai mon hôtel. L'industrie des cosmétiques ferait rapidement faillite si elle devait compter sur des clientes telles que moi. Mes quelques produits de maquillage avaient disparu dans l'incendie. J'avais bien acheté un boîtier de poudre compacte et un tube de rouge à lèvres depuis, pourtant me réapprovisionner en mascara et fard à joues n'aurait pas été du luxe.

Dormir jusqu'à neuf heures n'avait pas suffi à réparer ma fatigue et je voulais faire une sieste avant de m'habiller pour mon rendez-vous avec Pete.

Eprouvait-on ce sentiment avant de franchir la ligne d'arrivée ? Celui du coureur de marathon qui sait que la victoire est proche. On dit que, pendant quelques secondes, l'athlète ralentit, rassemble ses forces, puis se lance dans le sprint final.

C'était exactement ce que je ressentais. J'avais envoyé Rob Westerfield dans les cordes et j'étais convaincue que j'allais bientôt apprendre la vérité sur son agression contre Phil et l'endroit où elle avait eu lieu. Dans ce cas, il était bon pour retourner à Sing-Sing.

« J'ai tabassé Phil à mort et j'ai trouvé ça jouissif. »

Alors, une fois qu'il aurait été traduit devant les assises, quand le Comité pour la justice en faveur de Rob aurait été dissous et serait retombé dans l'oubli, alors, et seulement alors, je pourrais m'avancer timidement vers l'avenir.

Ce soir j'avais un rendez-vous qui me tenait à cœur. Où cela me mènerait-il ? Je l'ignorais et ne regardais pas si loin. Mais, pour la première fois de ma vie, je commençais à m'intéresser au lendemain, ma dette envers le passé était presque acquittée. Un sentiment d'espoir m'habitait.

Je franchis la porte de l'hôtel et me trouvai nez à nez avec mon demi-frère, Teddy.

Il ne souriait pas cette fois. Il paraissait embarrassé mais déterminé, et me salua d'un ton abrupt :

« Ellie, j'ai à te parler.

— J'ai proposé à votre frère de patienter dans le jardin d'hiver, mais il craignait de vous rater », dit Mme Willis.

C'est plutôt moi qui l'aurais raté, pensai-je. J'aurais filé en douce dans ma chambre si j'avais su qu'il m'attendait.

Peu désireuse qu'elle entende ce qu'il avait à me dire, je le précédai dans la petite véranda. Il referma la porte et nous nous regardâmes.

« Teddy, commençai-je, écoute-moi. Je sais que tes intentions sont bonnes. Tout comme celles de ton père. Mais vous ne pouvez pas continuer à me suivre ainsi. Je ne risque rien et je peux parfaitement me débrouiller toute seule.

— Non, tu ne le peux pas ! »

Ses yeux brillaient et il ressembla soudain tellement à mon père que je fus brusquement ramenée des années en arrière, au jour où il avait interdit à Andrea de voir Rob Westerfield.

« Ellie, nous avons lu ce que tu as mis sur ton site cet après-midi. Papa est mort d'inquiétude. Il dit que les Westerfield vont être obligés de t'empêcher de continuer, et qu'ils le feront. Il dit que tu es devenue une véritable menace pour eux, et que tu cours un sérieux danger. Ellie, tu ne peux pas prendre un tel risque. Tu ne peux pas nous faire ça, à papa et à moi. »

Il était tellement bouleversé, tellement véhément que j'eus pitié de lui. Je posai ma main sur son bras.

« Teddy, je ne veux pas vous inquiéter, toi et ton père. Je fais ce que j'ai à faire. Je ne sais comment le formuler, mais je t'en prie, laisse-moi tranquille. Tu t'es passé de moi jusqu'à aujourd'hui, et ton père m'a abandonnée quand j'étais petite. Pourquoi tant d'histoires ? J'ai essayé de te l'expliquer l'autre jour : tu ne me connais pas. Tu n'as aucune raison de te faire du souci pour moi. Tu es un gentil garçon, mais restons-en là.

— Je ne suis pas seulement un gentil garçon. Je suis ton frère. Que cela te plaise ou non, c'est comme ça. Et arrête de dire "ton père". Tu penses tout savoir, Ellie, mais tu te trompes. Papa n'a jamais cessé d'être ton père. Il m'a toujours parlé de toi, et il a toujours voulu avoir de tes nouvelles. Il m'a raconté que tu étais une enfant merveilleuse. Tu l'ignores, mais il a assisté à la remise de ton diplôme quand tu es sortie de l'université, il est resté assis incognito au milieu de l'assistance. Il a pris un abonnement à l'*Atlanta News* lorsque tu as commencé à y travailler, il lisait chacun de tes articles. Alors, cesse de raconter qu'il n'est pas ton père. »

C'était exactement ce que je ne voulais pas entendre. Je secouai la tête.

« Teddy, tu ne comprends pas. Quand ma mère et moi sommes parties en Floride, il n'a rien fait pour nous retenir.

— Il m'a dit que tu t'étais mis ça en tête, mais ce n'était pas vrai. Il ne voulait pas vous laisser partir. Il a tout fait pour que vous reveniez. Les rares fois où tu es venue le voir après que ta mère et lui se sont séparés, tu ne lui as presque pas adressé la parole. Que pouvait-il faire ? Ta mère lui a dit qu'ils ne pouvaient plus vivre sous le même toit après un tel chagrin, qu'elle voulait se souvenir uniquement des moments heureux et recommencer une nouvelle vie. Et elle l'a fait.

— Comment sais-tu tout cela ?

— Parce que je le lui ai demandé. Parce que j'ai cru qu'il allait avoir une attaque cardiaque quand il a vu les dernières entrées sur ton site. Il a soixante-sept ans, Ellie, et il souffre d'hypertension.

— Est-il au courant de ta démarche auprès de moi ?

— Je lui ai dit que je venais te voir. Je suis ici pour te supplier de venir habiter à la maison. Si tu refuses, il faut au moins que tu partes d'ici, que tu ailles t'installer dans un endroit sûr, où personne ne te connaîtra. »

Il semblait si sincèrement inquiet que j'eus envie de passer mon bras autour de ses épaules.

« Teddy, il y a des choses que tu ne comprends pas. Je savais qu'Andrea allait sans doute retrouver Rob Westerfield ce soir-là et je me suis tue. Je me le reprocherai toute ma vie. Et maintenant, le jour où Westerfield comparaîtra de nouveau devant la justice, il va chercher à convaincre tout le monde que c'est Paulie Stroebel qui a tué Andrea. Je n'ai pas réussi à sauver ma sœur, je dois tenter de sauver Paulie.

— Papa m'a dit que c'était *sa* faute si Andrea était morte. Il était rentré tard à la maison. Un de ses collègues venait de se fiancer et il était allé boire une bière avec lui pour fêter l'événement. Il commençait à avoir des soupçons et s'inquiétait qu'Andrea rencontre Westerfield en cachette. Il m'a dit que s'il était rentré plus tôt il ne lui aurait jamais permis d'aller chez Joan ce soir-là, et qu'au lieu d'aller dans cette maudite cachette elle serait restée à la maison, en sécurité. »

Il était sincère. Ma mémoire était-elle à ce point infidèle ? Pas tout à fait. Les choses n'étaient pas aussi simples. Mais le sentiment de culpabilité qui m'habitait – *si seulement Ellie...* – masquait-il une partie de la réalité ? Ma mère avait laissé sortir Andrea alors qu'il faisait déjà nuit. Mon père la soupçonnait de continuer à voir Rob, mais ne l'avait pas encore prise sur le fait. Elle avait insisté pour s'installer dans ce qui était alors une petite agglomération rurale. Il s'était peut-être montré trop sévère avec Andrea, son désir de la protéger avait peut-être amené ma sœur à se rebeller. J'étais sa confidente, celle qui était au courant de ses rendez-vous secrets.

Avions-nous, tous les trois, *choisi* de nous enfermer dans le chagrin et la culpabilité ? Aurions-nous pu faire un autre *choix* ?

« Ellie, ma mère est quelqu'un de très gentil. Elle était veuve quand elle a rencontré papa. Elle a connu la douleur de perdre un être cher. Elle voudrait te rencontrer. Elle te plairait.

— Je te promets de venir faire sa connaissance un jour.

— *Bientôt.*

— Lorsque je serai parvenue au bout de tout ça. Ce qui ne devrait pas tarder.

— Tu parleras à papa ? Tu lui laisseras une chance ?

— Une fois que tout sera fini, nous déjeunerons ou dînerons ensemble. Promis. Ecoute, j'ai rendez-vous ce soir avec Pete Lawlor, quelqu'un avec qui j'ai travaillé à Atlanta. Je ne veux pas que vous me suiviez. Il viendra me prendre ici en voiture et me raccompagnera.

— Papa sera soulagé.

— Teddy, il faut que je monte dans ma chambre à présent, prétextai-je. J'ai des coups de téléphone à donner avant de sortir.

— Il me reste une seule chose à te dire. Un jour papa m'a déclaré : “J'ai perdu une petite fille. Je ne supporterai pas de perdre l'autre.” »

41

Si j'avais espéré qu'un brin de romantisme marquerait notre rencontre, je redescendis vite sur terre. L'accueil de Pete se limita à cette remarque : « Vous avez l'air en pleine forme », accompagnée d'un rapide baiser sur la joue.

« Et vous, vous êtes d'un chic ! On dirait que vous venez de gagner un quart d'heure d'achats illimités chez Bloomingdale, répliquai-je.

— Vingt minutes, corrigea-t-il. Je meurs de faim. Et vous ? »

J'avais réservé chez Cathryn.

« Avant tout, j'ai quelque chose à vous demander, dis-je pendant le trajet.

— N'hésitez pas.

— Ce soir, je n'ai pas envie de m'étendre sur mes faits et gestes des dernières semaines. Puisque vous consultez mon site, vous savez de quoi il retourne. J'ai besoin de me libérer l'esprit pendant quelques heures. Je préfère que nous parlions de *vous*. Dites-moi ce que vous avez fait depuis mon départ d'Atlanta. Donnez-moi des détails sur vos divers entretiens. Qu'est-ce qui vous plaît dans votre nouveau job ? Vous pouvez même me raconter comment vous avez choisi cette belle cravate rouge flambant neuve. »

Pete a une façon particulière de hausser un sourcil.

« Vous parlez sérieusement ?

— Très sérieusement.

— Dès l'instant où je l'ai vue, j'ai su qu'il me la fallait.

— Très bien. Je veux en savoir davantage. »

Une fois installés à notre table, nous consultâmes le menu. Saumon fumé et pâtes aux fruits de mer, le tout accompagné d'une bouteille de pinot Grigio.

« C'est pratique d'avoir les mêmes goûts, fit Pete. Cela facilite le choix du vin.

— La dernière fois que je suis venue dans ce restaurant, j'ai choisi le carré d'agneau », fis-je remarquer.

Il me lança un regard perplexe.

« J'aime vous taquiner, avouai-je.

— C'est ce que je vois. »

Il se confia à moi pendant le dîner :

« Ellie, je savais que le journal allait changer de mains. Il en est toujours ainsi dans une affaire familiale dès que la nouvelle génération prend le pouvoir. Franchement, je n'avais plus envie de rester. Dans cette profession, à moins d'avoir des raisons particulières de demeurer dans un journal, il faut saisir les occasions au moment où elles se présentent.

— Dans ce cas, pourquoi n'êtes-vous pas parti plus tôt ? »

Il me lança un regard énigmatique.

« Laissons cela de côté. Mais quand il a fallu me décider, j'avais une alternative : soit travailler dans un journal de premier plan, comme le *Los Angeles Times*, le *Chicago Tribune* ou le *Houston Chronicle*, soit tenter quelque chose de radicalement différent. J'aurais pu continuer dans la presse, mais le "quelque chose de différent" m'a été proposé, et j'ai sauté le pas.

— Une nouvelle chaîne d'information.

— Oui. Ce sont les tout débuts. Il y a un risque naturellement, mais des investisseurs sérieux sont décidés à en assurer le succès.

— Vous m'avez dit qu'il vous faudra beaucoup voyager.

— Par "beaucoup", j'entends le genre de voyages que font les responsables d'émissions quand ils couvrent un sujet important.

— Ne me dites pas que vous allez être présentateur du journal télévisé !

— Le mot est trop pompeux à mon goût. Je fais

partie de la rédaction de l'information. De nos jours, elle doit être courte, concentrée et musclée. Ça marchera ou pas. On verra. »

Pete était intelligent, efficace, rapide.

« Vous serez parfait pour ce job, dis-je.

— Il y a quelque chose d'émouvant dans votre façon de me couvrir de compliments, Ellie. N'en faites pas trop. Cela pourrait me monter à la tête. »

J'ignorai sa remarque.

« Vous allez donc être basé à New York et vous y installer ?

— J'ai déjà trouvé un appartement dans SoHo. Pas grand, mais c'est un début.

— C'est un véritable changement pour vous, non ? Toute votre famille réside à Atlanta.

— Mes grands-parents étaient new-yorkais. J'allais fréquemment leur rendre visite quand j'étais gosse.

— Ah. »

Nous attendîmes en silence pendant qu'on débarrassait la table, puis commandâmes deux expressos.

« Bon, Ellie, dit alors Pete. J'ai joué le jeu suivant vos règles. Maintenant, à mon tour. Je veux que vous me racontiez dans quoi vous vous êtes fourrée, je tiens à tout savoir. Absolument tout. »

J'étais prête à en parler maintenant, et je lui fis un récit complet des événements, y compris la visite de Teddy. Quand j'eus fini, Pete dit :

« Votre père a raison. Le mieux serait d'aller loger chez lui. En tout cas, il ne faut plus qu'on vous voie à Oldham.

— J'admets qu'il a raison sur ce dernier point.

— Je dois être à Chicago demain matin pour une réunion avec le conseil de Packard Cable. Je serai absent jusqu'à samedi. Ellie, je vous en prie, venez à New York, installez-vous dans mon appartement. Rien ne vous empêchera de rester en contact avec Marcus Longo, Mme Hilmer et Mme Stroebel, ni de continuer à alimenter votre site Internet. Mais vous serez en sécurité. Qu'en pensez-vous ? »

Sa proposition me parut raisonnable.

« Pendant quelques jours, pas plus. Jusqu'à ce que je sache où aller. »

De retour à l'hôtel, Pete laissa sa voiture dans l'allée et m'accompagna dans le hall. Le réceptionniste de nuit était à sa place derrière le bureau.

« Quelqu'un a-t-il demandé Mlle Cavanaugh ? interrogea Pete.

— Non, monsieur.

— Pas de messages ?

— M. Longo et Mme Hilmer.

— Merci. »

Au pied de l'escalier, il posa ses mains sur mes épaules.

« Ellie, je sais que vous devez aller jusqu'au bout de cette histoire, et j'ai respecté votre intention. Mais vous ne pouvez plus continuer seule. Vous avez besoin de nous.

— Nous ?

— Votre père, Teddy, moi.

— Vous avez été en contact avec mon père, n'est-ce pas ? »

Il me tapota la joue.

« Bien sûr. »

42

Je rêvai cette nuit-là. C'était un rêve peuplé d'images angoissantes. Andrea se faufilait à travers bois. Je voulais l'appeler, l'obliger à revenir, mais je n'arrivais pas à me faire entendre. Désespérée, je la regardais passer en courant devant la maison de la vieille Mme Westerfield et entrer dans le garage. J'essayais de crier pour l'avertir, mais Rob Westerfield apparaissait et me faisait signe de m'éloigner.

Le faible son de ma voix s'efforçant d'appeler au secours me réveilla. L'aube pointait, une nouvelle journée de novembre, grise et froide, s'annonçait. Enfant, je n'aimais pas les quinze premiers jours de novembre, ils me semblaient interminables et sinistres, et j'attendais avec impatience la quatrième semaine du mois, l'atmosphère de fête de Thanksgiving. Après la mort d'Andrea, j'associai à jamais ces semaines aux souvenirs de nos dernières journées passées ensemble. Demain serait l'anniversaire de sa mort.

Telles étaient les pensées qui m'occupaient l'esprit, tandis que j'étais étendue dans mon lit, souhaitant me rendormir pendant une ou deux heures. Je n'avais aucun mal à analyser mon rêve. Cet anniversaire m'obsédait, et aussi le fait de savoir, consciemment ou non, que Rob Westerfield allait réagir aux informations publiées sur mon site.

Je savais aussi qu'il me fallait être extrêmement prudente.

A sept heures, je demandai qu'on me monte mon petit déjeuner et me plongeai dans la rédaction de mon livre. A neuf heures, je pris une douche, m'habillai et rappelai Mme Hilmer.

J'espérais sans trop y croire qu'elle allait m'annoncer

pourquoi le prénom de « Phil » lui avait paru familier. Mais en lui posant la question, il me parut improbable qu'elle puisse se souvenir de quelque chose ayant le moindre lien avec les vantardises de Rob Westerfield.

« Ellie, je n'ai cessé de penser à ce prénom, soupira-t-elle. Je t'ai appelée hier soir après m'être entretenue avec mon amie qui connaît Phil Oliver. Je t'ai parlé de lui. C'est cet homme dont le bail n'avait pas été renouvelé par le père de Rob Westerfield et qui avait eu une explication particulièrement vive avec lui. Mon amie m'a dit qu'il habite aujourd'hui en Floride, qu'il s'y plaît, mais n'a jamais oublié la façon dont il a été traité. Il consulte ton site. Si tu désires en créer un autre consacré au père de Rob, il t'aidera volontiers à expliquer à la terre entière de quel genre de bonhomme il s'agit. »

« Intéressant, me dis-je, bien que ce genre d'information ne me soit pas d'une grande aide pour l'instant. »

« Ellie, je suis sûre d'une chose : c'est récemment que j'ai entendu ou lu ce prénom quelque part. Et, comme je te l'ai dit l'autre jour, c'était une nouvelle qui m'a rendue triste.

— Triste ?

— Tout ça n'a pas grand sens, je sais, mais je ne renonce pas. Je t'appellerai dès que j'aurai retrouvé ce souvenir. »

Mme Hilmer m'avait appelée sur le téléphone de l'hôtel. Je préférais, pour l'instant, ne pas lui dire que j'allais quitter Oldham et m'installer chez Pete à New York.

« Vous avez mon numéro de portable, je crois ?

— Oui, tu me l'as donné.

— Je vais être obligée de m'absenter de temps en temps. Pouvez-vous m'appeler à ce numéro si la mémoire vous revient ?

— Bien sûr. »

Sur ma liste venait ensuite Marcus Longo. Son ton me parut hésitant lorsqu'il me répondit.

« Ellie, ce que vous avez inscrit sur votre site hier peut vous valoir des poursuites de la part des Westerfield et de leur avocat, William Hamilton, des poursuites dont les conséquences pourraient être extrêmement lourdes.

— Très bien. Qu'ils m'attaquent. J'ai hâte de pouvoir faire ma déposition.

— Ellie, avoir raison n'est pas toujours la meilleure défense sur le plan juridique. La loi est parfois pleine de pièges. Le plan que vous produisez comme preuve de la participation de Westerfield à la tentative de meurtre de sa grand-mère provient d'un individu dont le frère était un assassin en puissance. Et lui-même admet qu'il conduisait la voiture leur ayant servi à prendre la fuite. Pas vraiment l'archétype du témoin fiable. Combien l'avez-vous payé en échange de cette information ?

— Mille dollars.

— Vous rendez-vous compte de l'effet que cela produirait devant le tribunal ? Laissez-moi vous expliquer. Vous brandissez une pancarte à la sortie de Sing-Sing. Vous lancez un appel sur votre site Internet. Ce qui revient à dire : "Quiconque serait au courant d'un crime commis par Rob Westerfield peut facilement gagner de l'argent." Ce type est peut-être un menteur invétéré.

— Pensez-vous qu'il le soit ?

— Ce que je pense importe peu.

— Détrompez-vous, Marcus. Croyez-vous que Rob Westerfield ait été l'instigateur de cette tentative de meurtre ?

— Oui. Et je l'ai toujours cru. Cela ne change rien aux millions de dollars de dommages et intérêts que l'on risque de vous réclamer.

— Qu'ils me poursuivent. J'espère bien qu'ils le

feront. J'ai environ deux mille dollars en banque, une voiture dont le réservoir est plein de sable et à laquelle il faudra sans doute un moteur neuf, et je gagnerai peut-être trois sous avec mon livre. Qu'ils essayent de mettre la main dessus, ils seront les bienvenus.

— C'est votre affaire, Ellie.

— Je dois vous annoncer deux choses, Marcus. Je quitte l'hôtel dès aujourd'hui, je vais habiter dans l'appartement d'un ami.

— Pas dans le coin, j'espère.

— Non, à Manhattan.

— Vous m'en voyez sincèrement soulagé. Votre père est-il au courant ? »

S'il ne l'est pas, je parie que vous allez le lui annoncer, pensai-je. Je me demandai combien de mes amis à Oldham étaient en relation avec mon père.

« Je n'en sais rien. »

J'étais sincère. Pete l'avait peut-être appelé hier soir, sitôt après m'avoir quittée.

J'allais demander à Marcus s'il avait avancé dans ses recherches concernant un meurtre dont aurait été victime un dénommé Phil, mais il me devança :

« Jusqu'ici zéro, *nada*, le vide, rien qui puisse impliquer Westerfield dans un autre crime, dit-il. Mais je n'ai pas dit mon dernier mot. Et il y a aussi ce nom que Rob aimait utiliser à l'école.

— Jim Wilding ?

— C'est ça. »

Nous décidâmes de rester en contact.

Je n'avais pas parlé à Mme Stroebel depuis le dimanche après-midi. J'appelai à l'hôpital, espérant apprendre que Paulie était rentré chez lui, mais il était encore là.

Mme Stroebel se trouvait auprès de lui.

« Il va beaucoup mieux. Je viens le voir tous les matins avant d'aller au magasin, puis je reviens vers midi. Heureusement, je peux compter sur Greta. Vous l'avez rencontrée le jour où Paulie a été hospitalisé. Elle s'occupe de tout à la *delicatessen.*

— Quand Paulie sortira-t-il ?

— Sans doute demain, mais il aimerait vous revoir. Vous lui avez dit quelque chose l'autre jour qui ne cesse de le tracasser. Il a oublié de quoi il s'agissait exactement et aimerait en discuter avec vous. »

L'angoisse me saisit. Quelque chose que j'avais dit ? Mon Dieu, Paulie recommençait-il à divaguer, ou se préparait-il à rectifier une information qu'il m'avait donnée ? Je me félicitai d'avoir tardé à mettre sur mon site ses confidences concernant le pendentif et Rob Westerfield.

Je proposai de passer le voir tout de suite.

« Venez plutôt vers une heure. Je serai présente et je pense qu'il sera plus à l'aise ainsi. »

Plus à l'aise, pensai-je, ou peut-être préférez-vous vous assurer qu'il ne dise rien qui puisse se retourner contre lui ? Non, c'était peu vraisemblable.

« Je serai là, madame Stroebel. Si j'arrive avant vous, j'attendrai pour lui parler.

— Merci, Ellie. »

Elle paraissait si sincère que j'eus honte de m'être méfiée d'elle. C'était elle qui avait fait appel à moi, et elle partageait sa vie désormais entre la *delicatessen* et les visites à son fils.

Je continuai à travailler pendant deux heures, puis consultai le site Internet de Rob Westerfield. Y figurait encore la photo me montrant attachée sur le lit d'hôpital, et de nouveaux noms s'ajoutaient à la liste des membres du Comité pour la justice en faveur de Rob, mais rien qui vienne réfuter mon récit sur sa participation à la tentative de meurtre de sa grand-mère.

Sans doute un signe de trouble dans le camp adverse, qui se demandait comment contre-attaquer.

A onze heures, le téléphone sonna. C'était Joan.

« Veux-tu manger un morceau avec moi à une heure ? demanda-t-elle. J'ai des courses à faire et je me suis rendu compte que je passais devant ton hôtel.

— Je ne peux pas. J'ai promis d'aller voir Paulie à l'hôpital à cette heure-là. » J'hésitai à poursuivre. « Joan...

— Qu'y a-t-il ? Un problème ?

— Non. Tout va bien. Tu m'as bien dit que tu avais une copie de l'avis de décès que mon père avait fait paraître dans le journal à la mort de ma mère ?

— Oui. Je t'ai même proposé de te la montrer.

— Peux-tu la retrouver facilement ?

— Bien sûr.

— Dans ce cas, en passant devant l'hôtel, tu pourrais peut-être la déposer à la réception ? J'aimerais la voir.

— C'est comme si c'était fait. »

Lorsque j'arrivai à l'hôpital, il régnait une agitation inhabituelle dans le hall d'entrée. J'aperçus un groupe de journalistes et de cameramen rassemblés au fond de la salle et je leur tournai instantanément le dos.

La femme qui faisait la queue à côté de moi pour obtenir un badge de visiteur me mit au courant. Mme Dorothy Westerfield venait d'être transportée au service de réanimation, victime d'une crise cardiaque.

Son avocat avait publié un communiqué, destiné aux médias, selon lequel, pour honorer la mémoire de feu son mari, le sénateur Pearson Westerfield, elle avait modifié son testament et léguait toute sa fortune à une fondation charitable qui aurait la charge de la distribuer au cours des dix années à venir.

Le communiqué précisait que les seules exceptions étaient des legs peu importants à son fils, à quelques amis et à ses domestiques. Son petit-fils héritait de un dollar.

« Elle s'est montrée drôlement maligne, me confia la femme. J'ai entendu ce que disaient certains journalistes. Outre ses avocats, elle avait auprès d'elle son pasteur, un juge de ses amis et un psychiatre pour témoigner qu'elle était saine d'esprit et savait exactement ce qu'elle faisait. »

Je suis sûre que ma bavarde de voisine ignorait qu'elle s'adressait à la personne dont le site avait probablement déclenché à la fois la modification du testament et la crise cardiaque. J'avais remporté une victoire à la Pyrrhus. Je revoyais cette grande dame élégante et distinguée nous offrant ses condoléances le jour des funérailles d'Andrea.

Je me réfugiai dans l'ascenseur avant qu'un journaliste ne me reconnaisse et fasse le rapport entre moi et la nouvelle qu'ils venaient d'apprendre.

Mme Stroebel m'attendait dans le couloir. Nous entrâmes ensemble dans la chambre de Paulie. Ses bandages étaient moins volumineux. Son regard était plus clair et son sourire joyeux.

« Ellie, dit-il. Je peux avoir confiance en vous, n'est-ce pas ?

— Bien sûr.

— Je veux rentrer à la maison. J'en ai assez d'être ici.

— C'est bon signe, Paulie.

— Je voudrais recommencer à travailler. Y avait-il du monde pour déjeuner à l'heure où tu es partie, maman ?

— Pas mal, répondit-elle doucement d'un air satisfait.

— Tu ne devrais pas passer autant de temps ici.

— Ce sera bientôt inutile, Paulie. Tu vas rentrer à la maison et pouvoir retourner à la *delicatessen.* » Elle tourna la tête vers moi. « Nous avons une petite pièce à l'arrière de la boutique. Greta y a installé un divan et une télévision. Paulie pourra rester avec nous, s'occuper à sa guise et se reposer entre-temps.

— Cela semble parfait, approuvai-je.

— Maintenant, Paulie, explique ce qui te tracasse à propos du pendentif que tu as trouvé dans la voiture de Rob Westerfield », l'encouragea sa mère.

Je ne savais pas à quoi m'attendre.

« J'ai trouvé le pendentif et l'ai remis à Rob, murmura Paulie. Je vous l'ai dit, Ellie.

— Oui.

— La chaîne était cassée.

— Tu me l'as dit également.

— Rob m'a donné dix dollars de pourboire et je les ai mis de côté pour l'anniversaire de maman.

— Je le sais aussi, Paulie. C'était en mai, six mois avant la mort d'Andrea.

— Oui. Et le pendentif était en forme de cœur, en or avec trois jolies pierres bleues au centre.

— C'est ça, dis-je, en espérant l'encourager à continuer.

— J'ai vu Andrea le porter à son cou et je l'ai suivie jusqu'au garage, puis j'ai vu Rob qui arrivait derrière elle. Plus tard, j'ai dit à Andrea que son père serait fâché, et je lui ai demandé de venir à la fête avec moi.

— C'est exactement ce que tu m'as déjà raconté, Paulie. C'est bien comme ça que les choses se sont passées, n'est-ce pas ?

— Oui, pourtant il y a quelque chose qui ne colle pas. *Vous* avez dit quelque chose, Ellie, qui ne colle pas.

— Laisse-moi réfléchir. » Je m'efforçai de reconstituer notre conversation précédente. « J'ai dit aussi que Rob n'avait même pas été capable d'acheter un pendentif neuf à Andrea. Il avait fait graver les initiales de leurs noms, Rob et Andrea, sur ce bijou qu'une autre fille avait sans doute laissé tomber dans la voiture. »

Paulie sourit.

« C'est ça, Ellie. C'est ce que je cherchais à me rappeler. Rob n'y a pas fait graver les initiales. Elles y étaient déjà quand je l'ai trouvé.

— Voyons, Paulie, c'est impossible. Je sais qu'Andrea n'a fait la connaissance de Rob qu'en octobre. Et tu as trouvé le pendentif en mai. »

Il prit un air buté.

« Ellie, je m'en souviens. J'en suis sûr. Je les ai vues. Les initiales étaient déjà gravées. Ce n'était pas un R et un A. C'était un A et un R. A. R., avec un très joli monogramme. »

43

JE quittai l'hôpital avec l'impression que les événements s'accéléraient, échappant à tout contrôle. L'histoire d'Alfie et le plan que j'avais mis sur mon site avaient eu l'effet désiré : Rob Westerfield était déshérité. Une telle décision de la part de Mme Westerfield signifiait clairement : « Je crois que mon petit-fils a tenté de me faire assassiner. »

C'était cette soudaine prise de conscience et le choix douloureux qu'elle avait dû faire qui avaient sans aucun doute provoqué sa crise cardiaque. A quatre-vingt-douze ans, elle avait peu de chances d'en réchapper.

Je me rappelai avec quelle dignité tranquille elle était sortie de notre maison après que mon père lui eut ordonné de partir. Il avait été le premier à mettre en cause publiquement son petit-fils. Vraiment le premier ? Arbinger était le collège où son mari, le sénateur, avait fait ses études. Il paraissait improbable qu'elle ait pu ignorer le motif du départ de Rob.

Le fait qu'elle ait modifié son testament et pris des dispositions particulières pour que personne ne puisse le contester sur le plan juridique signifiait, selon moi, que non seulement elle croyait qu'il avait tenté de la faire assassiner, mais qu'elle était peut-être convaincue de sa responsabilité dans la mort d'Andrea.

Ce qui me ramenait tout naturellement au pendentif.

Les initiales A et R y étaient déjà gravées avant que Rob n'ait rencontré Andrea.

Ce que je venais d'apprendre était tellement incroyable, tellement loin de tout ce que j'avais imaginé que je mis quelques minutes à le digérer après avoir quitté Paulie, me demandant ce que j'allais en faire.

Le matin gris avait cédé la place à un après-midi tout aussi maussade. J'avais garé ma voiture au bout du parking de l'hôpital et le traversai d'un pas rapide, le col de mon manteau relevé pour me protéger du vent froid et humide.

J'avais parcouru quelques kilomètres quand je me sentis gagnée par un léger mal de tête me rappelant que je n'avais rien avalé depuis mon petit déjeuner.

Je cherchai un café ou un restaurant où m'arrêter et plusieurs d'entre eux attirèrent mon regard. Je continuai néanmoins, poussée par une raison qui m'apparut vite évidente. Je me sentais vulnérable maintenant, en particulier lorsque je me montrais en public à Oldham.

Je regagnai directement l'hôtel, heureuse de me retrouver en sécurité à l'intérieur et impatiente de me mettre en route vers l'anonymat des rues de Manhattan. Mme Willis était à son bureau. Elle me tendit une enveloppe. Sans doute la notice nécrologique que Joan avait déposée à mon attention.

Je l'emportai dans ma chambre, commandai un club sandwich et du thé, puis m'assis dans le fauteuil, face à la fenêtre qui donnait sur l'Hudson. C'était le genre de vue qu'aurait aimé maman, avec les Palisades se dressant dans la brume, l'eau grise et agitée.

J'ouvris l'enveloppe.

Joan avait découpé la notice dans le *Westchester News*.

> Cavanaugh : Genine (née Reid) décédée à Los Angeles, Californie, à l'âge de cinquante et un ans. Epouse regrettée d'Edward et mère affectueuse de Gabrielle (Ellie). Elle participait aux activités de sa paroisse et de sa communauté, et avait su créer un foyer heureux et harmonieux pour les siens. Nous la pleurerons toujours, son souvenir ne s'éteindra pas.

Ainsi maman n'avait pas été seule à se rappeler nos années de bonheur, pensai-je. J'avais écrit à mon père un billet très sec pour lui annoncer sa mort et lui demander si ses cendres pouvaient être placées dans la tombe d'Andrea.

J'étais alors si profondément plongée dans mon propre chagrin qu'il ne m'était même pas venu à l'idée que la nouvelle de sa mort avait pu l'affecter lui aussi.

Je pris une décision : le déjeuner promis à Teddy

aurait lieu plus tôt que prévu. Je rangeai la notice dans ma valise. Je voulais faire mes bagages sans attendre et partir le plus rapidement possible. La sonnerie du téléphone m'interrompit dans mon élan.

C'était Mme Hilmer.

« Ellie, j'ignore si cela peut t'aider, mais je me suis soudain souvenue de l'endroit où j'avais lu cette allusion à quelqu'un prénommé Phil.

— Où, madame Hilmer ? Où l'avez-vous lue ?

— Dans l'un des journaux que tu m'avais confiés.

— En êtes-vous sûre ?

— Certaine. Je l'ai lu pendant que j'étais chez ma petite- fille. Le bébé dormait et je feuilletais ces journaux pour y repérer les noms des personnes résidant encore dans la région que tu pourrais rencontrer. Et, comme je te l'ai raconté par la suite, la lecture de ces articles sur le procès m'a remis tous ces événements en mémoire et je me suis mise à pleurer. Puis je suis tombée sur une annonce, ou je ne sais quoi, où apparaissait le nom de Phil, et cela aussi m'a attristée.

— Mais vous ne vous rappelez pas de quoi il s'agissait ?

— Vois-tu, Ellie, je pense que même si je le retrouvais, ce ne serait pas la personne que tu cherches.

— Pourquoi ?

— Parce que tu t'intéresses à un homme nommé Phil. Et ce que j'ai lu concerne une jeune fille qui est morte, et que sa famille appelait Phil. »

« J'ai tabassé Phil à mort et j'ai trouvé ça jouissif. »

Grands dieux, est-ce qu'il parlait d'une fille ?

Une jeune fille qu'il aurait assassinée ?

« Madame Hilmer, je vais parcourir tous ces journaux.

— J'en fais autant de mon côté. Je te téléphonerai si je trouve quelque chose. »

Je raccrochai, posai l'appareil sur la table de nuit

et pris mon fourre-tout. Je l'ouvris, le retournai, dispersant les journaux jaunis sur le lit.

J'en saisis un au hasard, me rassis dans le fauteuil qui faisait face au fleuve et commençai à lire. Les heures passèrent. De temps à autre, je me levais et m'étirais. A seize heures, je fis monter du thé. « Du thé pour vous stimuler. » N'était-ce pas un slogan publicitaire ?

Et ça active les méninges.

Je compulsai les journaux l'un après l'autre, revenant en arrière, relisant les détails atroces de la mort d'Andrea et le compte rendu du procès de Rob Westerfield.

« A. R. » Le pendentif était-il finalement dénué de toute signification ? Non. Certainement pas. S'il avait été si peu important, Rob n'aurait jamais pris le risque de le récupérer.

« A. R. », la jeune fille qui possédait ce joli bijou avait-elle été aussi victime d'un de ses accès de rage meurtriers ?

A dix-huit heures, je fis une nouvelle pause et allumai la télévision pour regarder les nouvelles. Mme Dorothy Westerfield était décédée à quinze heures trente. Ni son fils ni son petit-fils n'étaient à son chevet.

Je repris ma lecture. A dix-neuf heures, je trouvai enfin ce que je cherchais. C'était une notice commémorative parue le jour de l'enterrement d'Andrea.

> Rayburn, Amy P.
> Nous nous souvenons de toi aujourd'hui
> comme chaque jour.
> Heureux anniversaire au ciel, Phil chérie,
> tu aurais dix-huit ans aujourd'hui.
>
> Maman et papa.

« A. R. » Les initiales du pendentif étaient-elles celles d'Amy Rayburn ? L'initiale P. signifiait peut-être Phyllis ou Philomena, abrégé en Phil ?

Paulie l'avait trouvé dans les premiers jours de mai. Si ce pendentif avait appartenu à Amy Rayburn, se pourrait-il qu'elle soit morte six mois plus tôt qu'Andrea ?

J'appelai Marcus Longo, mais il n'était pas chez lui. Je voulais savoir si le nom d'Amy Rayburn figurait dans les procès-verbaux des homicides commis cette année-là.

Je trouvai un annuaire du téléphone de l'ensemble du comté de Westchester dans le tiroir de la table de nuit. Je l'ouvris à la lettre R.

Il n'y avait que deux Rayburn. L'un habitait Larchmont, l'autre Rye Brook.

Je composai le numéro de Larchmont. Une voix masculine, un peu voilée, me répondit. Je fus obligée d'aller droit au but.

« Je m'appelle Ellie Cavanaugh, dis-je. J'ai besoin de contacter la famille d'Amy Rayburn, une jeune fille décédée il y a vingt-trois ans.

— Pour quelle raison, je vous prie ? »

L'intonation était devenue soudain glaciale, et je compris que mon interlocuteur était un parent de la jeune fille.

« J'aimerais que vous répondiez à une seule question, dis-je d'un ton pressant. Amy a-t-elle été victime d'un meurtre ?

— Si vous ne connaissiez pas la réponse, vous ne vous adresseriez pas à notre famille. »

On raccrocha brutalement le téléphone.

Je rappelai et tombai sur le répondeur.

« Je m'appelle Ellie Cavanaugh, dis-je. Il y a vingt-trois ans, ma sœur aînée, âgée de quinze ans, est morte la tête fracassée. Je crois détenir la preuve que son assassin est aussi responsable de la mort de Phil. Pouvez-vous me rappeler. »

Je m'apprêtais à laisser le numéro de mon téléphone portable lorsque quelqu'un décrocha à l'autre bout de la ligne.

« Je suis l'oncle d'Amy Rayburn. Son meurtrier a passé dix-huit ans en prison. Qu'est-ce que vous racontez là ? »

44

L'HOMME qui m'avait répondu était David Rayburn, l'oncle d'Amy Rayburn. Elle était morte six mois avant Andrea. Je lui résumai les faits, lui racontai ce qu'avait dit Rob Westerfield à un codétenu, expliquai que Paulie avait découvert le pendentif dans la voiture de Rob, et que quelqu'un était venu le récupérer sur le corps d'Andrea.

Il écoutait, posait des questions.

« Mon frère est le père de Phil, dit-il à la fin. C'était le surnom que sa famille et ses amis donnaient à Amy. Laissez-moi l'appeler et lui communiquer votre numéro. Je pense qu'il voudra vous parler. »

Puis il ajouta :

« Phil était en terminale au lycée. Elle venait d'être admise à Brown. Son petit ami, Dan Mayotte, a toujours juré qu'il était innocent, mais au lieu d'aller à Yale, il a passé dix-huit ans en prison. »

Un quart d'heure plus tard mon téléphone sonna. C'était Michael Rayburn, le père de Phil.

« Mon frère m'a mis au courant de votre appel, dit-il. Je ne peux vous décrire mon émotion et celle de ma femme en cet instant. Dan Mayotte connaissait Phil depuis la maternelle, il passait son temps à la maison, nous le considérions comme notre fils. Nous avons réussi à retrouver la paix après la mort de notre fille unique, mais la pensée que Dan ait pu être accusé injustement d'en être l'auteur est insupportable. Je suis avocat, mademoiselle Cavanaugh. Quel genre de preuve détenez-vous ? Mon frère m'a parlé d'un pendentif.

— Monsieur Rayburn, votre fille possédait-elle un pendentif en or, en forme de cœur, avec trois pierres bleues au centre et ses initiales gravées au dos ?

— Je vous passe ma femme. »

Dès les premiers mots, j'admirai le sang-froid de la mère de Phil.

« Je me souviens de la mort de votre sœur. Elle est survenue six mois après que nous avons perdu Phil. »

Je lui décrivis le pendentif.

« C'est certainement celui de Phil. C'était un de ces bijoux fantaisie que l'on trouve dans les centres commerciaux. Elle adorait ces babioles et possédait plusieurs chaînettes auxquelles elle les accrochait. Il lui arrivait d'en mettre deux ou trois à la fois. J'ignorais qu'elle le portait la nuit où elle a été assassinée. Je n'y avais pas prêté attention.

— Auriez-vous une photo de Phil avec ce bijou autour du cou ?

— Elle était notre seule enfant et nous passions notre temps à la photographier, dit-elle d'une voix tremblante de larmes contenues. Elle tenait à ce pendentif en particulier et y avait fait graver ses initiales. Nous pourrons certainement trouver une photo où il apparaît. »

Son mari reprit le téléphone.

« Mademoiselle Cavanaugh – me permettez-vous de vous appeler Ellie ? –, d'après ce que vous avez dit à mon frère, il semblerait que le prisonnier qui a entendu l'aveu de Westerfield ait disparu ?

— En effet.

— Au fond de moi-même, je n'ai jamais cru Dan capable de s'attaquer à Phil avec une telle sauvagerie. Ce n'était pas un garçon violent et je sais qu'il l'aimait. Mais si je comprends bien, il n'y a aucune preuve irréfutable accusant Westerfield de la mort de Phil.

— Non, du moins pas pour l'instant. Peut-être est-il trop tôt pour s'adresser au procureur, mais si vous m'exposez les circonstances de la mort de votre fille et les raisons pour lesquelles Dan Mayotte a été accusé puis condamné, je pourrai inscrire ces nouveaux éléments sur mon site et voir si nous obtenons un supplément d'information en retour.

— Ellie, nous avons vécu ce cauchemar pendant vingt-trois ans. Je pourrais vous en raconter chaque détail.

— Je suis la première à vous comprendre. Le chagrin qui s'est abattu sur ma famille a brisé le mariage de mes parents, fini par causer la mort de ma mère et m'a obsédée depuis. Je connais, pour les avoir vécues, les épreuves que vous avez traversées.

— Dan et Phil s'étaient disputés et ne s'étaient pas revus pendant quelques jours. Il avait tendance à se montrer jaloux et Phil nous avait raconté que la semaine précédente, alors qu'ils achetaient un soda dans le hall d'un cinéma en attendant la séance, un type lui avait fait du gringue, ce qui avait mis Dan hors de lui. Elle n'a jamais décrit le garçon en question ni mentionné son nom.

« Dan et elle restèrent ensuite une semaine en froid. Puis un jour où elle se trouvait dans une pizzeria avec des amies, Dan entra avec d'autres garçons et vint vers elle. Ils se parlèrent et j'imagine qu'ils se réconcilièrent. Ils s'adoraient.

« C'est alors que Dan aperçut le garçon qui avait abordé Phil au cinéma. Il était assis au bar.

— Dan en a-t-il fait la description ?

— Oui. Beau gosse, une vingtaine d'années, les cheveux blonds. Dan a ensuite raconté que, dans le hall du cinéma, il l'avait entendu dire à Phil qu'il s'appelait Jim. »

Jim ! pensai-je. Rob Westerfield portait sans doute sa perruque de prédilection à cette occasion et s'était fait appeler Jim.

« Revoir ce garçon avait ravivé la colère de Dan. Il a accusé Phil de s'être arrangée pour le rencontrer ce jour-là, ce qu'elle a nié, ajoutant qu'elle ne s'était même pas rendu compte de sa présence. Après ça, elle est partie furieuse contre Dan. Tout le monde a pu constater qu'ils étaient fâchés. Phil portait ce jour-là une veste qu'elle mettait pour la première fois. Quand on l'a découverte, on y a trouvé des poils de chien qui provenaient du terrier irlandais de Dan. Bien sûr, il l'emmenait souvent dans sa voiture, mais la veste était neuve, preuve qu'elle y était montée après leur dispute à la pizzeria.

— Dan a-t-il nié qu'elle était montée dans sa voiture ?

— Pas du tout. Il a déclaré l'avoir convaincue de venir s'expliquer avec elle. Mais quand il lui a dit qu'il ne pouvait croire que la présence de Jim au bar était fortuite, elle s'est à nouveau fâchée. Elle lui a dit qu'elle retournait voir ses copines et d'aller au diable. Il a raconté qu'elle était descendue en claquant la portière et s'était dirigée vers la pizzeria. Dan a reconnu qu'il était fou de rage. Il est parti en démarrant sur les chapeaux de roues. Phil n'est jamais arrivée à la pizzeria. Ne la voyant pas rentrer à la nuit tombée, nous avons appelé les amies qui l'accompagnaient. »

Papa et maman avaient téléphoné aux amies d'Andrea...

« Elles nous ont dit qu'elle était partie avec Dan. Nous l'aimions beaucoup, nous avons été contents qu'ils se soient réconciliés. Mais les heures passèrent et, lorsqu'il rentra enfin chez lui, Dan affirma qu'il avait laissé Phil dans le parking et qu'elle était retournée à la pizzeria. On a découvert son corps le lendemain. »

La voix de Michael Rayburn se brisa.

« Elle était morte à la suite de multiples fractures du crâne. Son visage était méconnaissable. »

« J'ai tabassé Phil à mort et j'ai trouvé ça jouissif... »

« Dan a admis qu'il s'était senti furieux et bouleversé après le départ de Phil, il avait roulé sans but, tourné en rond pendant près d'une heure, avant de s'arrêter au bord du lac. Il y était resté pendant un long moment. Mais personne n'a pu confirmer son récit. Personne ne l'avait vu et le corps de Phil avait été découvert dans une zone boisée non loin du lac.

— Quelqu'un d'autre a-t-il vu Jim au bar ?

— Des gens se sont vaguement souvenus d'un garçon aux cheveux blonds. Mais il semble qu'il n'ait adressé la parole à personne, et que personne ne l'ait vu partir. Dan fut condamné et incarcéré. Sa mère en a eu le cœur brisé. Elle l'avait élevé seule et elle est morte beaucoup trop jeune. Elle ne l'a pas vu sortir de prison. »

Ma mère aussi était morte beaucoup trop jeune.

« Où est Dan à présent ? demandai-je.

— Il a passé ses diplômes en prison. On m'a dit qu'il travaillait comme conseiller pour d'anciens détenus. Je vous l'ai dit, je n'ai jamais vraiment cru qu'il était coupable d'un acte aussi horrible. Si votre hypothèse se vérifiait, comment pourrais-je jamais lui demander pardon ? »

Ce serait à Rob Westerfield de lui demander pardon, me dis-je. Il lui a pris dix-huit ans, dix-huit ans de l'existence qu'il aurait dû vivre.

« Quand comptez-vous mettre cette histoire sur votre site, Ellie ? demanda Michael Rayburn.

— Dès que j'en aurai terminé la rédaction. Dans une heure environ.

— Je ne veux pas vous retarder dans ce cas. Faites-moi signe si vous obtenez d'autres informations. »

Je savais déjà que ma vie était en péril à force de braver les Westerfield. Monter cette nouvelle attaque contre eux était tout simplement suicidaire, mais peu m'importait.

Songer à toutes les victimes de Rob Westerfield me rendait enragée.

Phil, enfant unique.

Dan, dont l'existence avait été détruite.

Les Rayburn...

La grand-mère de Rob.

Toute ma famille...

Je commençai l'histoire de Phil par ces mots :

MONSIEUR LE PROCUREUR DU COMTÉ DE WESTCHESTER, LISEZ CECI !

Mes doigts volaient sur le clavier. A vingt et une heures j'avais terminé. Je relus mon texte et, avec une amère satisfaction, l'envoyai sur mon site.

Je n'avais plus qu'à quitter l'hôtel. Il me fallut à peine cinq minutes pour fermer mon ordinateur, faire ma valise et descendre au rez-de-chaussée.

Je m'apprêtais à régler ma note lorsque mon portable sonna.

Je m'attendais à entendre Marcus Longo, mais la personne qui m'appelait était une femme à l'accent espagnol.

« Mademoiselle Cavanaugh ?

— Oui.

— Je consulte régulièrement votre site. Je m'appelle Rosita Juarez. J'ai été gouvernante chez les parents de Rob Westerfield alors qu'il avait dix ans, et jusqu'à ce qu'on le mette en prison. C'est un homme mauvais. »

Je m'agrippai au téléphone, le collant littéralement à mon oreille. Cette femme avait été au service des Westerfield à l'époque où Rob avait commis ses deux meurtres ! Que savait-elle ? Elle semblait effrayée. Pourvu qu'elle ne raccroche pas, implorai-je en mon for intérieur.

Je m'efforçai de paraître le plus calme possible.

« Oui, Rob est un être malfaisant, Rosita.

— Il était méprisant avec moi. Il se moquait de mon accent. Il se montrait toujours méchant et grossier avec moi. Voilà pourquoi je veux vous aider.

— Comment pouvez-vous m'aider, Rosita ?

— Vous avez raison. Rob portait une perruque blonde. Quand il l'avait sur la tête, il me disait : "Je m'appelle Jim, Rosita. Vous devriez vous en souvenir sans mal."

— Vous l'avez donc vu avec cette perruque ?

— C'est moi qui l'ai. » Sa voix avait une intonation triomphante. « Sa mère avait horreur qu'il se déguise comme ça et qu'il se fasse appeler Jim. Un jour elle l'a mise à la poubelle. Je ne sais pas pour quelle raison je l'ai récupérée et emportée chez moi. Je savais qu'elle valait de l'argent, peut-être espérais-je la vendre. Je l'ai rangée dans une boîte au fond de la penderie et oubliée jusqu'à ce que vous en parliez sur votre site.

— J'aimerais avoir cette perruque, Rosita. Combien en voulez-vous ?

— Vous n'avez pas besoin de l'acheter. Est-ce une preuve qui pourrait convaincre les gens qu'il a tué cette jeune fille, Phil ?

— Oui, sans doute. Où habitez-vous, Rosita ?

— A Phillipstown. »

Phillipstown était une sorte de banlieue de Cold Spring, à une quinzaine de kilomètres.

« Rosita, puis-je venir chercher la perruque tout de suite ?

— Je ne crois pas que ce soit possible. »

Elle semblait subitement inquiète.

« Pourquoi ?

— Parce que j'habite dans une maison à un seul étage et que ma propriétaire voit tout ce qui se passe. Je ne veux pas qu'on sache que vous êtes venue ici. J'ai peur de Rob Westerfield. »

Pour le moment, je n'avais qu'une chose en tête : mettre la main sur la perruque. Par la suite, si Rob était traduit en justice pour le meurtre de Phil, je tenterais de convaincre Rosita de venir témoigner.

Sans me laisser le temps de réfléchir davantage, elle me fit une proposition :

« J'habite à cinq minutes du Phillipstown Hotel. Si vous voulez, je peux m'y rendre en voiture et vous attendre devant l'entrée de service.

— Je vous y retrouve dans vingt minutes, dis-je. Non, disons une demi-heure.

— J'y serai. Est-ce que la perruque aidera à envoyer Rob en prison ?

— J'en suis sûre.

— Formidable ! »

Je perçus une intense satisfaction dans sa voix. Elle avait trouvé un moyen de se venger du sale gosse dont elle avait supporté les insultes pendant près de dix ans.

Je réglai ma note à la hâte, mis rapidement mes bagages dans la voiture.

Six minutes plus tard, j'étais en route, prête à me procurer la preuve tangible que Rob Westerfield avait possédé et porté une perruque blonde.

J'espérais qu'on y trouverait encore des traces de son ADN.

45

La nuit était tombée et la légère brume de l'après-midi s'était transformée en une pluie drue et froide. Les essuie-glaces de ma voiture de location étaient peu efficaces et j'eus vite du mal à distinguer la route.

La circulation devenait moins dense à mesure que je remontais vers le nord sur la route 9. Le thermomètre du tableau de bord indiquait une forte baisse de la température extérieure. La pluie fit place à de la neige fondue, de la glace commença à se former sur le pare-brise. J'y voyais de plus en plus mal, et décidai de rouler lentement sur la file de droite.

Les minutes passant, je sentis la panique me gagner à l'idée de rater Rosita. Elle avait semblé très nerveuse, elle ne resterait certainement pas à m'attendre si j'étais en retard.

Les yeux rivés sur la chaussée devant moi, je mis un certain temps à m'apercevoir que j'étais en train de gravir une côte. Cela faisait un moment que je n'avais pas vu de phares venant de la direction opposée.

Je jetai un regard rapide au compteur kilométrique. Le Phillipstown Hotel n'était qu'à une quinzaine de kilomètres de l'*Hudson Valley Inn*, pourtant j'avais déjà parcouru vingt kilomètres et il n'y avait aucun hôtel en vue. J'avais visiblement quitté la nationale et la route sur laquelle je me trouvais devenait de plus en plus étroite.

Je regardai dans mon rétroviseur. Pas la moindre voiture. Furieuse contre moi-même, j'appuyai brutalement sur le frein, dérapai. Je parvins à reprendre le contrôle de la direction et entrepris prudemment de faire demi-tour. A cet instant, la lueur d'un gyrophare apparut derrière moi et je fus aveuglée par deux phares puissants. Je m'arrêtai et un véhicule que je pris pour une camionnette de la police vint se garer à côté de moi.

Avec un ouf de soulagement, je m'apprêtai à demander la direction du Phillipstown Hotel.

Une vitre du véhicule s'abaissa et l'homme assis dans le siège du passager se tourna vers moi.

Bien que son visage ne fût pas éclairé directement, je reconnus sur-le-champ Rob Westerfield, coiffé d'une perruque blonde. D'une voix haut perchée, avec un fort accent espagnol, il parodia : « Il était méprisant avec moi. Il se moquait de mon accent. Il me forçait à l'appeler Jim. »

Je crus que mon cœur s'arrêtait. Horrifiée, je compris que Rob, feignant d'être Rosita, m'avait tendu un piège. Derrière lui, je distinguai vaguement le visage du conducteur. C'était l'homme qui m'avait menacée dans le parking de la gare près de la prison de Sing-Sing.

Prise de panique, je cherchai autour de moi une issue pour m'échapper. Impossible de les contourner. Mon seul espoir était de remettre la voiture dans l'axe de la route, d'appuyer à fond sur l'accélérateur et de foncer droit devant moi. J'ignorais où cette route conduisait. Tout en prenant de la vitesse, je constatai que la chaussée se retrécissait de plus en plus et qu'elle était bordée de bois de chaque côté. Les roues patinaient, faisant chasser l'arrière.

Je savais que je ne parviendrais pas à les semer. Je pouvais seulement souhaiter ne pas me retrouver dans un cul-de-sac, prier pour que je rejoigne bientôt une grande route.

Ils avaient éteint le gyrophare, mais leurs phares brillaient toujours dans mon rétroviseur. C'est alors qu'ils commencèrent à jouer avec moi.

Ils vinrent se placer sur la gauche de ma voiture et

la camionnette me heurta délibérément de côté. La porte arrière encaissa le choc, j'entendis un bruit de métal froissé, et ma tête heurta violemment le volant.

Ils se laissèrent distancer tandis que ma voiture zigzaguait sur toute la largeur de la chaussée et que j'essayais de me maintenir au milieu. Mon front saignait, mais je parvins à ne pas lâcher le volant et à rester sur la route.

Soudain, ils me dépassèrent, pour se rabattre brusquement devant moi, arrachant mon aile avant. J'entendis la tôle racler le sol. Je m'efforçai de garder le contrôle de la voiture, espérant arriver bientôt à un croisement ou voir quelqu'un d'autre apparaître en sens inverse.

Mais il n'y avait personne à l'horizon et je sentis qu'une troisième attaque se préparait. Ils allaient manifestement s'arranger pour que ce soit la dernière. Comme la route s'incurvait, ils ralentirent et restèrent sur la voie de gauche. J'hésitai un instant, puis accélérai, dans un effort désespéré pour leur échapper. Mais ils revinrent très vite à ma hauteur.

J'eus à peine le temps de les voir. La lumière intérieure de la camionnette était allumée et Rob agitait quelque chose dans ma direction.

Un démonte-pneu.

Dans un dernier élan, la camionnette me coupa la route vers la droite, me forçant à quitter la chaussée. Je braquai en vain le volant, sentis les pneus perdre toute adhérence. La voiture partit en tête-à-queue, dévala le talus, en direction d'un rideau d'arbres trois mètres plus bas.

Je m'agrippai au volant pendant que la voiture faisait plusieurs tonneaux, me protégeant le visage de mes mains au moment où elle retombait sur ses roues, heurtait un arbre tandis que le pare-brise éclatait.

Le fracas du métal broyé et du verre pulvérisé fut assourdissant. Le silence qui suivit me parut surnaturel.

J'avais mal à l'épaule. Mes mains saignaient. Mes tempes battaient mais, par miracle, je n'étais pas sérieusement blessée. Sous le choc, la portière côté conducteur s'était ouverte et la neige fondue me fouettait de toute part. Le froid qui me cinglait le visage m'avait empêchée de m'évanouir et je me sentis tout à coup l'esprit très clair. L'obscurité était totale et, pendant un moment, j'éprouvai un immense soulagement. Je crus qu'en voyant ma voiture basculer dans le fossé ils avaient pensé en avoir fini avec moi et étaient partis.

Je m'aperçus vite que je n'étais pas seule. Tout près de moi, j'entendis cette respiration rauque, sifflante, suivie de ce halètement étouffé que j'avais décrit comme un ricanement lorsque j'étais enfant.

Rob Westerfield était là, à quelques pas, à l'affût dans le noir, me guettant comme il avait guetté Andrea vingt-trois ans plus tôt dans l'obscurité du garage.

Le premier coup du démonte-pneu me manqua et frappa l'appuie-tête du siège derrière moi. Je saisis la boucle de ma ceinture et parvins à l'ouvrir.

Le deuxième coup passa si près que je le sentis effleurer mes cheveux au moment où je plongeais vers le siège du passager.

Andrea, Andrea, cela s'est donc passé ainsi pour toi. Oh, mon Dieu, ayez pitié de moi... je vous en prie.

Je pense qu'il entendit en même temps que moi le moteur rugissant d'une voiture qui débouchait du dernier virage de la route. Ses phares avaient dû éclairer en passant l'épave de ma voiture car elle tourna et s'élança dans la pente où j'étais prise au piège.

Rob Westerfield, le démonte-pneu à la main, se trouva soudain plongé dans une clarté aveuglante. Mais cette lumière m'éclairait tout autant et à présent il me voyait nettement.

Avec un rictus sauvage, il pivota sur lui-même et

revint vers moi. Il se pencha à l'intérieur de la voiture, son visage à quelques centimètres du mien. Je tentai désespérément de le repousser quand, brandissant le démonte-pneu, il se prépara à l'abattre sur ma tête.

J'entendis le hurlement des sirènes qui emplissait l'air. Je me protégeai la tête des deux bras et attendis que le coup m'atteigne, incapable de fermer les yeux.

Il y eut un bruit sourd, puis une expression de stupeur se peignit sur le visage de Rob. Il laissa échapper le démonte-pneu, qui tomba sur le siège à côté de moi, et, comme si on le tirait en arrière, disparut soudain de ma vue. Incrédule, je regardai au-dehors, certaine qu'il continuait à jouer au chat et à la souris avec moi, certaine qu'il allait réapparaître.

Je retins mon souffle, mais il ne se passa rien. La voiture qui avait dévalé la pente emplissait l'espace devant moi. Le conducteur avait compris la situation et pris la seule décision possible pour me sauver la vie : il avait lancé volontairement sa voiture sur Rob Westerfield.

Les phares des véhicules de police éclairaient la scène comme en plein jour. C'est alors que je vis les visages de mes sauveteurs.

Mon père conduisait la voiture qui avait touché Rob Westerfield. Mon frère se trouvait à côté de lui. Mon père avait cette expression de détresse que j'avais vue sur son visage lorsqu'il avait su qu'il venait de perdre sa fille aînée.

46

Un an plus tard

Je me remémore souvent cette nuit d'épouvante et me rends compte combien je fus près de partager le sort de ma sœur. Dès le moment où j'avais quitté l'hôtel, mon père et Teddy m'avaient suivie à distance. Ils avaient pensé que la voiture qui roulait derrière moi était une camionnette de la police et supposé que j'avais demandé une protection.

M'ayant perdue de vue quand j'avais quitté par erreur la nationale, papa avait appelé la police de Phillipstown pour s'assurer qu'ils ne m'avaient pas lâchée en route. C'est alors qu'il avait appris que je n'avais pas d'escorte officielle. La police avait expliqué que j'avais probablement pris une mauvaise direction et promis d'intervenir aussitôt.

Papa m'a raconté plus tard qu'en débouchant du dernier virage il avait vu la camionnette s'éloigner et qu'il avait failli la suivre. C'était Teddy qui avait aperçu ma voiture accidentée dans le fossé. Teddy — le frère qui ne serait jamais né si Andrea avait vécu — m'avait sauvé la vie. Je pense souvent à cette ironie du sort.

Rob Westerfield avait eu les deux jambes brisées quand la voiture de mon père l'avait percuté, mais il s'était rétabli à temps pour pouvoir comparaître devant le tribunal.

Le procureur du comté de Westchester avait rouvert immédiatement l'enquête sur la mort de Phil Rayburn. Muni d'un mandat de perquisition, il avait fouillé le nouvel appartement de Rob et trouvé une cachette remplie de ses ignobles trophées, tous les souvenirs de ses crimes atroces. Dieu seul savait où il les avait dissimulés pendant qu'il était en prison.

Rob avait rassemblé dans un album des coupures de journaux et des articles sur Andrea et Phil, depuis le moment où leurs corps avaient été découverts. Les coupures étaient classées par date et, en regard, il avait placé des photos d'Andrea et de Phil, des lieux où les meurtres avaient été commis, des funérailles, des gens qui avaient souffert de ces tragédies, comme Paulie et Dan Mayotte.

Sur chaque page, il avait écrit des commentaires cruels et sarcastiques sur ses victimes et leur entourage. Il y avait une photo de Dan Mayotte à la barre des témoins jurant qu'un dénommé Jim, un garçon blond, avait voulu draguer Phil dans le hall du cinéma. A côté Rob avait écrit : « Je voyais bien qu'elle était folle de moi. Jim tombe toutes les filles. »

Rob avait mis sa perruque blonde quand il s'était lancé à ma poursuite. Mais la preuve la plus évidente était le pendentif ; il était fixé sur la dernière page de l'album. Au-dessous la légende disait : « Merci, Phil. Andrea l'adorait. »

Le procureur avait demandé au juge d'assises d'annuler la condamnation de Dan Mayotte et d'ouvrir un nouveau procès : Etat de New York contre Robson Westerfield. L'inculpation retenue fut le meurtre avec préméditation.

Le pendentif fut produit comme pièce à conviction au cours du procès et je me revis dans la chambre d'Andrea ce soir-là quand, les larmes aux yeux, elle l'avait mis devant derrière.

Assis près de moi dans la salle d'audience, mon père avait refermé sa main sur la mienne. « Tu avais raison pour le pendentif, Ellie », avait-il murmuré.

Oui, j'avais eu raison et j'acceptais enfin le fait qu'en le voyant à son cou j'avais pensé qu'elle allait rejoindre Rob et décidé de ne pas prévenir tout de suite mes parents. Peut-être aurait-il déjà été trop tard. Quoi qu'il en soit, il était temps, désormais, de renoncer à savoir si elle aurait pu être sauvée ou non, temps de ne plus laisser ce souvenir me hanter.

Robson Westerfield fut condamné pour le meurtre d'Amy Phyllis Rayburn.

Lors d'un second procès, lui et son chauffeur furent reconnus coupables de tentative d'homicide à mon endroit.

Les condamnations de Rob s'additionnent. S'il vit encore cent treize ans, il pourra éventuellement bénéficier d'une remise de peine.

Au moment où il sortait sous escorte du tribunal après la lecture du verdict, il s'immobilisa un instant pour régler sa montre sur la pendule de la salle.

A quoi bon, me dis-je, le temps ne signifie plus rien pour toi désormais.

Confronté à la preuve de la culpabilité de Westerfield, Will Nebels avoua que Hamilton l'avait contacté et payé pour faire un faux témoignage en disant qu'il avait vu Paulie entrer dans le garage. William Hamilton fut radié de l'ordre des avocats. Aujourd'hui, il purge sa peine en prison.

La publication de mon livre a été avancée au printemps et les ventes se sont envolées. L'autre ouvrage — la version arrangée de la vie déplorable de Rob Westerfield — a été retiré du marché. Pete m'a présentée aux directeurs de Packard Cable, qui m'ont proposé un job de journaliste d'investigation. Une occasion à saisir. Certaines situations ne changent jamais. Je suis toujours sous les ordres de Pete.

Mais c'est parfait ainsi. Nous nous sommes mariés il y a trois mois. Papa m'a conduite à l'autel.

Pete et moi avons acheté une maison à Cold Spring avec vue sur l'Hudson. Nous y allons en week-end. Je regarde toujours avec le même émerveillement ce fleuve majestueux qui s'écoule devant moi, dominé par les Palisades. Mon cœur a enfin trouvé son havre, le havre que je cherchais depuis tant d'années.

Je vois mon père régulièrement. Nous éprouvons tous les deux le besoin de rattraper le temps perdu. La mère de Teddy et moi sommes devenues amies. Parfois, nous allons tous voir Teddy à son université. Il est entré à Dartmouth. Il fait partie de l'équipe de basket de première année.

Le cercle a mis longtemps à se refermer. Mais aujourd'hui, c'est fait, et je me sens pleine de gratitude.

Remerciements

Ce livre, écrit à la première personne, a été pour moi une expérience nouvelle. C'est pourquoi je remercie du fond du cœur Michael Korda, mon éditeur de toujours, et son associé, Chuck Adams, de m'avoir prodigué leurs conseils et leur soutien. *Mille mercis*, mes amis.

Comme toujours ma gratitude va à Eugene Winick et à Sam Pinkus, mes agents littéraires, qui m'offrent inlassablement sollicitude, assistance et amitié.

Lisl Cade, ma chère attachée de presse, ma main droite. Mon affection lui est acquise aujourd'hui comme toujours. Ainsi qu'à Gypsy da Silva, qui collabore depuis si longtemps avec moi.

Un tendre souvenir pour Carol Catt que nous regrettons tous.

Que soient remerciés en même temps Steven Marron et l'inspecteur Richard Murphy, officiers à la retraite de la police de New York.

Et, à nouveau, merci à mes assistantes et amies, Agnes Newton et Nadine Petry, et à ma belle-sœur Irene Clark, pour sa relecture attentive.

Judith Kelman, mon amie, a répondu présent ! chaque fois que je l'ai sollicitée. Toute mon affection, Judith.

Je suis profondément reconnaissante au frère Emil Tomaskovic et au frère Bob Warren, frères franciscains de Graymoor, Garrison, New York, pour leur aide précieuse et leur remarquable travail en faveur des déshérités.

Sans oublier mon mari, John Conheeney, nos enfants et petits-enfants qui grandissent et se multiplient. Ils sont tout pour moi.

Et enfin, un grand salut à tous mes amis qui ont patiemment attendu que ce livre soit terminé pour que nous puissions « enfin nous réunir ».

Je suis prête !

Photocomposition Nord Compo
59650 Villeneuve-d'Ascq

Achevé d'imprimer par GGP Media GmbH, Pößneck en avril 2009
pour le compte de France Loisirs, Paris
N° d'éditeur: 55447; dépôt légal: mars 2003; imprimé en Allemagne